살아온 시간과
살아갈 시간

살아온 시간과 살아갈 시간

발행일	2023년 1월 20일			

지은이	명영덕			
펴낸이	손형국			
펴낸곳	(주)북랩			
편집인	선일영	편집	정두철, 배진용, 김현아, 윤용민, 김가람, 김부경
디자인	이현수, 김민하, 김영주, 안유경, 신혜림	제작	박기성, 황동현, 구성우, 권태련
마케팅	김회란, 박진관		
출판등록	2004. 12. 1(제2012-000051호)		
주소	서울특별시 금천구 가산디지털 1로 168, 우림라이온스밸리 B동 B113~114호, C동 B101호		
홈페이지	www.book.co.kr		
전화번호	(02)2026-5777	팩스	(02)3159-9637

ISBN	979-11-6836-688-6 03810 (종이책)	979-11-6836-689-3 05810 (전자책)

(주)북랩 성공출판의 파트너
북랩 홈페이지와 패밀리 사이트에서 다양한 출판 솔루션을 만나 보세요!
홈페이지 book.co.kr • **블로그** blog.naver.com/essaybook • **출판문의** book@book.co.kr

작가 연락처 문의 ▶ ask.book.co.kr
작가 연락처는 개인정보이므로 북랩에서 알려드릴 수 없습니다.

명영덕 지음

살아온 시간과
살아갈 시간

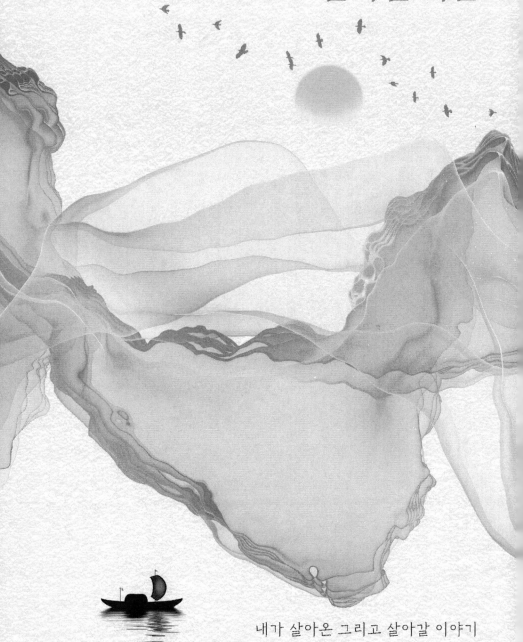

내가 살아온 그리고 살아갈 이야기

북랩

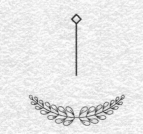

작가의 말

2016년 5월 첫 작품 『최고의 생일선물』을 출간하고, 인생의 버킷리스트 중 하나가 채워졌다고 생각했다. 내 자신 영혼을 쥐어짜서 글을 쓰고 책을 펴냈다고 생각했으나, 독자들에게 큰 감동을 주지는 못한 것 같다. 그렇다고 글을 읽고 쓰는 것을 멈출 수는 없었다. 불광불급(不狂不及)의 정신으로 계속 노력하면, 언젠가는 독자들께 감동을 주는 글도 써지리라 생각된다.

나는 내 인생여정에서, 때를 지나 늦게 시작하고 열매를 맺은 것들이 여럿 있다. 그것은 "늦었더라도 시작하는 게 안하는 것보다 낫다."는 평소의 나의 지론 때문이다, 그래서 29살에 10살이나 어린 동생들과 대학을 함께 다녔고, 55살에 대학원에 입학하여 58살에 졸업하였다. 늦깎이였지만 결실이 있었고 그에 대한 혜택도 보았으며 아직도 일할 수 있는 기회도 얻었다.

작가데뷔도 60살에 했으니 많이 늦었다. 그러나 100세 시대에 아직도 글을 읽고 쓸 수 있는 시간이 많이 남아있다는 것에 감사한다. 죽기 전에는 명작을 한편쯤 남길 수 있지 않을까 생각해 본다.

끝으로, 졸작임에도 읽어 주시는 독자들께 깊은 감사드리며, 더 좋은 작품을 쓸 수 있도록 격려 부탁드린다.

2022.12.

명영덕

목차

작가의 말 5

사색의 창 1

—

봄을 맞이하면서 12

신(神, 宗敎)에 대한 생각 14

인간지사새옹지마(人間之事塞翁之馬) 17

죽음을 생각해보다 20

환회의 다리 22

오월을 생각하다 24

젊은이와 늙은이 27

인생을 생각해보다 29

우화를 위하여 32

아직 청춘이다 36

베르네 천 풍경 39

주란이의 보답 42

2016년을 회고하며 45

사색의 창 2

—

아름다운 세상 50

늙기 연습 53

제2의 인생 57

식물의사(植物醫師) 61

삶의 질 65

유피테르 68

밥 71

하고 싶은 것 중 하나- 아너 소사이어티 73

잘 고쳐 쓰자 76

춘래불사춘(春來不似春) 79

인생 최후의 승자 82

내가 나에게 84

지혜로운 삶 86

아우슈비츠에 다녀와서

아우슈비츠에 다녀와서 92

감악산을 찾다 96

다시 읽은 상록수 101

이문열 평역 삼국지를 읽고 105

3대에 걸친 인연 109

은인 112

산성길 순례 116

사은회 120

한라산 등반 124

마지막 카톡 129

사랑하는 나의 가족

결혼 25주년 회상 134

어머니의 힘 138

할배가 되다 141

당구대전 144

나의 형님 147

슬픈 현실 150

어머니를 모시고 153

회갑여행 159

군복무와 그리운 어머니 162

액땜 166

어디로 가야 하나? 169

동짓날 173

생각하는 삶

지하철 노인 무임승차 178

사회는 결혼 예비 학교 운영을 제도화하자 181

시각장애인용 화상 콜센터를 운영하자 184

문명의 明暗 187

국정농단 190

봄이 온다 가을이 왔다 193

역마살과 역마복

역마살(驛馬煞)과 역마복(驛馬福) 198

선진국 생활과 후진국 생활 203

반성합니다 208

약속 213

IMF 회상 218

내 일생의 결단 222

운동의 힘 225

장거리 출퇴근 229

선입견과 무사안일 232

결혼식 풍경 236

늦깎이로 안 될까요? 240

살아온 시간과 살아갈 시간

살아온 시간과 살아갈 시간 244

사색의 창 1

봄을 맞이하면서

춘 3월! 봄이다! 봄은 따스함과 해방과 시작의 상징이다. 모든 살아 있는 생명은 겨우내 삭풍의 추위에 떨면서 봄을 기다려왔다. 봄은 대지라는 감옥에 갇혀있던 생명에 창살을 열어 세상 밖으로 나오게 한다. 또한 한 해 동안 정성 들여 키운 자식들을 다 떨쳐버리고 한겨울 내내 고독이라는 감옥에 갇혀 숨죽여 살던 생명들에게도 다시 자식을 키울 수 있게 허락한다. 그뿐만 아니라 봄은 모든 만물과 어둠에 갇힌 정령들까지도 희망을 품게 한다.

봄의 기운을 느끼기 위해 집에서 가까운 동네 뒷산에 오른다. 겨우내 죽어서 잿빛이었던 땅에서 삐죽삐죽 연녹색이 조금씩 튀어나오고 있다. 생명이다. 땅 위의 나무들에서는 새로운 잎이나 꽃봉오리가 보일 듯 말듯 조금 솟아 있다. 자연의 섭리를 어찌 그리들 잘 아는지? 아마도 따스한 햇살이 속삭여 주었을 게다.

봄에 가장 먼저 피는 꽃은 생강나무와 산수유나무 꽃이다. 두 꽃은 피는 시기와 모양도 비슷하지만, 생강나무 꽃은 산에서만 볼 수 있고 산수유나무는 아파트단지에서 흔히 볼 수 있다. 이 꽃들은 잎보다도 먼저 피기 때문에 봄의 전령사라고도 한다. 뒤이어 목련, 진달래, 개나리 등도 잎보다 꽃이 먼저 핀다. 이 꽃들은 꽃을 먼저 피우고 그다음에 잎이 나오면서 꽃은 지기 시작한다. 이제 며칠이 지나지 않아 이런 꽃들을 볼 수 있을 것이다. 이러한 꽃 중에 무리를 지어 장관을 만들어 내는 것은 산에서는 진달래와 철쭉을 볼 수 있고, 사람들 사는 근처에서는 벚꽃을 꼽을 수 있다. 그중에서도 벚꽃은 원래 한반도가 시조인데 일본에서 가져다 개량을 하여 국화로 지정했다 하여 때론 거부감도 들기는 하지만 봄꽃놀이에는 단연 첫 번째다. 보통 3월 말이나 4월 초가 되면 모두 벚꽃 구경한다고 난리법석이다. 봄에는 이런 아름다운 꽃들을 마음껏 볼 수 있어서 좋다. 그래서 모진 긴 겨울을 이기고 봄을 기다리나 보다.

세상으로 눈을 돌려보자! 지금 우리나라는 새로운 민주주의 꽃이 피려고 한다. 반민주적이었던 대통령이 탄핵 되고 새로운 민주주의를 꽃이 피려고 하고 있다. 이런 시기에 날씨도 좋아야 하고, 가끔 단비도 좀 내리고 해서, 5월에 꽃을 피울 때는 모두가 감탄하는 민주주의 꽃이 활짝 피었으면 한다. 그 꽃을 피우는 나무는 감옥 같았던 적폐를 땅속에 묻어 거름으로 삼고, 영원히 튼실한 꽃을 피우는 민주주의 나무가 되었으면 좋겠다.

나에게도 인생의 봄이 시작할 것 같다. '내 인생에서 지금이 가장 봄이다'라고 생각할 수 있으면 좋겠다. 그동안 살아오면서 시간적으로나 금전적으로 여유가 없었고 나를 위한 인생을 살지 못하였는데, 이제는 그것으로부터 좀 자유스러워지고 싶다. 내가 눈을 감을 즈음에는 그때가 정말 나에게 봄이었다고 생각되게끔 하고 싶다. 오늘이 가장 중요하고 지금, 이 순간이 가장 중요하다고 생각하며 살고 싶다.

봄을 맞이하여 이런저런 상념에 잠겨보았다. 봄은 누구에게나 좋은 봄이 되어야 한다.

2017.03.15.

신(神, 宗敎)에 대한 생각

세계 3대 종교를 크리스트교, 이슬람교, 불교라 한다. 인터넷에서 찾아본 2015년 전 세계 종교인구 통계를 보면 크리스트교가 구교와 신교를 합해서 약 33%, 이슬람교가 약 21%, 불교가 약 6%이다. 그러나 힌두교가 약 13%로 불교보다 두 배나 많다. 신도 수로 보면 불교 대신 힌두교가 3대 종교에 포함되어야 하나 신도 수와 세계성을 기준으로 해서 그렇다는 것이다. 세계 4대 종교 하면 힌두교도 포함된다고 한다. 모든 종교가 대부분 그렇지만, 추구하는 가치는 사랑과 자비와 평화다. 그러나 현세의 종교가 과연 그럴까? 그 종교들이 표방하고 있는 신이 실제로 존재한다면, '이 세상이 이렇게 진행되도록 방치할까?' 하는 의구심이 든다. 내 생각에 이러한 종교들이 진짜 신을 모시는 게 아니고, 자신들이 만들어 낸 개념적인 전지전능한 신을 모시는 것 같다. 아니면 예전에 전지전능하였던 신이 그 능력을 상실한 것은 아닌지?

나는 내 주변에서 기독교인이든 불교 신도이든 종교를 갖고 있다는 사람들은 결국은 자신을 위한 이기심에서 종교를 갖고 있다는 생각을 수없이 많이 하게 한다. 그 사람들은 자기를 위하여! 자기와 관련된 사람을 위하여! 자기와 관련된 일을 위하여! 그 종교를 믿고 기도 하고 있다는 생각을 지울 수 없다. 극히 소수를 제외하고는 당연하다는 생각도 든다.

　진정으로 참 종교를 믿는다면, 사랑과 자비와 평화를 지향해야 하는데…. 이렇게 많은 사람이 신을 믿는 이 세상이 왜 날마다 더 포악하고 어지러워지는지? 그것은 종교를 믿는 사람들이 종교의 가치를 높이려 하지 않고 자신만을 위하여 노력하기 때문이 아닐까? 특정 종교가 전지전능한 신을 모신다면 왜 세상은 그 종교로 통일되지 않고, 종교인들 간에 서로 피 흘리면서 영역싸움을 하는지 모르겠다. 아무튼 현세의 4대 종교라 하는 종교는 종교로서의 사명을 못 하는 것 같다. 종교지도자들이 미약한 인간을 상대로 하는 장사 속셈으로, 명맥이 끊어지지 않고 이어지고 있는지도 모르겠다. 아니면 '오래전에 지구의 인간이 적을 때는 그 신께서 통제가 가능하였는데, 지금에 와서 인간이 많아져서 통제를 못 하는 걸까?'도 생각해본다. 왜? 현세에 와서는 새로운 신이 나타나서 전지전능함을 보여주지 못하고 오래전에 생긴 신들을 모시는 걸까?

　하지만, 나는 종교의 긍정적인 면을 너무도 잘 알고 있다. 미약한 인간이기에 종교에 의지해 정신적 위안을 받고, 때로는 주위에 사랑과 자비도 베풀고, 사회적으로도 안정된 생활은 할 수 있게 해준다.

　현재 나는 특별히 믿는 종교는 없다. 그럼에도 불구하고 신을 부정하지 않는다. 나는 늘 나를 주관하는 신이 있다고 믿고 있다. 다만 그 신이 어느 종교에 속하는지 지금까지 찾지 못했을 뿐이다. 나는 내가 어려움에 처할 때마다 '나를 주관하는 신이시여! 보살피소서!'하고 마음속으로 빌곤 한다. 나는 주변에서 실제로 전지전능하지는 않더라도 인간의 능력을 뛰어넘는 작은 사례들을 보고 들어왔다. 그래서 신은 존재하되 전지전능함보다도 자그마한 영역을 가진 신이 있다고 믿는 것이다. '나를 주관하시는 신은 오로지 나만을 주관하신다'라고 마음속으로 믿는 것이다. 미약한 나로서 이마저도 없으면 의지할 곳이 없기 때문이다. 나는 그저 나만의 신을 믿고 성실하고 착하게 내면의 나의 가치를 위해 살아가고 있다. 불교에서는 '내가 부처요! 부처가 나이다!'라는 말을 떠올려 본다. '나의 신이시여! 언제나 굽어살피소서!'

2017.03.08.

인간지사새옹지마(人間之事塞翁之馬)

인간지사새옹지마란, 한때의 일로 일희일비(一喜一悲)하지 말자는 것을 말한다. 이 말을 잘못 알아들으면 세상을 될 대로 되라는 듯이 들릴지 모른다. 그러나 나는 고등학교 시절에 고전에서 이 말을 접하고 나서 평생의 교훈으로 마음에 새기고 있고, 아무리 어려운 일이 있어도 극복을 위하여 최선을 다하면 이 일이 나중에 복도 될 수 있다고 믿으면서 스스로 위로하기에 마음을 편하게 할 수 있었다. 또한, 이 말은 진인사대천명(盡人事待天命)과 그 뜻이 일맥상통한다고 생각하고 있다.

새옹지마는 옛날 중국의 만리장성 변방의 새옹이란 노인이 기르던 말이 주인에게 복도 주었다 화도 주었다 하는 것을 반복했다는 것에서 유래된 것으로, 어떤 일이 그 순간에 화가 됐지만 나중에는 복으로 돌아왔다든지, 아니면 그 순간에 좋은 일이었는데 결국은 그것이 화가 되어 돌아온다든지 하는 것을 말한다. 또는 그것이 반복되는 것을 말한다.

따라서, 나는 평상시에 진인사(盡人事)하고 그 결과를 하늘에 맡겨 대천명(待天命)하면서 그 결과가 좋든 나쁘든 과도하게 일희일비(一喜一悲)하지 않는 것이 좋겠다고 생각해 왔다.

현대에 와서 일어나는 일 중에 인간지사새옹지마의 예를 들면, 지방의 모 고등학교에 학급에서 1등을 하는 A 학생과 5등을 하는 B 학생이 있었다. 두 사람은 대학교에 진학할 때가 되어서 서울의 사립대학에 함께 입시를 보게 되었는데 그 결과 A 학생은 합격하였고 성적이 조금 뒤지던 B 학생은 불합격되었다. B 학생은 낙심 끝에 재수를 선택하고 노력한 끝에 이듬해에 국립서울대학에 입학하였다. 그러나 졸업 후에 우연히도 두 사람은 같은 대기업에 입사하였다. 물론 A 학생이 1년 선임이었지만 시간이 흘러 나중에 임원이 될 때는 B 학생이 훨씬 먼저 승진하게 되었다. 그러나 퇴사는 임원이었던 B 학생이 먼저 퇴사를 하게 되었고, A 학생은 그보다 몇 년을 더 근무 후 정년으로 퇴사하였다. 조기 퇴사한 B는 사업으로 성공하여 일찍이 제2의 인생을 잘 개척하는 계기가 됐지만, 늦게 퇴사한 A는 제2의 인생 개척에 어려움을 겪었다. 둘의 운명은 이후에도 여러 번 엎치락뒤치락하였다. 이것이 현대판 새옹지마의 실제 예이다.

나의 경우도 내 인생에서 이것을 경험하고 있다.

하나는 내가 고등학교를 졸업하고 철도청(현재는 철도공사) 직원으로 임용이 되어 현업에서 근무할 당시였다. 정부부서 중에서도 철도청이 다른 부서보다도 밀리는 곳이었고 여러 면에서 열악하였다. 막상 현장에서 근무해보니 미래 발전 가능성을 찾을 수가 없었다. 현장에서 2년을 근무한 후 군에 입대하였고, 제대하자마자 더 높은 뜻을 가지고 사표를 냈다. 사표 후 아주 치열함을 거쳐서 은행원이 되었다. 그때는 좋았다. 철도청 공무원보다도 연봉이 훨씬 많았고 사회적 인식도 훨씬 좋았다. 그러나 50대 초반에 일찍 직장을 떠나게 되었고 지금은 노후를 걱정하는 신세가 되었다. 철도에 남아있던 친구들은 정년까지 별 탈 없이 근무하다가 퇴직하였고, 공무원 연금으로 노후 걱정을 하지 않고 있다. 지금은 수명이 많이 길어졌고, 노후에는 전직 공무원이었던 사람이 최고라는 말이 생겨났다. 지금에 와서 후회는 안 하지만 인간지사새옹지마를 절실히 느끼고 있다.

또 하나는 전 직장에서 동기 중 가장 먼저 장의 자리에 승진하여 좋아하였지만, 가장 먼저 퇴직하는 불행이었다. 내가 그만둘 당시 장 승진을 못 한 친구도 상당수 있었다. 그러나 이 친구들은 나보다도 훨씬 더 오래 근무하다가 퇴직을 하였다. 그래서 이 친구들이 하는, '직장에서 오래 버티는 것이 강한 것'이라는 말을 듣게 되었다. 그러나 나는 퇴직 후 다른 걸 배울 기회를 얻었고 그것으로 지금 6년째 밥 벌어먹고 있다. 지금은 다른 친구들은 거의 퇴직하여 쉬고 있지만 나는 매일 직장에 나가고 있어 만나면 나를 부러워하고 있다. 이 역시 인간지사새옹지마다.

이렇듯 앞으로도 또 변할 것이니 죽을 때 되어서야 무엇이 옳고 좋았는지 알 수 있을 거 같다. 다만 지금의 좋았던 일이 훗날 좋지 않았다고 후회하지 않기를 마음속으로 빌고 있을 뿐이다.

2017.03.03.

죽음을 생각해보다

인생에 있어서 중요한 사건이 많이 있지만, 가장 큰 사건 두 가지만 꼽으라면 역시 탄생과 죽음이다. 사실 태어나는 것은 수 억분의 일의 경쟁을 뚫고 태어나지만, 자의로 세상에 나오는 것은 아니다. 어떤 사람들은 아마 태어나기 전에 이 세상의 참모습을 알았더라면, 이 세상에 태어나고 싶지 않았을 사람도 많을 것이다. 이 세상에 태어나는 것이 축복이라 말하는 사람들이 많이 있지만, 개중에는 지금도 죽지 못해 억지로 살아가고 있는 사람이 있으리라 생각된다.

사실 태어나서 살아간다고 하지만, 우리는 종착점을 향하여 죽어가고 있는 것이다. 지금 이 시각에도 주어진 생명줄은 줄어들고 있다. 기독교나 천주교에서는 생명을 하나님이 주셨다고 하지만, 불교에서는 전생의 업보에 의하여 현생의 인간으로 태어났다고 한다. 즉, 인간으로 태어나는 것이 수많은 윤회의 과정이라고 한다.

누구나 대부분 살아오면서 '나는 어디서 왔는가?', '무엇 때문에 사는가?', '왜 사는가?', '언제 죽을 것인가?'에 대하여 한 번 이상 심각하게 생각해보지 않은 사람은 없을 듯하다. 나도 그런 것들에 대해 심각하게 생각해본 적은 여러 번 있으나 매번 답은 '모른다'였다.

현재 나는, 나의 종착점이 앞으로 5년 후가 될지, 10년 후가 될지, 아니 30년 이상이 될지 모르겠으나, 적어도 내 인생의 반 이상을 훨씬 더 살아온 것은 확실하다. 요즈음 내 주변에는 벌써 나와 비슷한 연배의 지인들이, 자주는 아니지만 가끔 하나씩 떠나기 시작했다. 그래서 죽음에 대하여 생각해 보지 않을 수 없는 때가 되었다. 나는 과연 남은 기간이 얼마인지는 모르지만, 사는 동안에 어떤 모습으로 살다가 저세상으로 갈 것인지?

얼마 전 회갑을 맞았다. 회갑까지 살았으면 지금 죽던지, 30년 후에 죽던지, 50년 후에 죽던지, 언제 맞이해도 크게 억울하거나 축복받을 일은 아닌 것 같다. 내 평소의 소신대로, 최대한 주변에 피해를 최소화하고 떠날 수만 있다면 좋겠다. 그리고 죽기 전에 적어도 한 달 정도는 사전에 인지하여 이 세상에서의 나의 흔적을 정리할 시간을 가진다면 좋겠다.

죽음은 인생의 완성이다. 그곳이 목표지점이라면 굳이 목표지점에서는 기뻐하여야지 슬퍼할 이유가 없다. 물론 세간에는 '개똥밭에서 굴러도 저승보다는 이승이 낫다'고 하지만, 저승에 다녀오지 않은 이상, 저 세상이 이 세상보다 좋을지, 못할지 알 수 없지 않은가? 불교의 윤회설에 의하면 현생의 업보에 의하여 가장 좋은 윤회는 다시 인간으로 태어나는 것이고, 그 삶조차도 전생의 업보에 의하여 좋을 수도 나쁠 수도 있다고 한다. 나의 업보는 지금까지의 평가는 모르겠으나, 앞으로 더 살아가면서 선의 업보를 쌓을 시간이 남아 있다고 생각한다.

나의 희망은 죽음에 대한 두려움과 공포보다도, 차분하게 겸허히 받아들이며, 이 세상을 떠나면서 아쉬움 없이 '아름다운 인생을 살았도다!' 정도면 족하겠다.

2016.07.01.

환희의 다리

　내가 생각하는 인생의 목적지는 넓은 개울 저쪽 편에 있다. 그 개울은 바다도 아니고 강도 아니다. 조금 넓지만 징검다리를 놓아야 건너갈 수 있는 그런 개울이다. 그러나 물에 빠지면서 건널 수 있는 그런 개울은 아니다. 징검돌을 수십 개를 놓아야 건널 수 있는 그런 개울이다. 돌을 하나 들고 와서 징검돌을 놓고, 다시 돌아가서 또 돌을 하나 들고 와서 징검돌을 놓고, 이렇게 수없이 반복해야 완성할 수 있는 징검다리이다. 마지막 징검돌을 놓고 건너면, 그곳이 나의 목적지이다. 그곳의 이름은 '피안'이다. 다만, 내가 죽는 순간에 도달할 수 있을지는 미지수다.

　지금까지 많은 돌을 날랐다. 한 발자국에 한 개로 안 되면 여러 개를 모아서 한 발자국이 되게 했다. 하나를 놓고 되돌아가기를 수십 번, 그래도 아직 반도 완성하지 못하였다. 하나를 놓을 때마다 돌아가는 시간이 더 길고 힘도 더 많이 든다. 그 징검돌 하나하나에는 이름이 있다. 첫 번째가 탄생의 징검돌, 두 번째가 유아의 징검돌, 세 번째가 소년의 징검돌, 네 번째가 꿈의 징검돌, 다섯 번째가 학업의 징검돌, 여섯 번째가 노력의 징검돌, 일곱 번째가 경험의 징검돌, 여덟 번째가 시련의 징검돌, 아홉 번째가 슬픔의 징검돌, 열 번째가 환희의 징검돌… 징검돌….

이 징검돌 하나하나는 튼튼해야 하며, 거센 물살이나 세월에도 견딜 수 있어야 한다. 그래야 내가 건너간 다음에 많은 사람이 오랜 세월을 편하게 건널 수 있을 것이다. 죽는 날까지 나는 이 다리를 완성할 것이다. 그리고 그 다리에 이름을 붙일 것이다. 그 다리의 이름은 '환희의 다리'이다. 만약 완성하지 못하고 내 인생이 끝난다면 그 다리의 이름은 '미완의 다리'이다.

나는 오늘도 '환희의 다리' 완성을 위해 정진한다.

2015.11.03.

오월을 생각하다

오월은 계절의 여왕이요! 장미의 계절이요! 가정의 달이다! 또한 오월이 오면 피천득 선생님의 '오월'과 이양하 선생님의 '신록 예찬' 두 편의 수필이 생각나기도 하는 계절이다. 또한 음력 4월생인 내가 양력으로 생일을 맞는 달이기도 하다.

오월은 봄 중에서 진 봄이다. 가장 봄을 느끼고 만끽할 수 있는 달이다. 산초에 초목이, 이제 막 피기 시작하는 풋풋한 처녀 가슴이다. 설렘이 그득한 달이다.

오월은 1년 중에서도 가장 행사가 많고 생각할 것이 많은 달이다. 1일은 근로자의 날, 5일은 어린이날, 8일은 어버이의 날, 10일은 유권자의 날, 11일은 입양의 날, 15일은 스승의 날이자 가정의 날, 16일은 성년의 날, 17일은 석가탄신일, 18일은 5·18 민주화운동기념일, 19일은 발명의 날, 20일은 세계인의 날, 21일은 부부의 날, 25일은 방재의 날, 31일은 바다의 날, 이렇게 많은 기념일이 집중되어 있는 것만 봐도 단연코 오월은 계절의 여왕임이 틀림없다.

오월은 절기 중에서도 봄이고, 봄에서도 딱 중간으로 농부가 뿌린 씨가 자리 잡는 시기로, 오월은 농부에게도 1년 중 가장 바쁘고 중요한 달이 아닐까 싶다. 이러한 오월의 각 기념일 중에서 특히 어린이날, 어버이의 날, 스승의 날에 대하여 생각해 보고 싶은 것이 있다.

첫째 어린이날에 대하여 생각해 보면, 예전에는 미래의 인적 자원이자 새싹인 어린이들이 못 먹고, 못 입고, 대우받지 못해서, 아이들이 씩씩하고 무럭무럭 대우받으면서 잘 자라라고 1년에 한 번 어른들이 어린이를 되돌아보라고 방정환 선생님께서 어린이날을 만드셨다. 어린이날을 만들 당시에는 어린이 보호가 절실했다. 그러나 요즈음에 들어서 각 가정의 어린이들 대부분이 1년 내내 최고의 대우를 받는 어린이로 자라고 있다. 요즈음, 부모들이 자기 아이들에 대하여 제일 잘 입히고, 먹이고, 기르려고 하는 것이 일반적이다. 물론 그렇지 못한 경우도 더러 있기는 하지만, 특별히 어린이날이 필요할까 싶다.

둘째 어버이날에 대하여 생각해 보면, 우리가 어렸을 때는 어버이날이 아니고 어머니 날이었는데, 아버지들의 요구였는지는 모르겠으나 어느 순간에 어버이 날로 바뀌었다. 그러나 요즈음에 와서는 아버지 날로 바뀌어야 하는 게 아닌가 싶다. 대부분의 각 가정에서, 어머니들이 자녀교육이나 재산관리 등에서 권한을 가지고 가정을 좌지우지하면서 아버지들의 권한을 뛰어넘고 더러는 아버지들을 힘 못 쓰게 하는 경우가 많다. 예전의 부계사회에서는, 핍박받고 고생만 하는 어머니를 위하여 어머니날이 꼭 필요했지만, 지금은 신 모계사회가 도래하고 있다. 거꾸로 아버지가 가정에서 아내나 아이들에게 소외당하고 핍박받는 경우가 늘어나고 있다. 특히 은퇴한 아버지들의 가정에서는 더욱 그렇다. 그래서 이제는 아버지날로 바뀌는 것이 타당할 것 같다.

셋째 스승의 날에 대하여 생각해 보면, 요즈음은 형식상 스승의 날이지 참스승도 없다시피 하고, 또 참스승이 있어도 사회적으로 대접

받지 못하는 시대가 됐다. 각 초, 중, 고에서 스승의 날이 다가오면 가정통신문을 보내 절대 카네이션마저도 보내지 말라고 당부한다. 초등학교 교사인 내 딸아이 말을 들어보니, 스승의 날에 학교에서 어느 선생님은 학생이 가져온 카네이션을 달고 있지만, 어느 선생님은 그마저도 달고 있지 않아 쓸쓸하게 보인다고 한다. 어느 학교에서는 아예 학교에서 카네이션을 준비하여 선생님들이 달도록 한다고 한다. 요즈음 선생님들이 학생들에게 몇천 원짜리 선물을 받아도 어떻게 학부형에게 돌려줄까 고민한다고 한다. 이런 사태가 쓸쓸하다. 스승의 날에는 학교가 주체가 되어 스승과 제자들이 가벼운 축제 분위기를 만들 수 있으면 좋을 것 같다.

오월을 맞이하여 어린이날, 어버이날, 스승의 날에 대하여 나만의 생각을 해 보았는데, 혹시 생각이 다른 사람들의 오해의 소지가 있을 수도 있겠다. 어린이날, 어버이날, 스승의 날을 유지하되 그 기념일에 맞는 세태가 되기를 기대한다.

2013.05.16.

젊은이와 늙은이

인간은 태어나서 평균적으로 약 80년을 살다가 죽는다. 아마도 요 즈음 와서는 1년에 6개월 정도씩 수명이 길어진다고 하니 평균 100살 시대도 곧 도래할 듯싶다. 어려서는 젊음과 늙음에 대하여 별생각이 없었고 최근에 와서야 젊음과 늙음에 대하여 생각하기 시작하였다. 이런 생각을 하는 것은 순전히 나이 탓이다. 그만큼 내 나이도 들었 다는 뜻이다. 그러면 나는 젊은가? 아니면 늙은 것인가?

어떻게 보면 아직 젊은 것 같기도 하고, 어떻게 보면 늙은 것 같기 도 하다. 내가 어렸을 때 내 나이의 어른을 보면 늙었다고 생각했던 것 같다. 그러나 이 나이에 내가 나를 생각하면 나는 아직도 청춘이 다. 세간에 60대는 청춘이요 70대는 장년이요 80대가 되어야 노년이 란 말이 떠돈다. 물론 노령층에서 자위하기 위하여 만들어 낸 말인 듯싶다. 그러나 나는 이 말을 믿고 싶다. 왜냐하면 나는 아직 청춘이 라고 믿는 나의 정신병학적 믿음 때문이다.

그러면 어떻게 해서 정신병학적 믿음이 생겼는지 따져봐야겠다. 내 생각은 이렇다. '나이가 어려도 육체적으로 허약하고 정신적으로도 의욕이 없고 도전정신도 없고 생활의 개선을 위하여 노력하지 않는 사람은 늙은이요! 나이가 많아도 육체적으로 강하고 정신력도 강하 고 도전하고 생활의 개선을 위하여 노력하는 사람은 젊은이다!' 라고 정의하고 싶다. 그래서 나는 젊은이고 아직 청춘인 것이다. 물론 다른 사람들과의 관계에 있어서는 내 나이에 맞는 역할을 해야 한다고 생각하는 것은 당연하다. 남이 나를 그렇게 생각하지 않는데 나 혼자 돈키호테식으로 생각하고 행동하는 것은 어불성설이다.

　내가 젊은이라는 것은 순전히 나 혼자만의 관계에서다. 그러면 젊은 나는 어떻게 살아갈 것인가? 첫째 꾸준한 운동으로 체력을 유지한다. 둘째 아프지 않는다. 셋째 항상 일하고자 한다. 넷째 도전정신을 잃지 않는다. 다섯째 늘 배우려고 노력한다. 여섯째 배려하도록 애쓴다. 이런 생각으로 살면 영원히 젊게 사는 게 아닐까? 물론 나만의 기준이다.

2015.03.06.

인생을 생각해보다

인생이란 사람이 태어나서 죽을 때까지의 여정이다. 그 인생의 여정은 물리적으로 짧은 사람이 있고 긴 사람이 있다. 그러나 물리적 시간 말고 같은 수명을 살았더라도 정서적으로 짧게 느껴지는 인생이 있고 길게 느껴지는 인생이 있다.

시골의 촌부는 백수를 살았다 해도 곧 잊혀지고, 역사적으로 위대한 인물은 요절을 하였다 해도 다른 사람의 가슴속에 영원히 살기도 한다.

또한 금수저 들고 태어나서 어려움 없이 유복하게 자라고 성인이 되어서도 굴곡 없는 평탄한 삶을 살아가는 사람에게는 인생이 짧게 느껴지기도 하고, 흙수저를 갖고 태어나서 갖은 고생을 다 하고 성년이 되어서도 삶이 원하는 대로 풀리지 않으면 삶이 무척 길게 느껴지기도 할 것이다.

그러나 금수저 들고 태어났으나 죽기 전까지 삶에 굴곡이 심하거나, 흙수저 갖고 태어났어도 본인이 노력했거나 운이 따랐거나 하여 삶이 좋아졌다면 인생이 더 길게 또는 더 짧게 느끼게 될 것이다.

중요한 것은, 누구에게나 인생은 한 번의 기회뿐이고, 지나가 버린 시간은 되돌릴 수가 없다는 것이다.

흔히 인생을 마라톤에 비유한다. 긴 여정에 오르막도 있고 내리막도 있고 평탄한 길도 있다는 뜻일 게다. 실제 마라톤은 42.195㎞로 누구에게나 똑같은 거리와 코스가 정해져 있다.

그러나 인생은 거리와 코스가 똑같은 그런 마라톤이 아니다. 각자의 인생 거리와 코스가 다르다. 어느 한 사람도 같을 수가 없다. 그 인생의 마라톤에는 '희, 노, 애, 낙, 애, 오, 욕'의 칠정이 섞여 있는 평지, 오르막, 내리막, 늪, 천, 바다 등의 코스다.

다른 종교는 잘 모르겠는데 불교에서는 윤회설에 근거하여 전생의 업보에 따라서 현생이 정해진다고 한다. 금수저를 들고 태어나는 것은 전생에서 좋은 업보를 쌓은 것이며, 흙수저를 갖고 태어나는 것은 전생에 좋지 않은 업보를 쌓은 것이 된다. 따라서 자신의 태어난 환경에 대하여는 누구를 탓할 상황은 아니다. 다만 좋은 업보를 현세에서 많이 쌓아야 내세에서 좋은 환경에 태어날 수 있다는 것이다. 믿거나 말거나 하여튼 자신이 태어난 환경을 절대 남 탓으로 돌리지 말고 현세에 착하게 잘 살라는 뜻은 분명하다.

나는 어떠한가? 물론 흙수저를 들고 태어난 것은 확실하다. 어려서 배를 곯은 적이 많았다. 물론 우리 시대에는 많은 사람들이 배를 곯았다. 그러나 나는 살아오는 동안에 나름대로 열심히 살아왔다고 생각하고 있으나 신의 입장에서 보면 터무니없는 생각이다.

지금까지의 내 인생을 되돌아보면, 살아오면서 조금씩 나아졌다. 속도는 느리지만 거꾸로 간 적은 거의 없다. 급격하게 좋아지지는 않았지만 매 순간 조금씩 좋아지는 걸 느끼고 살았다. 그런 나는 지금 과거로 돌아가 살라고 하면 나는 원치 않는다. 과거로의 회귀보다는 앞으로 더 잘 살아가고 싶다. 항상 지금이 제일 좋은 시간이라고 생각하고 싶다. 육체적, 정신적, 경제적으로 점점 더 나아지고 싶고 지금까지 이루지 못한 것도 앞으로 살아가면서 이루어 나가고 싶다. 되돌린다고 더 잘 살 자신은 없다. 그러나 앞으로는 내 인생에 좀 더 최선을 다하고자 한다. 물리적 나이로도 우리 세대 평균 수명을 계산해서 특별한 일이 발생하지 않는다면 앞으로 30년은 더 살 것이다. 아직도 살날이 무척 많이 남았다는 생각이다. 따라서 할 수 있는 일도 많다고 생각한다. 또한 언젠가는 좋은 작품을 남겨서 사람들의 가슴 속에 영원히 살고도 싶다. 지금의 소망은 그것이다.

나는 인생을 이렇게 생각한다. '나고 죽는 것은 내 마음대로 안 되는 것이지만, 살아가는 것은 내 의지대로 살아가야 한다. 주어진 인생을 헛되이 낭비하지 말고 늘 최선을 다해야 한다. 그리고 인생의 결과, 즉 죽음을 겸허히 받아들이자'라고

마지막으로 미국의 교육가이자 사회운동가인 '존. 가드너'가 제시한 인생을 행복하게 살 수 있는 일곱 가지 단어를 곱씹어 본다. 살아라, 사랑하라, 배워라, 생각하라, 주어라, 웃어라, 시도하라.

2015.12.01.

우화를 위하여

그동안 살아오면서 내 직업에 대하여 여러 번의 변태가 있었다. 변태를 위하여 많은 고통과 인내가 필요하였고, 변태를 할 때마다 성큼 성장하게 된다. 매미는 어두운 땅속에서 4번의 변태를 거쳐 성충이 되고 땅 위에 나와서도 우화를 거쳐야 진정 매미가 되는데 나 역시 매미와 같은 변태를 거듭하고 있다. 아니, 매미보다도 더 많은 변태를 하고 있다. 그러나 아직도 성충이 되지 못한 거 같다. 물론 우화에 이르지도 못하였다.

첫 번째 변태는 1976년 철도청에 부기관사로 임용을 받은 후 2년을 근무하다, 군에 입대하여 3년을 근무하고 제대하여 복직하지 아니하고 사표를 내고, 6개월간의 공백을 거쳐 주택은행에 입사한 것이다. 이때 변태하기 위한 6개월간은 많은 노력과 고통과 인내가 필요했다. 국립철도고등학교는 공업고등학교다. 이 학교의 운전과를 나와 상업고등학교 졸업생이 입사할 수 있는 은행은 쉽게 들어갈 수 있는 곳이 아니었다. 각고의 노력 끝에 변태에 성공하였다. 이때 변태를 위하여 몸무게는 6㎏이나 줄었다.

두 번째 변태는 26년간 몸담았던 은행에 2007년 3월에 사표를 내고 베트남에 단독 진출하여 '뉴텍'이란 법인을 만들고 대표가 되어 2년간 회사를 운영한 것이었다. 이 기간 돈도 많이 잃었지만 내 인생으로 보면 많은 것을 얻었고 한껏 더 성숙으로 자랐다. 평범한 직장인이라며 해외에서 혼자 2년을 어떻게 사업하며 견딜 수 있겠는가? 나는 이 기간에 한 나라의 문화와 생활 등 남들이 느낄 수 없는 많은 것을 보고 배웠다. 전 직장에서 동경주재원으로 3년을 보내며 선진국의 문화를 느꼈다면 이번에는 후진국에서 2년간 문화를 느꼈다.

세 번째 변태는 두 번째 변태 후 사업을 지인에게 넘기고 귀국하여 부산의 또 다른 지인 소유의 호텔을 근린생활시설로 리모델링하는 회사의 관리 이사를 몇 개월간 근무하다가 그만둔 것이었다. 이 기간 역시 짧은 기간이었지만 나의 변태 단계의 한 단계를 차지하고 있다. 이 기간에는 건축 관련해 많은 지식을 얻을 수 있었다.

네 번째 변태는 부산에서 올라와 약 10개월가량 쉬면서 IFRS관리사 시험에 도전하여 합격한 것을 안 지인의 소개로 IT 관련 회사의 컨설턴트와 관리 이사로 18개월 정도 몸담은 것이었다. 이 기간에는 실업자로서의 고충과 중소기업의 실태를 뼈저리게 알 수 있는 기간이었다.

다섯 번째 변태는 서울중앙지법 소속 법정관리기업 네 군데를 약 4년 6개월간 감사, CRO(구조조정담당임원)로 근무하다 2016년 3월 31일자로 퇴직한 것이다. 이 기간에는 법정관리 기업의 경영실태를 파악할 수 있었다. 이 기간은 경제적으로는 약간 부족함이 있었지만 시간적으로 여유가 있었고 대학원 졸업과 글을 읽고 쓸 수 있는 여유로움이 넘쳤다.

그리고 2016년 4월 1일부터 KB공익재단 경제교실 강사로 초, 중, 고, 일반인을 대상으로 금융경제교육을 담당하면서 또 한 번의 변태를 하였다. 최근에 금융감독원 경제교육 전문강사 인증을 위하여 실기와 필기 인증시험을 보았는데 지난 13일 합격하였다는 통지를 받았다. 요즈음에는 초, 중, 고등학교를 주로 강의 다니는데 아이들을 가르치고 나면 힘이 드는 것보다도 기쁨이 앞서고 오히려 기를 받는 느낌이다.

최근에 강의하였던 것을 상기해보면, 초등학교 저학년 아이들은 내 손주뻘 되는 아이들인데, 말도 잘 듣고 귀엽고 사랑스럽다. 초등학교 고학년 아이들은 말도 잘 듣고 말귀를 잘 알아들어 좋다. 때로는 나에게 잘 보이려고 애교도 부린다. 그래서 초등학생들을 가르치는 게 제일 즐겁다. 이 아이들 한 명 한 명이 모두 미래의 중요한 인적 자원이다. 어려서부터 이렇게 금융 교육을 철저히 한다면 미래에 우리나라의 금융에 대하여 걱정을 덜 수 있을 듯하다.

중학교 아이들은 제일 가르치기가 어렵다. 떠드는 아이들도 많고 때로는 아이들이 천방지축으로 나를 당황하게 하는 경우도 종종 있다. 중2는 북한의 김정일도 무서워서 못 내려온다는 말이 있었다. 지금은 김정은이 무서워서 못 내려온다고 해야 맞겠다. 그래도 가르치고 나면 뿌듯한 느낌과 기를 받는 느낌이 있다.

고등학교 아이들의 경우는 제일 가르치기가 편하다. 대부분이 강의에 열중하고 질문도 많이 하는 등 금융에 관심도 많고 열성적이다. 초, 중등학생은 게임을 병행하여야 하는데 고등학생은 오로지 강의로만 이루어져 있어 더 편한 것도 있다. 떠드는 아이들은 별로 없고 가끔 자는 아이들이 있는데 그냥 자게 놔두면 강의하는 데 지장은 없다. 그러나 1~2명이 아니고 많은 인원이 자게 되면 잠을 깨는 특단의 조치를 취해야 한다. 기지개를 켜게 한다든지 재미있는 동영상을 틀어준다든지 하여 강사의 재량으로 수강생들이 재미를 느끼게 해주어야 한다.

어쨌든 나는 요 몇 달 사이에 경제교육 전문강사로 변태를 완료했다. 이제 금융 경제 분야의 강의가 들어오면 사전 준비를 거쳐 완벽하게 강의할 자신이 생겼다. 변태 성공이다. 그러나 언제 다시 변태가 일어날지 또 우화는 언제 일어날지 나 자신도 모른다.

2016.06.22.

아직 청춘이다

스마트폰에서 벨이 요란하게 울린다. 어제저녁 잠자리에 든 후 나도 모르는 새 어제라는 시간은 낡은 과거가 되었고, 오늘이라는 새로운 시간을 알림과 동시에 빨리 눈을 뜨고 일어나라고 재촉하는 소리다. 일어나기가 싫어 더 누워있고 싶은데 벨은 반복해서 울린다. 마지못해 눈을 뜨고 일어난다. 젊은 시절하고 똑같다. 늘 아침이 되면 포근한 이불을 걷어차지 못하고 조금만 더 조금만 더 하다가 일어나는 것이다.

금년 7월까지 오랜 기간 동안 전일제로 근무한 적이 없다. 주 2~3일 출근하거나 매일 출근하더라도 온종일 근무한 적이 없다. 지난 8월 3일 법원으로부터 모 회사의 법정관리인으로 선임 받은 후로 월요일부터 금요일까지의 출퇴근이 일반 직원들하고 똑같다. 가끔 중요한 일이 있을 때는 야근도 한다. 실로 오랜만이다. 이렇게 온종일 책상에 앉아 풀로 근무했던 것이 10년도 훨씬 더 된 것 같다. 전 직장 본부부서에서 근무할 때가 마지막이고 일선 지점에 나와서는 온종일 책상에 앉아 있었던 시간은 얼마 되지 않았다. 전 직장 은퇴한 지도 10년이 다가온다.

눈을 뜨고 일어나 간단히 아침 식사를 하고 출근한다. 마을버스를 타고 전철을 타고 중간에 갈아타고 마지막에 조금 걸어서 사무실에 도착하는 것이 늘 상 같다. 매일 출근하는 것이 이렇게 좋은 줄을 오랜만에 깨닫는다.

만 3개월이 지났다. 마을버스 속에서도 전철 속에서도 그 시간대에 주위를 둘러봐도 내가 제일 나이가 많은 것 같다. 젊은이들뿐이다. 그 속에서 나는 젊음을 느낀다. 주위에 온통 젊은이들뿐이니 그 속에서 젊은 기를 받는 거 같다. 단지 다른 젊은이들은 스마트폰에 정신이 없지만, 나는 늘 책 한 권을 들고 책을 읽는 것이 다를 뿐이다. 덕분에 나는 2~3일에 책 한 권을 읽어낼 수 있다. 이것도 축복이다. 나는 출퇴근을 하면서 이런 환경을 감사하게 생각한다. 나도 젊은이 못지않는 정열을 가지고 젊은이처럼 열심히 출퇴근하면서 일도 똑같이 하고 있구나! 내 또래의 많은 사람이 이런 나를 부러워하는데 나에게는 이게 얼마나 큰 행복인지 모르겠다.

작년 이맘때 목동에서 부천으로 이사를 해서 직장인 신사동까지 출퇴근하는데 편도 1시간 20분, 왕복 2시간 40분 걸린다. 출퇴근에 대부분 서서 다니기에 그 에너지가 별도로 운동하지 않아도 될 만큼 많이 소모된다. 그 덕분에 저녁에는 잠 맛도 좋다.

때로는 전철에서 빈자리가 생겨도 나는 특별하게 피곤하지 않고서는 젊은이들에게 자리를 양보한다. 나는 관리직에 있는 사람으로 사무실에서의 일이 많지도 않고 눈치 볼 사람도 없어 덜 피곤하지만 젊은이들을 보면 늘 피곤한 모습이다. 그래서 내가 서 있는 바로 앞의 자리가 비면 나는 슬쩍 옆으로 한 발자국 물러서는 시늉을 하면 누군가가 잽싸게 앉는다. 나는 저럴 정도로 힘든 생활을 하는 젊은이가 안타깝기도 하고, 또 한편으로는 나이든 사람이 옆에 서 있어도 양보

할 줄 모르는 젊은이에 씁쓸한 느낌도 느끼는 것은 사실이다.

어쨌든 나는 젊은이 못지않은 정열을 가지고 일하고 있고, 또 얼마만큼의 보수도 받고 있어서 집사람에게 생활비도 주고 형제들을 만나면 밥도 사고 지인들과 만나서는 부담 없이 막걸리 한잔 살 수 있어서 행복하다. 아직은 젊었을 때의 생활방식을 그대로 할 수 있어서 좋다. 행복하다.

그래서 외치고 싶다. '나는 아직 청춘이다!'라고….

2016.11.28.

베르네 천 풍경

2016년12월, 서울 양천구 목동에 살다가 인천 송도로 출근하는 아들과 부천 중동으로 출근하는 딸 그리고 강남으로 출근하던 나, 세 사람의 출퇴근을 만족시키는 살만한 곳을 찾다가 현재 이곳 부천시 여월로 휴먼시아아파트 5단지로 이사 왔다.

이곳에 이사 와서 나에게 제일 좋았던 것은, 주변이 온통 낮은 산으로 둘러싸여 있고, 아파트만 나서면 둘레길이 사방으로 나 있어 골라서 산책하기가 좋다. 그 중에서 제일 좋은 것은 아파트 뒷문으로 이어진 조그만 뒷동산을 넘으면 5분 거리에 산책하기 좋게 잘 꾸며진 베르네 천이 있다. 여기서 '베르'는 벼랑의 뜻이고 '네'는 하천이란 뜻이라 한다.

베르네 천은 부천시 춘의동 원미산 칠일약수터에서 발원하여 성곡동, 원종동, 오정동으로 흘러드는 총 길이 4.2㎞의 하천이다. 이 중 내가 즐겨 찾는 곳은 여월휴먼시아아파트 3단지 옆에 조성해 놓은 직선 길이 약 800m, 둘레 총 길이 1,650m의 아담한 자연형 하천 산책로이다. 하천바닥의 너비는 10~35m이고 하천 주변에는 주민들이 이용할 수 있도록 의자 등의 편의 시설을 설치하여 휴식공간과 쾌적함을 줄 수 있는 다양한 수목이 식재되어 있고, 야간조명 등과 같은 시설이 설치되어 있으며, 다리 밑에는 조그만 무대도 설치되어 있어 가끔가다 작은 음악회도 열리곤 한다. 언젠가 강남 양재천을 가본적이 있는데 마치 양재천을 축소해 놓은 작은 양재천 같다.

이 산책로의 상류 원점 바닥에는 '0m & 1,650m'로 표시해 놓고 하천을 빙 둘러 50m 간격으로 표시해 놓았다. 그러니까 1바퀴는 1,650m이고 3바퀴만 돌면 5㎞는 거뜬히 운동하게 되는 것이다.

나는 가끔 이곳에 와서 3~5바퀴를 빠른 걸음으로 걷다가 늦은 걸음으로 걷다가 하면서 하천 주변을 관찰한다.

봄에는 나무와 풀 등 새싹들이 파릇파릇 새 세상에 나오는 모습이 마치 갓난 아기 자라는 모습 보듯이 웃음을 머금게 하고, 여름에는 무성한 나뭇잎과 웃자란 풀들을 친구 삼아 마음속으로 대화를 나누며, 가을에는 형형색색 변해가는 나뭇잎과 풀들의 아름다운 화폭을 감상하곤 한다. 여기에 사시사철 시냇물 소리는 베토벤의 '운명'이나 브람스의 '헝가리 무곡 3번'처럼, 어떤 때는 모차르트의 아기 자장가처럼 들려 눈과 귀를 호강시킨다.

겨울인 요즈음은 통상 천의 가장자리는 얼어있는 경우가 많다. 운이 좋으면 가끔가다가 백로나 왜가리가 한두 마리 날아와 천의 풍광을 돋운다. 때론 참새나 비둘기 떼가 날아와 쉬어 가기도 한다. 그런데 내가 관심을 가지고 관찰하는 것은 오리 가족이다. 이곳에서 사는 오리는 여러 가족의 수십 마리가 일 년 내내 터줏대감인 양 베르네 천을 지킨다. 때론 꽥꽥거리며 가볍게 수면 위를 날면, 마치 이곳이 천국인 양 착각하기도 한다. 봄이나 여름에 어미 한 마리가 10여 마리 새끼 오리를 마치 분대원인 양 줄 세워 평화롭게 헤엄치는 모습을 볼 때에는 앙증맞다. 그럴 때에는 사람이나 동물이나 가족관계를 깊게 생각하게 한다. 특히 어미의 역할에 대하여….

그런데 다른 계절보다도 겨울철인 요즈음은 애네들을 쳐다보는 게 마음이 편치 않다. 요즈음은 아기 오리는 볼 수가 없고, 다 큰 녀석들 3~6마리 정도 떼를 지어 몰려 있는데, 가끔은 무리에서 왕따당했는지 한 마리만 홀로 있는 모습도 볼 수 있다. 이 추위에 가장자리는 얼은 하천에서 무엇을 먹고 어떻게 지낼까? 배는 고프지 않을까? 춥지 않을까? 잠은 어디서 자나? 괜시리 걱정이 되어 마음이 편치 않다.

그러나 나의 그러한 기우 속에서도 오리들은 해마다 겨울을 무사히 넘기고 봄여름에 어미 한 마리가 새끼들을 데리고 유영하는 모습을 보면 신기하기도 하고 한편 안심이 되기도 한다. 가끔은 어떤 무식한 사람이 쟤네들을 잡아가지는 않을까? 쓸데없는 노파심도 있다.

나의 베르네 천 둘레 길은 나에게 명상과 상상력과 활력을 주는 소중한 자산이다. 이 길을 조성한 당국에 감사드린다.

2019.01.28.

주란이의 보답

우리 집 안방 창가에, 지가 주인인 양 덩그러니 한 자리를 차지하고 있는 놈이 있다. 이놈의 풍채는 장군감이고 이름은 명주란이다. 키는 눌러앉은 자리를 포함하여 1m쯤 되고 허리둘레는 70㎝ 정도이다. 이놈이 서너 살 때인 1988년, 영등포의 한 노점에서 내 눈에 띄어 우리 집에 들어왔고, 무명(無名)으로 지내다가 1994년 내가 일본 주재원으로 발령이 났고, 전 가족이 일본으로 이사하게 되면서 형님 댁으로 입양을 보냈던 놈이다.

그러다가 2016년 여름, 형님이 아이들을 다 출가시키고 작은 집으로 옮겨가면서, 이놈을 데리고 갈 수가 없어서 파양시켜 다시 우리 집으로 돌려보냈다. 나는 어려서 잃었던 자식이 20여 년 만에 돌아온 마냥 기뻐서 이놈에게 이름을 지어주었다. 원래 이놈의 종족은 문주란 족인데, 나는 내 성을 따서 명주란으로 명명하였다. 그리고 아침에 일어나면 '굿모닝 주란!', 출근하면서 '잘 지내 주란!', 퇴근하고 '잘 지냈어! 우리 주란이!'하곤 했다. 때론 소리 내서, 때론 마음속으로 읊었다.

이제 돌아와서 설명하면, 이놈은 우리나라에서는 천연기념물 19호로, 제주도 토끼 섬에서 대량 서식하고 있는 수선화과에 속하는 상록의 다년생 문주란이다.

그러던 2017년 여름, 꽃을 멋들어지게 하얀 순백으로 피워주더니,

꽃이 지면서 시름시름 앓기 시작하였고, 얼마 가지 않아 모든 잎이 축 늘어졌다. 나는 어떻게 하든 이놈을 살려보겠다는 일념으로, 물도 듬뿍 줘보고 영양제를 줘 봐도 도무지 살아날 기미를 보이지 않았다. 그래서 내가 잘못 키운 것이 확실하다는 죄책감에, 무언가 해보고자 화분의 흙을 다 들어냈다. 흙을 다 들어내고 나서 나는 무척 놀랐다. 화분의 1/2 상반부만 흙이고 하반부는 흙 하나 없는 뿌리가 360도 수 없이 회전하면서 전족인 양 꽁꽁 감겨있었다. 마치 고문당하는 듯한 모습이었다. 결국 주란이가 그로 인한 고통이 심해 죽으려고 하였던 것 같아 더욱 죄책감이 들었다.

나는 어설픈 상식으로 뿌리 하단부의 1/2을 잘라내고, 상부를 10㎝ 이상 더 들어 올린 다음, 하부에 새로운 뿌리가 나도록 흙으로 채워 공간을 마련하고, 그 위에 주란이를 올려놓고 흙을 덮었다. 그리고 묵힌 깻묵을 거름으로 주고 물도 듬뿍 준 다음, 잎에 의한 부담이 가지 않도록 잎들을 솎아 잘라주고 몇 개를 남겨 짧게 잘라 주었다. 그리고 마음속으로 주문했다. '꼭 살아나 거라, 살아나서 예쁜 꽃을 피워주거라' 하고, 그런 다음 특별히 관리하기 위해 거실에서 안방의 창가로 옮겨 놓았다. 그리고 매일매일 관찰하면서 살펴주었다. 먼지 묻은 잎을 수시로 닦아 반들반들하게 하고, 물은 일주일에 한 번씩 듬뿍 주고, 햇빛이 가리지 않도록 아침에 일어나면 우선적으로 커튼을 걸어 올렸다. 또한 안방을 드나들 때마다 인사를 했다. '안녕 주란이! 오늘은 어때!'하고.

그렇게 하니 주란이는 하루가 다르게 새잎을 돋으며 점점 싱싱하게 자랐다. 매일매일 새로워지는 모습을 보면서 농부의 마음을 읽었고,

진짜 내 자식 같은 마음이 생겼다. 요즈음 각 가정에서 반려동물을 많이 기르곤 하는데, 나는 반려동물 대신 반려식물을 키운다는 생각이 들었다. 건강을 회복한 주란이는 싱그러운 장군 풍채로 안방에서 우리 부부의 보디가드 노릇을 하며 방긋한 모습으로 매일매일 기쁨을 주었다.

그렇게 기쁨을 주더니 요즈음 기적 같은 일이 일어났다. 그동안의 나의 보살핌에 그리도 일찍 은혜에 보답하고 싶었는지, 계절에 맞지 않는 꽃대 한 개를 살포시 내보이기 시작했다. 통상 문주란은 7~9월에 꽃을 피우는 게 정상인데, 6개월 전인 2월 초 내보인 꽃대가 하루에 10㎝씩 쭉쭉 커서 키가 60㎝가 되더니, 어느 날 여인의 자궁 같은 주머니가 퍽 터지더니 그 안에서 길이가 10㎝ 정도의 스무 개의 꽃봉오리가 하늘을 향해 팔 벌리듯 모습을 드러냈다. 그 꽃봉오리가 하루에 서너 개씩 터졌는데 한 봉오리마다 밑에 한 개의 씨방이 있고, 주변에 여섯 개의 가냘픈 하얀 꽃잎과 꽃잎 안으로 여섯 개의 황갈색 수술대가 마치 하늘 향해 쏘아올린 불꽃이 떨어지는 모습처럼 화사하게 피었다. 5일쯤 지나 스무 개의 꽃봉오리가 다 피었을 때에는, 공작이 꼬리를 다 펼친 것보다도 더 고고하고 예쁜 모습을 하고 있었다. 그 꽃향을 맡으니 황홀하다 못해 정신이 아찔하였다. 영원히 이 모습, 이 향기 그대로 간직하고 싶지만,. 어디 이 세상에 무한한 것이 있겠는가! 나는 나비를 대신해 꽃이 지기 전에 붓으로 인공 수정을 해줄 양이다. 반드시 씨를 맺혀 주란이의 자손을 여기저기 퍼트리고 싶다. '주란아! 네 친구 나비를 초대하지 못해 미안하다. 그런데 무척 고맙구나!'

2018.02.27.

2016년을 회고하며

2016년은 60갑자 중 丙申年이다. 내가 태어나서 60년이 된 해이다. 하필 병신년인가! 얼듯 들으면 '장애를 가진 여자'란 뜻 같아 어감이 좋지는 않다. 그러나 내가 정한 것도 아니고 오래전에 선인들이 정해 놓은 것이니 어쩔 수는 없다.

이 병신년은 나의 해여서는 모르겠으나, 나에게는 살아오면서 가장 내가 뜻하는 바대로 이루어진 해이기도 하다.

2016년 새해가 밝자 나는 식구들에게 '올해는 나의 해이니 가급적 나의 뜻을 거스르지 말아 달라'고 선포하였다. 나는 회갑이 돌아오는 것이 무슨 큰 벼슬인 양 생각이 되었다. 그리고 2016년에는 모든 것이 내 뜻대로 이루어지라고 마음속으로 빌었다.

첫 번째, 다니던 직장을 그만둘 처지이나 3개월만 더 다니고 싶다고 하였는데 그게 이루어졌다. 대표에게 급여를 반으로 줄이겠으니 3월 말까지 있자고 하니 흔쾌히 좋다고 하였다. 3개월 있는 동안에 4월부터 무엇을 할까 고민하다가 4월부터는 프리랜서로 무언가 활동을 하면서 책을 읽고 글을 쓰고 싶다고 생각하였는데 우연히 전 직장 동기를 만나 초, 중, 고등학교 학생들을 상대로 금융교육을 할 기회를 얻었다. 그만둔 다음 날 4월 1일부터 강의를 시작하는 행운을 얻었다.

두 번째, 프리랜서로 강의를 다니면서 금융감독원에서 일정 자격이 되는 사람을 선발하여 일주일 교육을 시키고 마지막 날에 이론과 실기 시험을 치르고 합격을 하면 '금융교육 전문강사' 자격증을 수여한다고 듣게 되었다. 일정 자격이란 금융기관이나 교육기관에 10년 이상의 경력을 가진 사람을 칭하였다. 4월에 있었던 모집공고에서는 전국에서 50명을 뽑는다고 하였는데 경쟁률이 2:1이 넘었다. 그런 경우 자격이 되는 사람들끼리 추첨으로 선발한다고 요강에 있었다. 나는 앞으로 프리랜서 금융교육 강사를 전담하고 싶어 꼭 선발되고 싶었는데 선발이 되는 행운이 따랐다. 그리고 5월에 여의도 금융감독원에 집합 교육 일주일을 수료하고 마지막 날에 1차 이론시험과 2차 실기시험에도 꼭 합격하고 싶었다. 과거에도 많은 인원이 불합격하여 수차례에 걸쳐서 재시험에 도전하는 사례가 있다고 들었다. 다행히도 최종 합격하였다. 같이 간 동료 중에 단 20%만이 합격하였으니 천만다행 나의 뜻대로 금감원인증 '금융교육 전문강사'가 되었다.

세 번째, 나의 해를 맞이하여 최소한 해외여행을 두 번은 다녀와야겠다고 마음먹었는데 한번은 집사람과 10박 11일 북 이태리와 발칸 5국을 다녀왔고, 또 한 번은 집사람과 딸 셋이서 중국 장가게 4박 5일을 다녀오게 되어 뜻을 이루었다.

네 번째, 4월부터 7월까지 수십 개의 초, 중, 고등학교에 강의를 다녔고 7월 말이 되니 학교가 방학이라 한참을 쉬게 되었다. 나는 프리랜서가 생각만큼 프리하거나 돈이 되지도 않고 일 년에 두 번 방학 때는 쉬어야 하고 해서 '이제는 안정된 일이 필요하구나!' 생각하고 서울중앙지방법원에 예전에 하던 법정관리 업무가 가능한가 하고 노크를 하게 되었다. 오래전부터 법원에서 나를 인력풀로 등록해 놓고 있는 것을 알았기 때문이었다. 그런데 노크하자마자 바로 문이 열렸다. 최 모 판사로부터 면접을 보자고 연락이 왔고 바로 법정관리기업 관리인으로 선임을 받았다.

이 기업에서의 나의 임무는 이해관계자들에게 공정을 기하면서 회사를 회생시키는 것이었다. 다행히 어렵게 느껴지던 회생계획 인가결정이 12월 말에 났고 한 해를 무사히 넘기게 되었다. 내 인생 중 한 해 동안에 여러 가지가 내 뜻대로 된 것은 이번 해가 가장 컸다고 할 수 있겠다. 지금도 이 회사에 관리인으로 있지만 당분간 계속해서 근무할 여건이 되는 거 같다. 인생 2막에 이런 행운이 따로 없다. 나의 신께 감사드린다.

2017.02.07.

사색의 창

2

아름다운 세상

아침에 눈을 뜨고 밖으로 나가봐라! 환하게 비추는 햇살에 이 세상이 얼마나 아름다운가? 오감을 작동하여 느껴봐라! 가슴속 깊은 곳까지 느껴봐라! 저 멀리 바라봐라! 푸른 하늘이 마치 바다처럼 잔잔하고 한 조각의 구름은 마치 조용한 바다의 돛단배처럼 유유히 흐르지 않는가? 그리고 가만히 서서 바람이 부딪쳐 만들어 내는 각종 하모니에 귀 기울여 봐라! 아름다운 멜로디를 만들어 내고 있지 아니한가? 눈이 있어 볼 수 있고, 귀가 있어 들을 수 있어! 이 얼마나 아름다운 세상에 내가 존재하는가?

깊은 숨을 들이쉰다. 내가 살아있다는 자체가 얼마나 아름다운 일인가? 내 맑은 눈이 있어 순간순간… 하루하루… 태어나서 지금까지… 나는 자연의 아름다운 순환을 느끼고 즐기고 있다. 봄이 오면 수많은 꽃이 나를 위해 향연을 펼친 듯하고, 여름이 오면 초목의 그 푸르름이 나를 위해 마음껏 청춘을 뽐내듯 하고, 가을이 오면 그 아름다움과 풍성함이 역시 나의 오감을 자극하고 행복감에 빠져들게 한다. 겨울이라고 아름답지 않은 건 아니다. 따뜻한 겨울날 펑펑 쏟아지는 함박눈은 온 세상을 채색하고 멋진 풍경을 연출하면 나는 황홀경에 빠져든다. 이 모든 것이 내가 살아 있음에 아름다운 것이다. 내가 이 세상에 태어났기에 아무 대가도 지불하지 않고 마음껏 아름다운 세상을 감상할 수 있어 행복하다.

아침에 길을 나선다. 우리 아파트의 정원수가 눈에 띈다. 한 그루 한 그루 다 아름다운 특색이 있다. 큰 놈 작은 놈, 잎이 넓은 놈, 잎이 얇은 놈, 아주 푸른색이 짙은 놈, 붉은빛을 띠는 놈, 노란 빛을 나타내는 놈, 가지가지 아름다운 모습을 연출하고 있다. 걸으면서 길섶을 관찰해봐라. 작은 돌 큰 돌 가지가지 모양을 한 돌들과 풀 한 포기 한 포기도 나름 아름다움을 뽐내고 있다. 모두가 허투루 생긴 게 아닌듯하다. 나름 이 세상에 존재하는 이유가 있는 듯하다. 그것들은 왜? 무엇 때문에 존재하는가? 결론은? 이 세상을 아름답게 하기 위하여 존재하고 있는 것이다. 나는 매일매일 그 아름다운 것들을 보면서 살아가고 있다.

이 세상에 아름다운 것은 자연만이 아니다. 자기 목숨을 버리면서도 이웃에게 불이 난 것을 알린 젊은 청년, 평생을 모은 돈을 이웃을 위해 쾌척하고 돌아가신 한 할머니, 평생을 남에게 봉사하고 사는 모수녀님, 그리고 매일 동네를 한 바퀴 돌면서 휴지나 담배꽁초 같은 것을 줍고 계시는 동네 할아버지, 소외된 친구를 자주 불러내어 막걸리 한 잔을 사주는 착한 내 친구….

이러한 사람들이 이 세상을 더욱 아름답게 한다.

이 세상을 악의 눈으로 바라보면 아름다운 것이 없겠지만, 선의 눈으로 바라본다면 이 세상은 너무나 아름다운 것이다.

무학대사와 이성계의 담화에서 '돼지 눈에는 돼지만 보이고 부처의 눈에는 부처만 보인다'고 했듯이 이 세상을 보는 눈도 그와 같다는 생각이다.

나도 천상병 시인처럼 이 아름다운 세상에서 잘 놀다가 귀천하고
자 한다. 아름다운 세상을 더럽혀서는 안 된다는 생각이다. 자연을
훼손하거나, 세상에 범죄를 저지르거나, 남에게 해가 되는 일을 해서
는 안 된다는 생각이다. 그것은 이 세상을 아름답지 못하게 하는 짓
거리다. 아름다운 세상! 아름다운 것을 마음껏 보고, 느끼고, 행하
고, 언제가 될지 모르겠지만, 어머니가 계신 하늘로, 아름답게 돌아
가고 싶다.

2017.12.05.

늙기 연습

2018년 10월 본의 아니게 다니던 직장을 그만두게 되었다. 졸지에 아내들이 제일 싫어하는 삼식이가 된 것이다. 내 나이 예순셋, 예전 같으면 집에서 편히 쉴 나이지만 지금은 시대가 바뀌었다. 100세 시대에는 적어도 70세까지는 일해야 한다는 것이다.

나는 오래전부터 '만 65세까지는 경제활동을 하고, 그 이후부터는 내가 꼭 하고 싶은 일을 하면서 살아가야겠다'고 생각하고 있었다. 기회가 되어 일을 다시 할 수 있어도, 가능하다면 마음속의 약속은 지키고 싶다. 인생은 한 번 지나가면 끝이다. 죽는 순간에 후회가 적도록 하려면 그리 하여야 할 것 같다.

물론 지금 잠시 휴식을 취하고 있지만 머지않아 새로운 일은 생길 것이다. 그 동안이 얼마가 될는지 모르지만, 나는 이 기회에 더 늙었을 때 어떻게 시간을 보낼까 하는 연습을 하고 있다. '늙기 연습' 우스운 말일지 몰라도 이 또한 필요하다고 생각이 든다. 나의 '늙기 연습'은 일단 집사람과 마주치는 시간을 줄이고 나만의 시간을 잘 활용하자는 것이다. 오해하지 마시라! 여기서 집사람과 마주치는 시간을 줄이자는 것은 집사람과 관계가 좋지 않아서가 아니고, 매일 마주하면서 잔소리만 늘어나고 그래서 마찰을 일으켜 나빠지는 것을 회피하자는 뜻이다. 그래서 '늙기 연습'하는 나의 일상을 적어보고자 한다.

나는 아침 7시경에 눈을 뜨면 거실에 나와 TV를 틀어 놓고 가볍게 20분 정도 몸을 푼다. 이건 오래된 습관이고 하루의 시작이며 건강을 지키기 위한 최소한의 행위이다. 그 다음에 신문을 보다가 아내가 차려주는 아침밥을 가볍게 먹고 샤워를 하고 속옷을 갈아입는다. 거의 매일 하루도 거르지 않고 샤워하고 속옷을 갈아입는 이유는, 사람이 나이가 들면 신진대사가 떨어져 몸에서 냄새가 나는 게 일반적이다. 내가 늙는 것은 어쩔 수 없는 현상이지만 냄새나는 노인은 되지 말아야 한다는 생각에서다. 세간에 노인 방에 들어가면 노인 냄새가 많이 난다고 손주들도 싫어한다고 한다. 이는 매일 청결하게 하지 않기 때문이다. 그래서 나는 내가 움직일 수 있는 때까지는 매일 샤워하고 속옷 갈아입는 것을 게을리하지 않을 생각이다. 그렇게 샤워를 끝내고 8시 50분쯤 나만의 비밀 공간인 서재로 들어간다. 늙어가는 남자에게 서재가 있다는 것은 커다란 행복이다. 후에 다른 어디로 이사를 하더라도 나의 서재만은 꼭 지키고 싶다.

서재에 앉아 제일 먼저 노트북을 켜고, 익스플로러를 하나 올려 KBS FM을 틀어 내려놓고 음악을 듣기 시작한다. 통상 9~11시까지 진행하는 '김미숙의 가정음악'을 듣는다. 김미숙의 음악은 주로 클래식인데 들으면 달달하다. 그다음 시간도 가급적 클래식을 골라 들으려고 노력한다. 예전에 거의 듣지 않았던 클래식 음악이 요즘은 왠지 들을수록 좋아지고 있다. 음악 감상도 나의 노후에 시간 보내기에 필수가 될 것 같다. 다시 익스플로러 하나를 올려 이메일을 확인하고 내 블로그를 점검한다. 통상 한 달에 1개의 글을 올리면서도 방문객들의 반응을 매일 보는 것이 습관이 되었다. 그리고 각종 뉴스 등을 서핑하며 정보를 얻는다. 그러면 대략 10시쯤 된다. 그때부터 집사람이 점심 식사하라고 부를 때까지 책을 읽거나 글을 쓴다. 2016년 내 첫 수필집 '최고의 생일선물'의 인사말에 늙어서 책을 읽고 글을 쓰기 위해 글 쓰는 연습을 했다고 썼는데, 그걸 실천하고 있는 것이다. 대략 12시부터 약 1시간 동안, 점심을 먹고 차를 마시고 잠깐의 휴식을 취한 후에 다시 서재로 들어와 점심 전에 하던 일을 통상 오후 3시까지 계속한다.

3시부터는 아코디언을 연습할 시간이다. 내 버킷리스트 중의 하나, '비록 음악성은 없지만, 악기 하나만은 꼭 해야겠다'는 생각에 약 18개월 전부터 주 1회 학원에 다니며 아코디언 연주를 배우고 있다. 모든 악기 중에 유일하게 베이스와 멜로디가 함께 있는 악기라서 어려운 악기라고 하여, 초기에는 무척이나 힘들었는데 요즈음에는 솔솔 재미를 느껴가고 있다. 그래서 3~5시까지 매일 2시간을 연습하고 있다. 나중에 익숙해지면 남 앞에서 연주할 기회를 꿈꾸며, 그리고 사랑하는 손주들이 생기면 악기를 많이 연주해주면서 함께 즐길 생각이다. 또 하나, 집사람 칠순 때는 내가 축하 연주를 해주기로 했으니 아주 열심히 해야겠다는 생각이다. 연습이 끝나면 산행 갈 듯한 옷을 차려입고 집을 나선다.

3년 전 이곳에 이사 와서 제일 좋은 것은, 집을 나서면 사방이 낮은 산이고 둘레길이 잘 가꾸어져 있어, 혼자서 조용히 명상하면 한 바퀴 돌기가 좋다는 것이다. 운동도 하고 명상도 하면서 1~2시간 돌면 땀이 흠뻑 나고 기분이 상쾌하고 몸이 가뿐하다. 내 몸속의 노폐물들이 전부 빠져나오는 느낌이다. 정신적인 노폐물까지도 함께 빠져나온

듯 정신도 맑아진다. 집에 돌아와 샤워하면 7시쯤 되는데, 이 시간쯤에 집사람이 저녁을 낸다. 맛있게 먹으면 하루 일과 끝! 저녁 11시에 잠자리에 들기까지는 가족들과 대화하면서 TV를 주로 시청한다. 이로써 나의 일상은 끝난다. 이것이 나의 '늙기 연습'이다. 나중에 완전 은퇴하고 집에 있게 되면 이런 생활을 반복할 예정이다. 물론 사람들과의 약속이라든지 여행을 간다든지 일이 생기면 그때 필요한 행동을 하면 된다.

사실 요즈음은 꼭 이렇게 지키는 날이 많지는 않다. 모임이 많아서 저녁에 자주 나가야 하고, 또 집에서 삼식이 생활을 하지 말라며 점심을 하자고 불러주는 지인들이 있어 자주 나가는 편이다. 그래도 집에 있는 경우에는 거의 이런 패턴을 지킨다. 아직은 이런 패턴보다 출근을 원하면서도….

2019.01.16.

제2의 인생

나는 1956년 5월 21일 충남 청양군에서 이 세상에 나왔기에, 세간
에서 그냥 부르는 나이는 67세이다. 그러나 1년 늦은 최근에서야 국
가가 인정하는 만 65세 노인이 되었다. 나의 부친께서 6·25 휴전 직
후인 1954년에 군에 입대하시어 1961년까지 7년간이나 군에서 복무
하셨다. 그러니까 나는 휴가 나오셔서 만든 휴가 동이인 셈이다.

내가 세상에 나온 당시에는, 100일 전에 죽는 아기가 많았으므로
호적을 늦게 올리는 풍습이 있었다. 그러나 옆집에 사시면서 어머니
를 보살피던 백부님은 다른 이유 즉, 하루라도 위험한 군에 늦게 입대
하는 것이 좋다 하시면서 1년이나 늦게 출생신고를 해주셨다. 그래서
공인 노인이 1년이 늦어졌는데, 살아오면서 나이에 따른 비화도 여러
번 있었다.

초등학교 입학 당시 인천에 살고 있었고, 학교에 입학하기 위해서
원적이라는 것을 제출해야 하는데, 지금처럼 온라인으로 처리되는 시
스템이 아니고 인천에서 충남 청양까지 다녀와야 하는데 그럴 형편이
아니어서, 부친께서 종이에 수기로 내 신상정보를 적어 학교에 제출하
고 입학할 수 있었다. 그 때문에 졸업 당시 원적을 떼어다 제출하고
생년월일을 정정해야 하는 수고를 해야만 했다.

그 후 호적으로 나이가 1년 늦은 상태에서 사회에 발을 내디딜 때

까지는, 잘못된 나이를 특별하게 생각한 적이 없었고, 늘 세간에서 부르는 본 나이대로 살았다. 그러나 내가 26년이나 재직했던 모 은행에 입사할 때에는, 잘못된 호적 나이가 오히려 도움이 되었다. 1년 늦은 1957년 5월 21일생인 나는, 입사자격이 1956년 6월 1일생 이후로 공고가 되었던 것이었다. 정상적인 호적 기록이었다면 아슬아슬하게 입사자격을 갖지 못했을 것이다. 그것은 내 인생의 행운이었다. 그러나 모 은행 입사 후에는 동료들이 줄어든 나이는 인정을 못 하겠다며 호적 나이가 진짜라고 하면서 1년 어린 나이로 대접해 인간적인 불이익을 감수하여야만 하였다. 그러나 50대 초반에 조기 은퇴 후 여러 직장을 전전할 때는, 오히려 한 살 적은 것이 도움이 되지 않았나 싶다.

국민연금에 대해서는 또 그 반대의 경우다. 만 60세까지 내야 하는 국민연금을 1년 더 내야만 했고, 수급 연령이 56년 출생까지는 만 60세부터인데, 57년생부터는 만 62세여서 2년을 더 늦게 수급 개시하게 되었다. 그러니까 1년을 더 내고 2년을 늦게 수급받으니 3년 정도 손해 본 느낌이었다.

지난 5월 말경, 국가공인 노인 혜택을 받기 위하여 동사무소에 찾아가 지공 도사 카드를 발급받았다. 보건소에서 파견 나온 간호사로부터 건강을 위한 설문 조사도 받고, 나올 때는 마스크를 한 보따리 안겨줘서 비로소 노인이 된 마뜩잖은 마음으로 귀가하였다. 이제 거스를 수 없는 국가공인 노인이 되었다.

아! 세월이여! 청춘이여!

어느새 화살같이 날아갔단 말인가?

아침에 화장실에서 샤워를 하고 거울을 본다. 웬 노인이 거울 속에 있다. 누구신가?

세상을 열심히 살기만 했는데 젊은 청년은 어데 가고, 노인이 떡하니 서 있는가?

새롭게 마음을 다잡는다.

UN에서 분류한 나이 기준을 보면,

청년 '18세~65세', 중년 '66세~79세', 노년 '80세~99세', 장수 노인 '100세 이상'이라고 한다.

UN 기준으로 보면 나는 아직 청년의 마지막에 와 있다. 내년에 중년의 길로 들어선다. 이 얼마나 해피한 분류 기준인가! 100세 시대에 나의 인생은 아직 많이 남아있다. 이것은 희망이다.

지금까지의 인생이 제1의 인생이라면, 이제부터는 제2의 인생이다.

제2의 인생은 더욱 알차고 보람 있게 살아야겠다는 생각에 몇 가지 목표를 적어본다.

- **건강을 위해 노력하고 건강하게 살자.** 아직은 혈압약만 먹는 정도인데 다른 질병이 발병하지 않고, 죽기 전날까지 막걸리 한 잔 마실 수 있다면 좋겠다.

- **내 주변의 모든 사람에게 폐가 되지 않게 살도록 노력하자.** 그것은 노인 특유의 불쾌한 행세를 하지 않으면 될 것 같다.

- **남에게 베풀 수 있을 때 베풀며 살자.** 작은 거라도 할 수 있으면 하겠다.

- **책을 많이 읽고 글쓰기를 게을리하지 말자.** 매일 밥 먹듯이 책을 읽고, 적어도 보름에 한 편의 글을 쓸 수 있으면 좋겠다.

- **취미생활인 당구, 아코디언을 열심히 배우자.** 늦깎이로 배우기 시작한 당구와 아코디언을 죽을 때까지 애인처럼 사랑하겠다.

우선 이 다섯 가지 목표를 달성하도록 하겠다. 제1의 인생이 후회가 적지 않기에, 제2의 인생은 후회가 적도록 살아야 한다는 생각이다.

나의 제2의 인생, 파이팅이다!

2022.06.14.

식물의사 (植物醫師)

우리말에 아픈 사람을 치료하는 사람을 의사라고 한다. 그 중에 한방으로 치료를 하는 사람은 한의사, 양방으로 치료하는 사람을 양의사 보통 그냥 의사라고 한다. 그리고 아픈 동물을 치료하는 사람은 수의사라고 한다. 그런데 아픈 식물을 치료하는 사람은 무엇이라 칭하는지 모르겠다.

그래서 인터넷에 찾아보니 식물보호산업기사가 있는 것을 알았다. 식물보호산업기사란? 식물 보호에 관한 기술이론 지식을 가지고 식물의 피해의 진단 및 방제 등의 기술업무를 수행. 구체적으로 농작물의 병, 해충의 발생 원인을 분석하고 농작물, 수목 등 식물의 병, 해충, 잡초를 정확히 감별하여 적용약제를 선정하며, 재배식물에 적합한 토양의 개선, 토양 및 기후에 맞는 각종 유기질 물질을 선정하여 식물이 가장 잘 자랄 수 있는 최적의 조건을 만드는 직무 수행이라고 한다.[1]

왜 아픈 사람을 치료하는 사람을 한의사, 의사라 칭하고 아픈 동물을 치료하는 사람을 수의사라 하면서, 아픈 식물을 치료하는 사람의 고유한 명칭이 없고 식물의 모든 것을 포괄해서 식물보호산업기사라

---

1) 한국산업인력공단, http://www.q-net.or.kr

할까? 나는 식물의(植物醫) 또는 식물의사(植物醫師)라는 호칭이 있었으면 좋겠다고 생각한다. 식물도 기르는 일과 아파서 치료하는 일은 엄연히 다른 영역일 수 있다고도 할 수 있을 것이다. 아픈 식물의 치료를 전담하는 전문의사가 별도로 있으면 좋겠다고 생각한다.

식물들도 아프다. 다만 아프다고 말을 하지 못할 뿐이다. 그런데 사람들은 반려식물을 기르다가 병들면 식물병원에 가지 않고 그냥 버리고 다시 사 오기를 반복한다. 어떻게 보면 식물도 생명이다. 식용이 아니고 반려식물로 키우기로 했으면 아플 때 치료를 해 주어야 한다. 찾아보니 전국에 식물병원도 꽤 있다. 경기도 농업기술원에서는 '사이버 식물병원'을 운영하고 그 이용자가 매년 늘고 있다고 한다.

나는 집안에 작은 정원을 가지고 있다. 화분의 수가 겨우 열댓 개 정도이지만, 우리 집에 입양 온 화초는 가급적 오랫동안 죽이지 않고 잘 키우고 있다. 안 죽이고 키우는 요령은 물이 가장 중요하다. 화분마다 물주는 시기를 종류에 따라서, 계절에 따라서, 그때그때 적당히 조절하면 웬만해서는 죽지 않는다. 그리고 화초에 맞는 적당한 햇빛과 가끔가다 영양제, 깻묵 비료 등을 신경 쓰는 게 전부다.

그런데 지난봄, 십여 년간 기르던 동양란 3개와 30년이 넘은 문주란이 시들시들해서 보기가 안 좋았다. 나는 애네들이 아프다고 소리치는 것 같았다. 오랫동안 잘 자라 주었는데 시들해지는 게 볼 때마다 안타까웠고 내가 무언가 잘못한 느낌이 들었다. 그러나 나는 이들을 식물병원에 보낼 생각은 못 하고 있었다. 그러다가 어느 날, 내가 손수 식물의사가 되어 치료해 보기로 큰맘을 먹었다.

우선 동양란 3개를, 난과 상토를 분리하였다. 각각의 난 뿌리를 보니 대부분이 시들시들 뿌리껍질이 벗겨지고 싱싱한 뿌리는 얼마 안 되었다. 나는 속으로 이렇게 속이 병들어서 죽어가고 있구나! 내가 애네들을 잘못 관리했구나! '미안하다 애들아! 앞으로 더 잘 관리해 주마!' 했다. 나는 시들시들한 난의 뿌리껍질을 다 벗겨내고 가느다란 철사 같은 것은 남겨두었다. 물론 몇 % 안 되는 싱싱한 뿌리는 그대로 살렸다. 그리고 3개의 화분에서 나온 상토를 서로 적당히 섞어 3개의 화분을 다시 만들어 심고, 각각 영양제를 1개씩 꼽아서 환기가 잘 되는 곳에 놓았다.

그리고 다음은 문주란을 치료할 차례다. 30여 년 전 어린 주란이를 영등포의 노점에서 사다 입양하여 키웠다. 그런데 그 후 몇 년이 지나 내가 일본 주재원으로 가면서 형님 댁으로 입양 보냈다가 20년 만인 작년에, 형님이 작은집으로 이사하면서 파양하여 다시 우리 집으로 재입양 와서, 1년쯤 잘 자라다 금년 5월경 꽃을 피우고 나서 시들시들해지기 시작하였다. 그렇게 우리 가족을 안타깝게 하던 그 문주란이다.

나는 베란다에서 화분에 물이 넘치도록 주고 물이 전체에 스며들기를 기다렸다가, 살살 달래서 뿌리를 흙과 분리해냈다. 분리 후 나도 모르게 신음이 나왔다. 화분의 1/2 하단 부분에 뿌리가 360도로 똬리를 틀고 빡빡하게 차 있는 것이 아닌가! 흙이라고는 없는 듯이 보였다. 마치 옛날 중국 여인의 풍습인 전족과 그 여인들이 겪었을 고통이 떠올랐다. 문주란이 아파하는 것은 당연하다고 생각이 들었다. 뿌리가 너무 짓눌려서 더이상 자랄 틈이 조금도 없는 듯 보였다. 나는 과감히 뿌리 하단부의 1/2 정도를 잘라내고 줄기를 먼저보다 더 위로 들어 올리고 화분 하단에 우선 1/2 정도 흙을 돋우고 그 위에 앉히고 흙을 채웠다. 하단에 향후 오랫동안 뿌리가 다시 자랄 공간을 마련해 준 것이다.

사실 나는 '식물보호산업기사' 자격 같은 것은 없다. 다만 상식선에서 그리 해야 할 것 같았다. 그리고 몇 개월이 지난 지금 동양란 3개와 문주란이 점점 싱싱해져 이제는 얘네들의 아픈 것이 치유되었구나! 하고 안도하게 되었다. 내가 귀찮다고 그리고 모른다고 그냥 넘겼으면 10년 이상 함께 한 반려식물을 잃을 뻔했다.

요즈음 물, 햇빛, 영양이 모자라거나 남지 않도록 신경을 각별히 쓴다. 베란다 문은 수시로 열어서 환기를 시키고, 햇빛이 잘 들도록 화분의 위치를 조절하고, 작은 정원의 화분에 물을 주기 전에 물에 영양제 1개 타서 미세하나마 조금씩 보충하도록 하곤 한다. 아무튼 다른 집에서는 반려동물이지만 우리 집에서는 반려식물이다. 키우는 식물 몇 개는 이름도 모르는 것도 있지만, 나는 아침, 저녁으로 반려식물들과 인사를 한다. '얘들아! 나 회사 갔다 올게! 얘들아! 잘 있었어!' 아이들이 나를 알아보는 거 같다!

2017.07.27.

삶의 질

2017년 3월 세계적인 컨설팅 그룹 머서(Mercer)가 세계 주요 도시 주재원 삶의 질·생활환경(Quality of Living) 순위를 발표하였다. 1위는 오스트리아 빈, 2위는 스위스 취리히, 3위는 캐나다 오클랜드, 4위는 독일 뮌헨, 5위는 캐나다 밴쿠버이고, 대한민국 서울은 76위라고 한다. 평가항목은 정치 및 사회적 환경, 경제적 여건, 사회문화적 환경, 의료 및 위생 여건, 학교 및 교육, 공공 서비스 및 교통 시스템, 여가 시설, 소비자 상품, 주택, 자연환경의 39개 세부 항목을 비교 분석하였다고 한다. 경제 규모가 세계 10위를 넘나드는 우리나라가 삶의 질은 형편이 없다는 것을 증명하는 순위다. 참고로 유엔에서 조사한 한국 사람의 행복지수는 세계 56위라 한다. 이는 경제 규모와 삶의 질 또는 행복지수와는 정비례하지 않는다는 것을 말하고 있다.

이 기사를 보고 나는 나의 삶의 질을 내 방식대로 자체 측정해 보기로 하였다. 물론 객관적인 건 아니고 내 주관적인 개념에 의한 측정이다. 모든 걸 10점 만점을 기준으로 해서 생각해 본다.

1. 가족 구성 8점

배우자와 아들과 딸이 있어서는 환상적인 궁합이나 내 양부모와 장인이 안 계시기 때문에 8점이다.

2. 배우자, 자녀에 대한 만족도 7점

배우자에 대한 불만은 별로 없으나 때가 되었는데도 결혼을 안 하고 있는 아들과 딸 때문에 7점이다.

3. 형제 등 친인척 관계 6점

5남매의 형제 중 남자 형제 넷이서는 자주 보고 어울리는 사이이나 여동생과는 단절되어 있고 다른 친인척과도 친하게 왕래하는 사람이 별로 없기 때문에 6점이다.

4. 경제적 능력 7점

집과 차가 있고 배우자와 아이들도 직업이 있어 부담이 적고 현재 수입도 있어 적은 범위 내에서 내가 쓰고 싶은 돈을 쓰고 있으니 그런대로 7점은 되겠다.

5. 친구 등 대인관계 7점

친구와 지인 등 두루두루 잘 어울리고 있으나 절친이 소수이기 때문에 7점이다.

6. 나의 건강상태 7점

크게 병원에 의지하지는 않으나 오랫동안 혈압약을 먹고 있고 무릎이 가끔가다 아파 파스를 바르는 등 하여 7점이 되겠다.

7. 주거 8점

주거는 편한 평수에 살고 있으나 서울을 좀 벗어나 있고 직장이 멀어서 8점이다.

8. 여가 시간 및 활용 6점

주5일 풀 근무로 인해 동년배들보다 여가 시간이 부족하여 주중에는 충분히 활용하지 못하나, 그나마 주말은 자유롭게 활용해서 6점

이다.

9. 내가 처한 정치 사회적 환경 5점

대한민국의 낙후된 정치 상황과 갈등의 사회 환경 속에서 짜증나는 경우가 많으므로 5점이 되겠다.

10. 노후준비 8점

집과 차가 있고 현금도 조금 가지고 있으며, 국민연금도 30년 납입했으니 크게 걱정할게 없다. 노후준비 1순위가 건강이라는데 어느 정도 유지할 수 있겠다 싶어 8점 후하게 준다.

총점을 내보니 합이 69점이다. 이는 평균 70점 이상을 양호한 삶의 질이라고 보면 조금 미달이다. 여기서 내가 생각하는 삶의 질을 높이기 위하여 좀 더 노력한다고 하면 겨우 과락을 면할 수 있을 것 같다. 과락만 면해도 괜찮은 삶이 아닐까 스스로 위로해 본다. 그럼 내가 바라는 삶의 질 점수는 얼마일까? 80점 이상이면 좋겠다.

2017.03.28.

유피테르

나는 전생에 '날씨의 신'과 아주 각별한 사이였던 것 같다. 그 이유는 지금까지 살아오면서 내 개인적인 일이나 다른 사람과 함께 행사를 치른 것 중에서 날씨 때문에 행사를 망친 경우가 거의 없기 때문이다. 오죽하면 농담으로 주변 사람에게 "어디 가려거든 날 데리고 가세요" 할까! 그중 몇 가지만 사례를 들어볼까 한다.

2004년 12월 우리 가족은 아들 녀석의 Y대학 입시 합격통지를 기다리고 있었다. 재수했기 때문에 합격 소식이 절박하였다. 그래서 12월 말일 '정동진을 찾아 떠오르는 새해 태양을 보면서 소원을 빌어볼까?'하고 말일 오후에 서울에서 출발하여 2015년 1월 1일 새벽녘에 정동진에 도착할 수 있었다. 어렵게 주차를 하고 인산인해의 복잡한 길을 뚫고 정동진 해변가에 닿았다. 여기저기 행사를 하는 곳이 많았다. 추위에 떨면서도 그 행사를 기웃거리며 해가 떠오르기를 기다렸다. 새해 첫 해를 보려고 온 사람들과 얘기하다 보니 한두 번 와서는 일출을 보기가 어렵다는 것을 알았다. 날씨가 좋아야 볼 수가 있다는 것이다. 즉, 처음 와서 새해 일출을 본다면 운이 무지하게 좋다는 것을 알았다.

그러나 우리는 처음 온 그날 찬란히 떠오르는 일출을 보았다. 나는 제일 먼저 아들의 대학 합격 소식이 오기를, 그리고 우리 가족과 친인척의 건강을 빌었다. 한 번에 일출을 보았으니 성공이었다. 무언가 좋은 일이 있을 것 같은 예감이 들었다. 그리고 동해안 여기저기 들러 아름다운 자연을 감상하고 서울 집으로 돌아오던 중, 아마도 퇴계원 어디쯤 지나고 있었을 때 우리 가족은 승용차 차 안에서 아들의 대학 합격 소식을 들을 수 있었다.

그 후 어느 날 내 형제 부부들끼리 세계정원박람회장인 순천만을 거쳐서 통영 등 남해안을 여행하기로 하고 대전휴게소에서 아침 8시에 만나기로 하였다. 대전휴게소에 형제들이 모였는데 비가 양동이로 하늘에서 쏟아붓듯이 많이 내리고 있었다. 모두들 순천만을 생략하고 통영의 잡아놓은 숙소로 바로 가자고 한다. 그때 나는 그때까지 내가 가는 행사에 날씨 때문에 낭패를 본 적이 없으니 일단 순천만에 가보자고 설득하여, 그 비를 뚫고 순천만으로 향하였다. 막상 순천만 세계정원박람회장 입구에 도착하니 갑자기 비가 그치고 해가 쨍! 비추는 게 아닌가! '오! 날씨의 신이시여! 감사합니다.'가 마음속으로 저절로 튀어나왔다.

작년에는 내 회갑기념으로 집사람과 함께 발칸반도에 열흘 정도 다녀왔는데 차를 타고 이동할 때에는 비가 내리다가도 목적지에 도착하면 비가 그치곤 해서 멋진 회갑 여행을 할 수 있었다. 또한 집사람과 내 회갑을 맞은 해이기에 여행을 많이 하자고 해서, 8월에는 중국 장가계에 가게 되었다. 가서 얘기를 들어보니 1년에 200일이 비가 오는 곳이라고 하는데, 역시 3박 4일 동안 하루도 비를 맞지 않고 천국에서나 볼만한 환상적인 경치를 감상할 수 있었다.

그다음 전 직장 친구들과 제주도 한라산을 오르기 위하여 여행을 떠났는데 한라산 역시 한번 가서 정상에 올라 전체를 감상하는 것도 운이 아주 좋아야 한다고 했는데, 우리 일행은 정상에 올라 대자연의 경이로운 모습을 감상하고 내려올 때즈음 날씨가 흐려지더니 중턱쯤 내려와서는 비가 제법 와서 비를 맞았으나 행사 자체는 성공적이었다.

마지막으로 한 달 전, 회사에서 평일 오전에 근무하고 오후에 야유회 가기로 하고 2017년 4월 19일에 날을 잡았다. 그날이 어제다. 그런데 우연치고는 일주일 내내 비가 오다가 어제 비가 뚝 그쳤고, 회사 야유회 행사를 무사히 잘 치를 수 있었다.

그 외에도 지인들과 설악산, 지리산, 부산, 강화도 등 많은 행사에 날씨로 인해 취소되거나 낭패를 본 적이 없으니, 과연 나는 전생에 고대 로마의 날씨의 신 '유피테르'의 친인척쯤 되지 않았을까? 하고 말도 안 되는 상상해본다. 앞으로도 이런 우연이 깨지지 않고 지속되기를 간절히 빌어본다.

2017.04.20.

밥

인간은 밥을 먹기 위하여 태어났다…?

밥을 먹는다는 것은 아주 저차원의 문제다.

그러나 저차원의 문제가 해결되지 않으면 고차원의 문제도 해결되지 않는다.

밥이란 모든 생명체가 유지하기 위한 근본이다.

모든 생명체는 밥이 없으면 죽는다. 번식도 할 수가 없다.

인간을 제외한 모든 생명체는 생존과 번식을 위해 밥을 먹는다.

인간도 생존과 번식만을 위하여 밥을 먹는 사람도 있다.

하루 일해서 하루 먹을 양식을 구하지 못하는 부류가 그렇다.

그런 부류의 사람은 밥 이외에 다른 것은 생각할 수 없다.

그것은 저차원의 문제다.

그러나 대부분의 인간은 밥만을 위하여 태어난 것도 아니며, 밥만을 위하여 일하지도 않는다.

인간은 생존과 번식 외에도 추구하는 바가 많기 때문이다.

저차원을 뛰어넘어 고차원의 문제도 해결하기 위하여 태어난 것이다.

인간은 살기 위하여 먹는 것이냐? 먹기 위하여 사는 것이냐? 묻는 것은 현명한 질문이 아니다.

밥에는 우리에게 필요한 영양분이 있어야 하고, 먹는 즐거움도 주어야 한다. 먹는 즐거움이 없는 사람은 살기 위하여 먹는 인간이다.
살기 위하여 먹는 사람은 고차원의 인간이다.

 그러나 인간은 저차원과 고차원이 다 필요한 동물이다.

 즉, 살기 위해서도 먹어야 하고, 먹기 위해서도 살아야 한다.

 잘 차려진 밥상!
 처다만 보아도 군침이 돌고,
 먹으면 황홀해지는 밥상이다.
 잘 차려진 밥상은 저차원과 고차원이 해결되는 밥상이다.

 지금 이 순간
 잘 차려진 밥 한 끼!
 마음에 맞는 사람과
 세상사 논하면서
 막걸리 한잔 곁들여
 함께 먹고 싶다.

 세상의 모든 밥들이여!
 너희는 생명체를 위하여 봉사할지어다!

2018.05.30.

하고 싶은 것 중 하나
- 아너 소사이어티

요 며칠 동안 신문 방송 등 언론에서, 한 소박한 시민의 기부가 화제다.

주인공은 이북에서 내려온 실향민 김영석(91) 씨와 배우자 양영애 (83) 씨가 평생 어렵게 모은 약 400억 원을 고려대학교에 쾌척하면서 '인재를 발굴해 나라에 기여해 달라고' 했다 한다. 초등학교도 졸업하지 못하고 실향민으로서 그 많은 돈을 모았다는 것은, 길게 설명을 하지 않아도 짐작이 간다. 부부가 온갖 어렵고 잡스러운 일까지도 마다하지 않고 일을 하였으며, 먹는 것 입는 것 제대로 못 하고 억척스럽게 모은 재산이란 생각이 든다. 피눈물로 모은 재산임에 틀림이 없다.

실제로, 지금 사는 집에는 40년 동안 사용 중인 허름한 소파와 장롱이 주인과 함께하고 있다 한다. 언론 인터뷰도 평상시 입고 있던 낡은 셔츠차림으로 응했다고 한다. 인터뷰에는 뇌경색으로 말을 제대로 하지 못하는 남편 대신 부인이 "평생 구두쇠 소리를 듣던 나 같은 밑바닥 서민도 인재를 기르는데 보탬이 될 수 있구나! 이런 생각에 정말 기뻐요"라고 말했다 한다.

이런 기사를 보면서, 그 누구보다도 마음에서 존경심이 우러나왔다. 저런 사람들 때문에 이 사회가 그래도 존재할 만하고, 이러한 소식은 삭막한 이 사회에 생명수 같은 단비가 아닐까 한다. 실제 고려대학교에서는 가뭄의 단비처럼 요긴하게 운영되리라 믿는다.

그리고 다른 이면에는, 두 사람의 자녀 두 명이 미국에서 살고 있으면서 부모의 큰 뜻에 이의 없이 동의해주었다는 사실에도 깊은 감명을 받았다. 자녀 입장에서 유산으로 돌아올 거금을 포기하는 것 자체가 쉽지 않은 일이다. 두 자녀에게도 깊은 존경심을 표하고 싶다.

이에 덧붙여 비슷한 다른 사례를 보면, 최근에 홍콩의 유명배우 저우룬파(주윤발)도 평생 모은 돈 약 8,100억 원을 사회에 기부하겠다고 밝히면서, 자신의 인생 목표는 "돈이 아니라 평범하고 행복하게 사는 것이고, 그 돈은 내 것이 아니고, 내가 잠시 보관하고 있는 것일 뿐입니다."라고 했다 한다.

또한 2008년에 청룽(성룡)도 "아들이 능력이 있으면 아버지 돈이 필요 없을 것이고, 아들이 능력이 없다면 더더욱 아버지가 모은 돈을 아들이 헛되이 탕진하게 할 수는 없다."라고 말하면서 4천억을 기부하였고, 그의 사후에 남은 재산의 절반을 사회에 기부하겠다고 했다 한다.

우리나라에서도 가수 김장훈, 하춘하 같은 사람은 수십 년에 걸쳐 200억 이상의 거금을 사회에 기부했다고 한다. 그 외에 우리나라에서도 더러 기부자가 있기는 하나, 기업인이건 개인이건 위 두 부부 또는 해외 사례와 같은 거금을 기부한 사례는 별로 없다. 이것은 우리나라가 아직은 사회적 기부에 미성숙한 상태이며 지도층에서 모범을 보이는 사례가 적다는 증거이기도 하다.

사회의 고위 지도층 인사에게 요구되는 높은 수준의 도덕적 의무, 사회에 대한 책임을 가리키는 노블레스 오블리주에 대한 인식도 부족하다고 할 수 있다.

이 시점에서 나는, 우리나라의 경제사에 큰 획을 그은 이건희 전 삼성 회장에 대하여 말하고자 한다. 그는 변방에 불과한 우리나라의 조그만 기업을 세계가 주목받는 회사로 성장시킨 공로야 말고 모두에게 존경받을 만하다고 생각한다. 그러나 안타깝게도 지금은 병실에서 어떤 모습을 하고 있는지 모르겠다. 상태야 어떠하던지 경영을 하고 인간으로서 누릴 수 있는 생활을 하고 있지 아니하는 건 사실일 것이다. 적어도 10조 이상의 자산을 가지고 있으면서도, 앞으로 그리 오래 살지 못할 것 같다는 세간의 소문이 사실일 것이다.

그래서 내가 감히 제안한다. 그 돈을 통 크게 사회에 기부하고, 그 돈으로 대한민국의 미래를 위해 사용되게 한다면, 영원히 국민들의 기억 속에 남을 것이다.

철강왕 카네기는, 기부금으로 수많은 국가에 공공도서관을 설립하였고, 대학, 연구소, 문화재단 등을 통하여 사회에 기여하고 있어 지속적으로 사람들의 기억 속에 있다.

또한 석유왕 록펠러는, 그의 재단을 통하여 뉴욕에서는 임대 아파트나 집을 빌려서 사는 경우 수도세를 내지 않도록 하였고, 건물이나 집을 소유해도 수도세를 매우 저렴하게 내도록 재단이 대신 부담해 주고 있다. 뉴욕사람들은 그에게 늘 고마움을 가지고 있다 한다.

나는 이건희 삼성 전 회장도 전 재산을 모든 사람들의 기억에 오래 남는 일을 위하여 기부한다면 좋겠다는 생각이다. 물론 그게 이루어질 가능성은 희박하지만…. 그리고 나도, 죽기 전에는 '아너 소사이어티' 회원이 되기를 바라고 있다. 부디 그렇게 될 수 있기를 간절히 바라고 있다.

2018.10.29.

잘 고쳐 쓰자

2000년 초에 현대 소나타를 구입하여 약 15년을 타다가 지인에게 넘겼다. 지인은 한 3년 더 타다가 폐차하였다고 한다. 더이상 고쳐가면서 쓸 수 없었기에 그리한 것으로 추측된다. 처음 차를 구입하고서는 잘 관리하여 오래 쓰기로 하고 1년에 2번 정도는 스스로 자동차정비소를 찾아가 엔진오일도 갈고 냉각수도 보충하고 브레이크 패드 등 필요한 소모품을 갈았다. 그런 덕분에 15년간 크게 고장 없이 잘 운행했다. 다만 내 실수로 사고를 내 앞 문짝을 간 적은 있다. 자동차도 운이 나쁘면 새 차를 구입하자마자 정비소를 들락거리는 경우가 있고, 평소 관리부실로 오래 타지 못하는 경우도 있다.

나 같은 경우는 차가 처음부터 문제가 없었고, 사용 중에도 정기적으로 정비소를 찾았기에 운행 중 고장 나는 일이 거의 없었다.

우리 인간의 몸도 자동차를 닮았다. 태어나면서 유전자가 부실한 사람도 있고, 살아가면서 각종 질병에 시달리는 경우도 있다. 또한 건강하게 잘 태어났으면서도 평소에 건강관리를 잘 못 하여 고통받거나 일찍이 세상을 뜨는 경우도 있다.

나의 경우를 보면, 나는 약골로 태어나 어렸을 때는 각종 잔병에 시달렸다. 큰 병이 아니었기에 그럭저럭 성인이 됐다. 그러나 성인이 되고 나서는 건강에 신경을 쓰기 시작하였고, 평소에 꾸준히 운동하고 규칙적인 생활과 건강한 정신을 가지려고 노력하였다. 30대 초반부터 주로 테니스와 산행을 즐기다 보니 몸이 점점 튼튼해져서 큰 탈 없이 환갑을 넘겼다. 환갑을 넘길 때까지 큰 탈이 없으면 장수의 길로 간다고 하는데 사실인지는 지나 봐야 알 것 같다. 지금껏 병원에 간 적이 있고 약을 먹은 적은 있지만 입원한 적은 없다.

그러나 최근에 나이가 들어감을 느끼고 있다. 이곳 인천 송도에 이사 와서 지하에 스크린골프 연습장이 있기에, 기회다 생각하고 매일 1시간씩 연습을 2개월 정도 하였더니 오른 팔꿈치에 엘보가 생겼다. 2개월 가량 쉬면서 정형외과와 한의원을 들락거리고 있는데도 쉽게 치료가 안 된다. 나이 듦을 느끼는 순간이다. 무리하지 않으려고 하루에 한 시간만 운동하였는데도 문제가 발생한 것이다. 하고 싶은 운동을 하지 못하니 점점 우울해진다. 역시 몸과 마음은 하나인가 보다. 몸이 튼튼해야 마음이 튼튼하고 마음이 건강해야 몸이 튼튼한 것 같다. 그렇게 우울한 나날을 보내고 있는 나에게 또 다른 문제가 생겼다. 설상가상이다. 약 7년 전에 해 넣은 세라믹 인레이에 문제가 생겨 치과에 갔더니 2차 우식증이 생겼다고 한다. 치료는 가능하지만 재발할 수 있으니, 처음부터 임플란트를 해 넣으라고 권한다. 나는 지금까지 충치 치료를 4개 정도 했지만, 이 전체가 내 이라 선 뜻 내키지 않았다. 지금 2주째 치료를 받고 있지만 앞으로 2주를 더 치료하라고 한다. 이에 문제가 생기니 우울함이 더해간다. 나이가 들어가면서 이렇게 생각지 않게 여기저기 고장이 나기 시작한다. 육체가 고장이 나기 시작하니 정신도 고장이 나기 시작하는 것 같다. 낙천적인 나의 성격에도 시나브로 우울증이 찾아왔다. 좋아하는 운동도 자제

해야 하고 좋아하는 술도 마시지 못한 지가 오래됐다. 어느 학자의 논문에서 늦은 나이까지 술을 마시는 사람이 장수한다고 했는데, 그건 몸이 건강한 사람만이 늦게까지 술을 마실 수 있기 때문일 거다. 어쨌든 지금까지 건강강의 문제로 느끼지 못했던 걸 지금 느껴가고 있다. 나이가 더 들어가면서 건강이 더 좋아지는 건 무리일 거다. 최대한 현상 유지가 되도록 노력해야 할 뿐이다. 빨리 완쾌되어서 술을 마시고 싶다. 내 소원은 죽기 하루 전까지도 술 한 잔 먹을 수 있는 것이다.

부모님께 몸을 받아서 60년 넘게 사용했다. 자동차도 오래 사용하면 중고차가 되고 폐차까지 해야 하듯이, 내 몸도 이제 중고가 된 것 같다. 아니, 중고다. 자동차도 중고차가 되면 수시로 고쳐 쓰듯이 내 몸도 이제 수시로 고쳐 써야 할 처지이다. 자동차도 실력 있고 정직한 정비사를 만나면 잘 고쳐서 오래 쓰듯이, 내 몸도 실력 있고 사명감 있는 의사를 만나고 싶다. 이빨을 보자마자 잘 치료해서 내 이빨을 보존시켜 주겠다는 말 대신에 바로 임플란트를 권하는 의사에게 신뢰가 안 간다. 그런데 어이 할꼬! 내 집에서 가까운 치과는 그곳 한 곳뿐인데…. 내 몸! 잘 고쳐서 오래 사용하다 자연에 돌려주려 한다!

2019.11.04.

춘래불사춘(春來不似春)

오늘은 2020년 3월 6일 금요일이다. 한 달 전에 입춘이 지났고 며칠 전 동면하던 개구리가 나온다는 경칩도 지났다. 동장군이 물러나고 완연한 봄이 왔다. 우리 아파트에도 산수유 꽃망울이 나오기 시작했다. 이렇게 만상이 잠을 깨는 삼월이 왔건만, 사람들은 봄을 만끽할 생각조차 못 하고 사회적 격리상태로 지내고 있다. 내 지금까지의 생애에서도 이러한 사태는 처음 본다. 코로나19, 세계보건기구 WHO에서 명명한 폐 질환 바이러스 때문이다. 중세의 흑사병이 지금 다시 창궐한 느낌이다. 보이지 않는 것과의 전쟁상태다. 코로나19는 신종 바이러스이기에 백신도 치료약도 없다. 치사율은 낮은 편이나 전파력은 역대급이다. 전파력 때문에 사회적 격리가 시행되지 않을 수 없다.

우리나라에서 31번째 확진 환자가 나오기 전까지는 정부 여당에서 경제 하강을 우려하였고, 그로 인해 돌아오는 21대 총선에 대한 노파심으로, '코로나19 때문에 너무 움츠리지 말고 활동하라'고 권장하는 우(愚)를 범하였다. 권장하자마자 기성 기독교에서 이단으로 지목받는 교회 신천지 신도가 31번째 확진 환자로 나오더니, 급기야 신천지 교회 전국 12지파 신도 약 23만 명이 집단발병의 발원지로 주목받고 있다.

그중에 특히 31번째 확진 환자가 거주하는 대구지역이 오늘 현재 전체 발병 6,284명 중에 4,693명이고, 인근 지역 경북이 984명으로 대구 경북이 전체 확진자의 약 90%를 차지하고 있다.

금년 초 중국 우한에서 발생한 코로나19는 전 세계로 전염되기 시작하여, 현재 약 10만 명이 확진자라고 한다. 팬데믹(Pandemic) 상태다. 우리나라는 세계 2번째로 확진 환자가 많은 국가이나, 국가방역시스템이 최고인 관계로 머지않아 수습될 것은 명확하다. 그러나 현재 초, 중, 고등학교 학생들의 방학을 3주나 늦추었고, 모든 학원 및 집단행동이 중지되다시피 하고 있다.

국가가 준 마비 상태에 가깝다. 사회적 격리로 인하여 거의 모든 회합이 중지다. 기업들, 그리고 그 기업과 생계를 같이하는 근로자들도 아우성이다. 정부는 추경을 통해서 경제를 회복하려고 하고 있으나 그리 쉬운 일이 아니다.

이런 와중에 돌아오는 4월 15일은 제21대 국회의원 선거일이다. 정치를 시작하려는 신인들은 유권자 대면 접촉을 못해 자신을 알릴 수 없다고 아우성이다. 상황상 선거를 연기하는 것이 맞는 거 같으나, 6·25전쟁의 와중에도 선거를 치렀다고 하니, 마스크를 쓰고서 투표장을 가야 할 것 같다.

일본의 경우 7월에 개최되는 하계올림픽의 개최 여부도 사실상 불투명하다. 우리보다도 방역시스템을 가동하지 못하는 일본이, 오늘 우리나라를 상대로 거의 입국 금지 수준의 조치를 발표하는 배신을 저질렀다. 똥 묻은 개가 겨 묻은 개를 나무라는 격이다. 코로나19 확진 환자가 많다는 이유지만 아베의 불순한 정치적 의도가 숨겨져 있다. 그러나 하계올림픽을 연기하거나 개최하더라도 안전을 문제로 참가하지 않는 나라도 속출할 것으로 본다.

　나의 경우를 보자! 가끔 하던 금융 강의가 취소 내지는 연기되고 있다. 강의를 못 한지 한 달이 넘었다. 그리고 통상 주 2~3회의 모임을 갖고 술도 한잔하고 지인들과 진솔한 대화로 시간을 보내곤 하였는데, 지금 거의 모든 모임이 취소 내지는 연기상태다. 집안에서만 있으려니 답답하고 시간이 잘 안 가는 느낌이다. 나름대로 꿋꿋하게 내할 일로 시간을 보내려고 분투하고 있다. 한편 회합이 없다 보니 오랜 시간 금주로 육체적 건강이 좋아지는 것은 긍정적이다. 그러나 보고 싶은 사람들을 못 만나니 정신적인 건강은 나빠지는 것 같다. 인간은 사회적 동물이기에 사람을 만나고 서로 정보도 교환하고 함께 웃고 웃으며 살아가야 하는데, 지금은 사회적 격리로 '나홀로족' 생활을 하고 있다. 빨리 이 사태가 종결되고 모든 사람이 일상으로 돌아가기를 간절히 바란다. 춘래불사춘(春來不似春)이 아니고, 진정한 봄이 오도록 기도한다.

2020.03.06.

인생 최후의 승자

모든 경기에는 승자와 패자가 있다. 인생 경기에도 승자와 패자가 있다. 다른 경기에는 오로지 최후의 1인 또는 한 팀의 승자만 허용하지만, 인생 경기는 모두가 승자가 될 수 있고 모두가 패자도 될 수도 있다. 인생은 각자의 가치관에 따라 승자와 패자의 기준이 다르기 때문이다. 모두가 스스로 승자라 생각할 수도, 패자라 생각할 수도 있다.

인생 경기는 멀고 긴 여정이고, 자신이 설정한 상대방과의 경기이다. 어떻게 산 것이 승자의 인생이고, 어떻게 산 것이 패자의 인생인지는 당사자만의 기준으로 당사자가 죽을 때 판단하여야 한다.

살아가는 동안에 자신이 설정한 무수한 상대방과의 싸움에서 이겨야 하고, 자신이 죽는 순간에 더 싸울 상대방이 없다면 그제서야 최후의 승자가 됐다고 할 수가 있다.

중국 고전에 인간지사새옹지마(人間之事塞翁之馬)란 말이 있다. 이 말의 본뜻은 어떤 사건에 과하게 일희일비(一喜一悲)하지 말라는 뜻이다. 인생도 그 일희일비에 따라 성공과 실패를 나누지 말아야 한다.

사람의 진정한 가치는 죽고 나서야 제대로 평가되는 것이다. 죽기 전의 평가는 중간평가이지 최종평가가 아니기 때문이다.

사회에서 성공하고 존경받는 사람, 일순간에 무너지는 모습을 가끔 본다. 그래서 인생에 대한 평가는 죽은 다음에 평가하는 것이 옳다고 본다.

어떤 사람이 인생의 승자인지 패자인지는 죽는 순간에 본인의 평가와 죽은 다음 세상의 평가가 일치한다면 좋겠지만, 세상의 평가가 어떠하든 죽는 순간에 자신이 매긴 평가가 중요하다.

나에 대한 현재의 평가는 어떠한가? 승자인가? 패자인가?

세상의 평가는 나도 모르겠다. 그러나 내 스스로의 평가는 승자라고 할 수는 없어도 적어도 패자는 아닌 것 같다.

하지만 아직도 살날이 많이 남은 터! 이것은 중간평가에 불가하다. 끝까지 가봐야 알겠다는 생각이다. 다만, 오늘도 승자의 인생을 살기 위해 노력할 뿐이다. 나는 인생 최후의 승자가 되고픈 마음 간절하다.

2018.06.28.

내가 나에게

M아!

네 나이 벌써 육십갑자 지났구나!

세월이 유수라더니!

어느덧 네 머리에 서리가 희끗희끗하고

팔다리도 예전만 못하구나!

그러나

네가 가진 지혜는 천하를 지배하고도 남을 듯하구나!

M아!

나이가 드는 것을 서러워 마라!

늙어가는 것이 아니고 지혜가 익어간다고 하더구나!

M아!

아직 인생은 반이나 남아있구나!

아직은 무엇이든 할 수 있는 의자와 능력도 남아있구나!

나이는 숫자에 불과하다고 하는 말,

결코 늙음을 위로하는 말이 아니고,

마음마저 늙지 말라는 뜻이 아니더냐!

M아!

인생의 전반기는 네 뜻대로 살지 못하였어도,

인생의 후반기는 네 뜻대로 살기를 바란다.

M아!

인간은 죽음이란 목표를 향해 나아가는 것,

언젠가 죽음이 닥치더라도 두려워하지 마라!

M아!

네 주위에 있는 사람을 많이 사랑하라!

M아!

늘 감사하라!

머리가 있어 현명함을 감사하고,

눈이 있어 아름다움을 볼 수 있음을 감사하고,

귀가 있어 명곡을 들을 수 있음을 감사하고,

몸이 성하여 하고 싶은 일을 할 수 있음을 감사하라!

M아!

노여움, 노파심, 노욕을 부리지 마라!

M아!

인생의 후반기 아름답게 살아가라!

결코! 추하게 늙어가지 마라!

M아!

네가 이 세상을 떠날 때,

아름다운 세상 잘 놀다 떠난다고 말할 수 있었으면 좋겠다!

2018.05.09.

지혜로운 삶

지혜란 무엇인가? 어학 사전에 '사물의 이치나 상황을 제대로 깨닫고 그것에 현명하게 대처할 방도를 생각해 내는 정신의 능력'이라고 설명하고 있다. 그러면 지혜로운 삶이란 무엇인가? 세상을 살아가면서 지혜롭게 살아가는 삶을 뜻하는 것이라 할 수 있다. 그러면 무엇을 어떻게 해야 지혜로운 삶을 살 수 있을까?

흔히 많이 배운 사람이 지혜로운 사람이라고 착각할 수 있다. 그러나 그것은 틀린 말이다. 많이 배우고도 지혜롭지 못하게 살아가는 사람이 부지기수이고, 비록 배운 것은 적지만 지혜롭게 살아가는 사람도 의외로 많이 있다. 예를 들어, 많이 배우고 돈을 많이 벌었으나 남에게 베풀지 못하는 사람은 지혜롭지 못한 사람이요, 적게 벌지만 늘 남에게 베풀 수 있는 사람은 지혜로운 사람이라고 나는 감히 말하고 싶다.

나는 살아가는 동안에 조부모나 부모세대 그리고 직장이나 사회 선배들의 모습을 잘 살피는 것만으로도 지혜를 얻을 수 있고, 지혜로운 삶을 살 수 있다고 생각한다.

사람은 나이가 들어가면서 늘어나는 게 지혜다. 그것은 경험을 통해서 깨닫기 때문이다. 그러나 경험을 통하여 깨닫는 순간 이미 늦는 경우가 대부분이다. 지나간 다음에 얻는 지혜는 지나간 삶을 지혜롭게 되돌릴 수가 없다. 다가오는 삶에 대하여 지혜롭게 대한다면 그것이 지혜로운 삶이다. 그것은 이미 경험을 하고 지나간 선인(先人)들의 삶을 관찰하는 것만으로도 지혜를 얻어 지혜로운 삶을 살 수 있다고 생각한다.

나 또한 인생 60을 넘기면서 지나간 세월 지혜롭지 못했던 걸 후회한 적이 있다. 그러나 지나간 세월을 그 누가 돌릴 수 있을까? 다시 그 시절이 온다면 그리하지 않았을 것이라지만, 신은 모든 사람에게 공평히 한 번의 기회만 줄 뿐이다. 세간의 나이 든 사람들이 하는 말 '너 늙어봤니? 나 젊어 봤다!'는 무얼 뜻하는 것일까?

나는 지금까지 살아오면서, 늘 1년 후, 5년 후, 10년 후, 20년 후에 어떻게 될까 하고 나름 상상해 보고, 후회하지 않도록 노력하였지만 그래도 후회할 일을 많이 남겼다. 그나마 늘 그렇게 생각해 왔기에 다른 사람보다는 덜 후회하는 것 같다.

그러면 앞으로는 어떻게 살아야 하는 것이 지혜로운 삶일까 생각해 본다. 물론 상황이 닥쳤을 때 지혜롭게 잘 대처해야 하지만, 우선 다음의 것들을 지켜야 다가오는 상황에 지혜가 빛을 발할 것 같다.

첫째는 꾸준한 건강에 대한 대비로 건강을 잃었을 때의 상황에 대비한다.

둘째는 적당히 쓸 수 있는 자금은 늘 유지하도록 한다.

셋째는 내 가족이나 주변 사람을 편하게 해준다.

넷째는 나 혼자도 시간을 충분히 즐겁게 보낼 수 있도록 준비한다.

다섯째는 나이가 들어가면서 과욕, 노파심, 노여움을 없애도록 노력한다.

여섯째 이 모든 것을 말이 아닌 실천이 따르도록 한다.

이상 여섯 가지가 지켜진다면 어떠한 상황이 닥쳐도 지혜롭게 살아갈 수 있을 것 같다.

아울러 현대 지성이자 철학자인 인도의 '크리슈나무르티' 의 〈지혜로운 삶을 위하여〉가 너무 좋아 여기 적어놓고 지키고자 한다.

멀리 있다 해서 잊어버리지 말고
가까이 있다 해서 소홀하지 말라,
좋다고 금방 달려들지 말고
싫다고 해서 금방 달아나지 말라,
부자는 빈자를 얕잡아보지 말고
빈자는 부자를 아니꼽게 생각하지 말라,
악을 보거든 뱀을 보듯 피하고
선을 보거든 꽃을 본 듯 반겨라,
타인의 것을 받을 때 앞에 서지 말고
내 것을 줄 때 뒤에 서지 말라,
은혜를 베풀거든 보답을 바라지 말고
은혜를 받았거든 작게라도 보답하고,
사소한 일로 해서 원수 맺지 말고
이미 맺었거든 맺은 자가 먼저 풀어라,
타인의 허물은 덮어서 다독거리고
내 허물은 들춰서 다듬고 고치고,
모르는 사람 이용하지 말고

아는 사람에게 아부하지 말라,

죽어서 천당 갈 생각 말고

살아서 원한 살지 말고 죄짓지 말라,

나를 용서하는 마음으로 타인을 사랑하고

나를 다독거리는 마음으로 타인을 다독거려라,

타인들의 인생 쫓아 헐떡이며 살지 말고

내 인생 분수 지켜 여유 있게 살아가라,

이것이 "지혜로운 삶"이다.

크리슈나무르티, <지혜로운 삶을 위하여>

2018.01.30.

아
우
슈
비
츠
에
다
녀
와
서

아우슈비츠에 다녀와서

2018년 11월 초 집사람과 하나투어를 통해 동유럽 4개국 폴란드, 체코, 오스트리아, 헝가리를 6박 8일에 걸쳐 다녀왔다. 4개국 모두 볼거리가 많았고 여행 결과는 대만족이었다. 주위의 동유럽을 다녀온 사람들을 보면 대개 폴란드를 안 둘러 본 사람이 많았다. 그 이유는 폴란드행 직항이 없어서 독일 등 다른 나라를 통하여 들어갔기 때문이었다. 그러나 우리 일행은 2018년 3월부터 개설된 폴란드항공 직항 항로를 이용하여 폴란드로 들어가고, 폴란드에서 나왔기 때문에 폴란드를 둘러볼 수 있어서 행운이라고 생각이 들었다. 나는 그중에 폴란드 바르샤바 공항에서 귀국행 비행기를 타기 하루 전에 둘러본 아우슈비츠 1호 수용소에 대한 생각은 영원히 지을 수가 없을 거 같다. 지금도 관람하던 순간을 생각하면 가슴속에서 눈물의 강이 흐르는 듯하다. 간접적으로 경험한 내가 이럴지인데, 직접 경험한 유대인들의 가슴은 어떠할까 생각해보니 점점 더 가슴이 먹먹해진다. 한 마디로 인간이 이렇게까지 잔인할 수가 있을까? 아니 그런 일을 자행한 사람들이 과연 인간이었을까 하는 회의가 든다.

아우슈비츠는 폴란드 지명 '오시비엠침'의 독일어 발음이라고 한다. 우리 일행은 제1~3호 수용소 중 제1호 수용소만 방문하게 되었고, 현지 가이드의 안내에 따라 긴 줄을 선 다음에 정문 입구에서 나누어

주는 전용 수신기를 목에 걸고 가이드 설명을 들으면서 구석구석을 천천히 살펴보았다. 제1호 수용소 정문에는 독일어로 'Arbeit Macht Frei'라고 쓰여 있다. 해석하면 '일하면 자유로워질 수 있다'는 뜻이라는 설명을 듣고, 그 말을 쓴 사람에 대하여 가증스럽다는 생각이 들었다. 나는 둘러보며 산더미처럼 쌓아 전시된 유대인들의 유품을 보는 순간, 눈물이 왈칵 쏟아지려는 것을 감추려고 애를 썼다. 저 유품 하나하나의 주인이 비참하게 죽어갔다니! 특히 여러 유품 중 2톤의 여자 사형수의 머리카락을 보는 순간, 나치에 대한 증오심이 차올랐다. 여자사형수를 죽인 후에 머리카락을 잘라, 직물이나 모포 등을 만들어 세간에 상품으로 팔았다 하니 어찌 증오심이 안 생길 수가 있을까? 일행 중 한 명은 감정을 주체 못 하여 중간에 밖으로 나가버렸다. 매 설명이 있을 때마다 '어떻게 그럴 수 있을까?' 하면서도 증거가 남아 있는 진실 앞에서는 믿을 수밖에 없었다.

아우슈비츠 수용소가 폴란드에 세워진 이유에 대하여 살펴보면 독일이 1939년 폴란드를 가장 먼저 침공하여 점령하면서 2차 대전을 일으켰는데, 일본인들이 관동대지진 때 사회를 안정시키기 위해 한국인에게 책임을 돌리고 학살을 자행했듯이, 유럽의 각 나라에서도 흑사병의 원인으로 유대인을 지목하여 마녀사냥을 했다. 이를 피해 유대인들은 자신들에게 가장 관대했던 폴란드로 피신하였고 그로 인해 유럽 내에서 유대인의 수가 가장 많았기 때문에 폴란드에 수용소를 건립하였다고 한다. 제1호 수용소는 1940년에 히틀러의 명령에 의해 세워졌고, 제2호 수용소는 1941년 건축되어 가스로 죄수들을 처형한 '목욕탕', '시체보관실', '화장막' 등을 갖춘 대규모 집단 처형소로 개발

했다고 한다. 우리 일행은 제1호 수용소에서 제2호 수용소의 가스실 등이 모형으로 제작되어 전시된 것을 관람했다. 제3호 수용소는 1942년에 건설하여 노동자들을 공급하는 강제노동수용소로 삼았다고 한다.

나치는 유대인 말살 정책에 따라, 독일은 물론이고 유럽의 점령한 국가 또는 협조적인 국가에 게토라는 유대인 집단거주지를 만들어 놓고 유대인들을 1차 이주시켰으며, 그 후 2차 이주라는 미명 아래 반강제적으로 간소하게 짐을 싸게 하고 화물열차에 싣고 목적지도 모른 채 아우슈비츠로 실려와 그곳에서 분류되었다 한다. 노동력이 있는 유대인은 강제노동수용소로 보내졌고, 노동력이 없는 노약자 및 어린이들은 바로 사형시켰다고 한다. 노동력이 있는 사람들도 노동과 굶주림으로 허약해지면 주기적으로 선별해 사형시켰고, 일부는 의학 실험 대상으로 삼았다 한다. 아우슈비츠에서의 사망자는 최소 100만 명~최대 250만 명이라 하니 인류역사상 이렇게 큰 범죄는 없었다.

아우슈비츠 2호가 건설된 것은, 유럽 전역에서 화물열차로 실어 오는 넘쳐나는 유대인을 대량으로 처치하기 위해 가스실을 만들어 살해하기 위한 것이기도 하였다. 새로운 이주지인 줄 알고 실려온 유대인들을 우선 목욕부터 해야 한다며 옷을 다 벗기고, 목욕탕인 줄 알고 들어간 가스실의 문을 폐쇄하여 천정에서 가스를 내 뿜어 대량으로 살해하였고, 그 후 시체를 꺼내 밖에 쌓아두고 화장을 시켰다고 한다. 그리고 유대인이 소중하다고 챙겨온 귀중품은 그들이 착복하였다 하니 천하의 나쁜 사람들이 아닐 수 없다.

우리가 돌아보는 중에 사형수를 태우는 화장장이 있었는데, 그 근처에 나무로 철봉같이 생긴 것이 하나 놓여 있었다. 원래는 사형수를 목메어 죽이는 교수대였는데, 1940~1945년에 모든 아우슈비츠 집단 수용소의 명령권자였던 친위대 대장 루돌프 프란츠 헤스를 2차 대전이 끝난 후 체포하여, 폴란드 법원에서 사형 언도를 하고, 그곳에다 목메어 사형시켰다고 하니, 프랑스에서 단두대를 발명한 사람이 단두대로 사라졌던 것과 같이 아이러니하다는 생각이 들었다.

　나치가 1933~1945년 동안 자행한 대학살에서 사망한 유대인만 575만여 명이라 한다. 그 와중에 많은 유대인들이 학살을 피해 미국과 러시아, 중동 등으로 이주하였고, 이는 2차 대전이 끝나고 영국이 점령 중이었던 팔레스타인 거주지인 중동에 이스라엘이 건국하는 계기가 되었다고 한다. 현명한 독일인은 2차 대전이 끝난 다음부터 지금까지도 계속하여 유대인 및 전 세계에 보여주고 있는 참회와 반성은, 만행을 저지르고도 전혀 반성이 없는 일본에 비하며 훌륭한 민족이라 아니할 수 없다. 나는 제3자 입장에서도 결코 용서할 수 없다는 생각이나, 유대인들은 지금도 조상들이 학살당했던 수용소 건물에다, "용서해주자. 그러나 잊지는 말자."고 써 붙여 놓고, 지난날의 쓰라림을 오늘의 교훈으로 간직하면서 살아가고 있다 한다. 575만 명이나 학살당하고도 용서하려는 이스라엘 민족 역시 훌륭한 민족이라 아니할 수 없다. 아우슈비츠 같은 수용소는 인류역사상 가장 치욕스러운 역사이며, 절대 다시는 있어서는 안 된다는 생각이다.

2019.01.06.

감악산을 찾다

10월 23일은 형제 산행일이다. 형제들끼리 우의도 다지고 건강도 챙기기 위하여 한 달에 한 번 넷째 주 일요일에 4형제가 산행을 한다. 가끔 여자 동서들도 동행하지만 주로 남자들끼리 가까운 둘레길이나 산행을 한다. 산행하고 나서는 식사와 술, 그리고 당구로 시간을 보내고 늘 밤이슬을 맞으며 귀가한다.

이번 산행을 앞두고 며칠 전부터 막내가 이번에 어디 갈 거냐고 독촉한다. 그러면서 감악산 출렁다리가 개통한다고 하니 단풍 구경도 할 겸 그곳에 가자고 제안한다. 자기 차로 함께 가자고 한다. 나는 내 차가 가스차니, 내 차로 가자고 역제안하여 그렇게 하기로 정하였다. 그럼 당일 아침 식사는 본인이 사겠다고 하여서 그렇게 하라고 했다.

당일 아침 7시 40분쯤 집을 나서는데 집사람이 잘 다녀오라면서도 "오늘도 밤 10시 넘어서야 들어오지요?"라고 하는 말에 속이 뜨끔하였다. 우리 형제끼리 만나서 일찍 들어 온 적이 없어서 하는 말이었다. 집에서 차를 가지고 출발하여 8시에 만나기로 한 부천 시청역에 차를 대니 모두 와 있어 태우고 출발하였다. 형님과 나 막내는 모두 부천에 살고 있고 바로 아래 동생만 인천 연수구에 살고 있어 부천 시청역이 모두 모이기에 가장 적합하였다.

날씨가 *끄물끄물*하여 아무래도 비가 오지 않을까? 걱정이 되었다.

집사람이 비가 올 것 같다는 말에도 걱정하지 말라 하고 나왔고 형님도 형수께서 작은 우산을 가져 가라 해서 챙겨 나왔다 한다. 가는 도중에 차내에서 아무래도 비가 올 것 같다는 말이 나왔지만 나는 "내가 지금껏 외부 행사에 참여해서 비 때문에 차질이 있었던 적이 없으니 걱정하지 말라"고 형제들을 안심시켰다. 사실이다. 이상하리만큼 외부행사에 비를 맞은 적은 있지만 실제 그 때문에 행사 자체를 망친 적이 없다. 지리산, 한라산, 정동진, 해외여행 등 각종 행사에 내가 참석했다가 끝날 즈음 비가 오는 경우는 더러 있었으나 그 자체를 망친 적은 없었다.

가는 도중에 배도 출출하고 또 막내가 아침을 산다고 하여서 해장국집에 들러 간단히 해결하고 감악산 근처에 다다르니 10시 정도 되었다. 그런데 약 4㎞ 전부터 차량이 너무 많아 1m도 나아가기가 힘들었다. 주차장이 아직 멀었는데도 양 옆은 세워둔 차로 빼곡하였다. 아직 목적지가 3㎞ 정도 남았을 때 내 차 왼쪽 도로가에 세워두었던 차 한 대가 빠지면서 자리가 났다. 다른 사람이 대기 전에 황급히 차를 들이박았다. 차라리 거기서부터 걸어갈 심산이었다. 차를 대고 모두 내려서 걸었다. 약 30분 이상 걸으니 감악산 입구에 다 달았다. 날씨는 아직은 괜찮았고 햇볕도 없어 걷기에 딱 좋았으나 비가 올까 걱정이 되긴 하였다.

거기서부터 약 10분간 급경사를 오르니 감악산 출렁다리가 나왔다. 감악산은 개성 송악산, 포천 운악산, 가평 화악산, 서울 관악산과 함께 예전에 경기5악(岳)의 명산으로 불리었고, 바위 사이에 검은빛과 푸른빛이 동시에 쏟아져 나온다고 하여 감악산(紺岳山)이라고 한다.

감악산은 경기도 파주시 적성면, 경기도 양주시 남면, 경기도 연천군 전곡읍 3개 시군에 걸쳐 있는 산으로 3개 시·군 상생 프로젝트인 '감악산 힐링 테마파크 조성사업'의 하나로 운계 출렁다리를 최근 완공해 바로 우리가 간 날에 단풍축제에 맞춰 공식 개통된다고 하였다. 다리는 길이 150m, 폭 1.5m 규모로 감악 전망대와 운계 전망대를 연결하며 몸무게 70kg 성인 900명이 동시에 통행할 수 있도록 설계되었다고 한다.

그런데 우리가 일찍 출발하여 왔는데도 인산인해다. 사람이 너무 많아 한참을 줄 서야 오고 갈 수 있었다. 비록 국내 최대라고는 하나 얼마 전 장가계를 다녀온 나로서는 생각보다 볼품이 적고, 폭 1.5m에 겨우 양쪽이 오고 갈 수 있어 사진 찍고 싶어 하는 사람은 많은데 너무 좁아서 사람들이 불편을 많이 느끼고 있다는 생각이 들었다. 누군가 잠깐 사진을 찍을라치면 많은 사람의 통행을 정지시킬 수밖에 없었다. 폭을 조금 넓게 하여 양쪽으로 오고 가고 가운데 통로가 생길 정도로 조금만 고려했으면 좋을 뻔 했다.

우리 일행이 출렁다리를 건너니 누군가가 감악산 주차장에 마련된 다리개통 및 단풍축제에 참석하라고 행운권을 나누어 준다. 다리를 건너고 다시 줄을 서서 되돌아갈 수도 없어 계속 앞으로 가니 감악산 주차장 공식 행사장에 도착하였다. 행사는 시작도 안했고 거기 머무를 수 없어 행운권은 무용지물이 되었다. 우리는 둘레길을 찾아 주차장 위쪽으로 올라가니 공사 중이라 출입금지라고 한다. 둘레길 조성에 파주시는 예산이 있어 개통했으나 양주시는 예산이 없어 양주시 구역이 아직 미개통이라 그쪽으로 갈 수가 없다고 한다. 우리는 사람들에게 물어 아래쪽으로 내려가 설마리 휴게소 쪽에 둘레길 입구를 보물을 찾은 양 발견하였다. 거기서부터 오르다 보니 선고개가 나오고 선고개에서 잠깐 휴식하면서 싸온 음식을 나누어 먹고 다시 출발하니 거기서부터가 진정 둘레길의 참모습이었다. 그리고 한참을 숲속을 걸어 범륜사에 도착했다.

선고개부터 범륜사까지의 둘레길은 진정한 둘레길과 가을로 우리 일행을 기쁘게 해주었다. 가을 단풍이 한창이라 울긋불긋 한 풍광에 흠뻑 젖게 하였고, 가을의 정취를 눈과 폐부로 느끼면서 사진도 찍고 형제 간의 담소도 나누면서 구간을 통과하니 몸과 마음이 힐링되어 날아갈 것 같았다. 그리고 범륜사에 도착하니 1,000년 이상 오래된 고찰로 예사 절과 다름을 알았고, 절 마당 한쪽 귀퉁이에 12지상이 서 있어 형제들은 각자 자기 띠 앞에서 사진을 한방씩 찍었다. 산에 갈 때마다 느꼈지만 주변을 둘러보며 또 느끼는 건데 남자보다도 오히려 여자들이 더 많이 찾아왔다는 데에 놀랐다. 이제는 산은 남자의 전유물도 아니고 여자들도 남자 못지않게 산을 좋아하고 산을 찾는 시대가 됐다.

범륜사를 지나 10여 분 더 걸으니 다시 출렁다리가 나왔다. 결국 출렁다리를 중심으로 조그만 내부 둘레길을 한 바퀴를 돈 것이다. 감악산 오리지널 둘레길이 완성되었더라면 외곽으로 4~5시간을 돌 것을 여기에 만족하여야 했다. 처음에 올라왔던 입구까지 내려오니 비가 한 방울씩 떨어지기 시작하였다. 주차해 둔 입구까지 비를 맞으며 약 30분 걸어갔다. 이번 행사 역시 나중에 비를 조금 맞기는 하였지만 행사는 무사히 치른 셈이 되었다. 비록 이번에 정상(해발 675m)에 오르지는 못 하였지만 다음번을 기약하기로 하였다.

이곳에 왔다 가면서 느낀 건 출렁다리 완공을 언론에서 과대하게 선전하였다는 것이었다. 지자체장도 갑자기 찾는 사람이 많을 것을 예상하여 주차장이나 화장실 기타 편의 시설 등을 갖추어 놓고 선전하거나 행사를 주최하여야 함에도, 언제나 느끼는 후진국성 허울 좋은 행정에 나는 또 실망하지 않을 수 없었다.

그곳에서 오후 1시에 출발, 우리 집 근처의 당구장에 3시 20분쯤 도착하여 형제들의 당구 대전을 치르고 인근 식당에서 식사와 술로 행사를 마치니 밤 10시가 되었다. 형제들은 버스 타고 집으로 가고 나도 집에 들어오니 집사람이 "오늘 일찍 오네요?"라고 뼈아픈 한마디를 한다. 다음 달이 기다려진다.

2016.10.24.

다시 읽은 상록수

며칠 전 서재에서 읽을 만한 책을 찾다가 책꽂이에서 아주 낡은 책한 권을 발견하였다. 1995년 소담출판사가 인쇄 및 발행한 심훈 작가의 '상록수'였다. 나는 중고등학교 시절에 어렴풋이 읽은 기억이 났지만 동심으로 돌아가 다시 읽어보고 싶은 호기심이 생겨 이틀 만에 후딱 읽어버렸다. 읽으면서 느낀 것은 이 소설이 아주 잘 써진 책임에는 틀림없다는 생각이다. 노벨문학상이 작가의 삶이나 세계관, 인류에 이바지 정도 등 여러 가지가 고려되어 주어지는 상이라지만, 상록수는 그 당시 우리나라가 일본의 식민지가 아닌 상태였다면 충분히 노벨문학상 감이라고 감히 말하고 싶다.

작가 심훈은 1901년에 서울 노량진에서 태어나 10살에 한일합방을 맞이했고 1915년 15세 때 경성제일고등학교에 입학하였으며, 1917년 17세에는 이해영과 결혼 후 1924년 이혼하였다. 1919년 19세 때 3.1운동에 가담하여 체포되어 4개월간 투옥된 적이 있고, 1926년에 최초의 영화소설 '탈출'을 발표한 후 많은 작품을 썼다. 1935년 죽기 1년전에 '상록수'를 발표하여 동아일보 창간 15주년 기념 현상모집에 당선되었다. 미인박명이라고 1936년 36세에 아깝게 급환으로 졸하였다.

작품의 내용을 보면,

상록수의 주인공 박동혁과 채영신은 일본식민지 시대에 가난하고 무지한 농민들을 상대로 직접 농촌에 내려가 몸으로 부딪치며 농부들과 농촌의 아이들을 깨우치려 했던 선각자이다. 그 당시 일본의 압제하에 민족을 위하여 할 수 있는 일이 농촌 계몽운동이라고 깨닫고 자기자신보다는 이웃과 민족, 나라를 위하여 한 몸 불사르려는 젊은 남녀이다. 우연히 신문사 주최의 농촌 계몽운동 보고회에서 만난 두 사람은 이념적으로 서로 상통하다는 걸 알고 동지애를 느끼게 되었으며, 이성으로도 서로의 존재를 느꼈으나 가장 우선하는 것은 농촌에서의 계몽운동으로 삼고 남녀 간의 사랑은 그 다음 순으로 생각한다.

본격적으로 서로의 이념을 실현하기 위하여 농촌으로 내려가기 전에 서로의 마음을 확인하고 박동혁은 부모 형제가 있는 고향 한곡리로 내려가 마을 청년을 모아 농우회를 만들고, 마을 공동답을 함께 경작하며 농촌의 가난으로부터 벗어나기 위해 분투하면서 야간에는 글을 모르는 농부들과 아이들에게 글을 가르쳐 문맹을 탈출시키려고 하였고, 기독교를 믿고 있었던 채영신은 서울의 기독교 청년연합회 농촌사업부 특파원 자격으로 청석골로 내려가 일본 경찰의 방해에도 불구하고 악착같이 미취학 아동들에게 한글을 가르치며, 부녀회를 조직하여 농촌의 생활개선을 꾀한다.

서로 각각 다른 곳에서 농촌 계몽 활동을 위해 최선을 다하면서도 마음속으로는 서로 애절한 그리움을 품고 살아간다. 그러던 중 채영신은 박동혁의 사업 진행을 알아보고 박동혁의 마음도 알아보기 위해 한곡리에 찾아가서 며칠 머물게 된다. 그리고 한곡리를 떠나기 전날 밤, 어스름한 해변에서 서로의 마음이 확고하다는 것을 확인한다. 두 사람은 3년간 사업목표를 이룬 후에 둘이 결합할 것을 굳게 약속하고 채영신은 청석골로 돌아온다.

　그 후 박동혁은 자기를 따르는 동지들과 우여곡절 끝에 농우회관을 준공했으나, 농우회관 건립에 한 일이 없는 지주의 아들이자 고리대금업자인 강기천이 권력과 자금을 등에 업고 마을진흥회 회장이 되고 농우회관을 진흥회 회관으로 사용하려고 한다. 바로 그날 밤, 분노한 박동혁의 동생 박동우가 농우회관에 불을 붙였으나 박동혁에게 발각되어 불은 이내 꺼졌고 박동우는 만주로 도주한다. 다음 날 그것이 문제가 되어 박동혁이 대신 지서에 붙잡혀 가서 오랫동안 영어의 신세가 된다.

　그런 와중에 채영신은 맹장 수술을 받고도 제대로 요양을 하지 못한 채 농촌 계몽운동을 계속하다가 건강이 점점 나빠지게 되었고, 이를 안 서울 기독교 청년연합회의 권유로 요양 차 일본으로 유학을 가기로 한다. 떠나기 전에 유치장에 갇혀있는 박동혁을 찾아가 서로를 다시 확인한 후 나중에 꼭 다시 만날 것을 약속하고 일본으로 떠난다. 그러나 그곳에서도 건강이 회복하기는커녕 날이 갈수록 몸이 쇠약해져서 오래 살지 못할 것을 예견하고 청석골로 되돌아온다. 청석골에 돌아와서 박동혁에게 보고 싶다는 편지를 보냈으나 영어의 몸인 박동혁은 올 수가 없었다.

　채영신은 동네 부녀회의 정성스런 간호에도 아랑곳없이 점점 죽어가고 있었다. 마침내 "동혁 씨 난 먼저 가요! 한곡리하고 합병도 못해보고… 그렇지만 난 행복해요. 등 뒤가 든든해요. 깨끗한 당신의 사랑만은 영원히 변하지 않을 테니까요. 그리고 끝까지 싸우며 나가실 걸 믿으니까요…" "동혁 씨 조금도 슬퍼하지 마세요. 당신 같으신 남자는 어떤 경우에든지 남에게 눈물을 보여선 못씁니다."라고 옆에 간호하던 부녀 회원에게 "그이가 오거든요, 지금 한 말이나 전해주세요."라고 유언을 남기고 마음속으로 그리던 사랑하는 연인을 끝내 보지 못하고 조용히 눈을 감는다.

이렇게 박동혁과 채영신은 마음속으로 지고지순한 사랑을 품고 있으면서도 농촌 계몽운동이란 사업 앞에 3년 후의 약조도 지키지 못하고 채영신이 먼저 저세상으로 떠나고, 박동혁은 채영신이 죽은 다음에서야 도착하여 채영신의 관 앞에서 통곡한다. 그리고 박동혁은 결혼도 평생 하지 않고 채영신의 유지를 받들 것을 맹세하는 것으로 끝을 맺는다.

이 소설을 보면서 일제의 암흑기에 신념에 찬 젊은이가, 일신의 영달보다는 민족과 국가의 미래를 걱정하며 농촌 계몽운동에 뛰어든 것은 그 당시의 민족주의와 애국주의의 발로가 아닌가 한다. 또한 마음속으로는 지독히 사랑하면서도 농촌 계몽 사업을 위하여 사랑을 차 순위로 한 것은 사랑보다도 이념을 우선으로 한 시대적 정신이며, 이 소설에서 그 어떤 육체적인 스킨십을 보이지 않은 것도 그 당시의 도덕관과 사랑한다는 것은 육체적인 것보다는 정신적인 것을 우선시하는 시대적 작가적 요구사항이었던 것 같다.

이 책을 다시 읽으면서 동심으로 돌아가 나 자신 주인공이 되어 순수한 사랑과 타인을 위한 희생의 가치를 느꼈다.

2016.10.28.

이문열 평역 삼국지를 읽고

중국 진의 시황이 기원 전 221년 최초로 중국을 통일 후 군웅할거 시대를 거쳐, 기원 전 202년 유방이 항우를 토벌하고 나라를 통일하여 한나라를 세우고 한고조가 된 후, 기원 후 8년 신나라의 왕망에 의해 멸망하였다. 기원 후 25년 광무제 유수가 신나라를 멸망시키고 다시 한 왕조를 부활시킨 후한에 와서, 4대 황제인 화제가 어린 나이에 즉위하면서 외척과 환관 십상시의 국정농단, 황건적의 창궐 등으로 나라가 어지러워질 때, 각지에서 군벌들이 후한 왕조를 능가하면서 천하를 둘러싼 영웅들이 나타나면서 삼국시대가 개막되었다.

삼국지는 후한이 멸망한 뒤 290년경에 진(晉)나라의 진수가 편찬하였고, 이를 바탕으로 1494년경에 나관중이 각색하여 소설 삼국지연의를 집필했다. 이 삼국지연의를 1988년 이문열 작가가 읽기 쉽게 평역 삼국지를 출간하였고, 나는 이 평역 삼국지 10권을 독파한 것이다.

2017년 봄, 서재에서 읽을 책을 찾다가 이 책 제1권~10권까지 빠지지 않고 책꽂이에 다 꽂혀있는 것을 발견하고 다시 읽어보기로 하였다. 각 권은 약 400페이지로서 전부 읽기에는 방대한 분량이었다. 다행히 하루에 3시간 출퇴근하고 약 90분간 책을 읽는 나에게는 장기간 읽을 거리가 있어 다행이라 여겨졌다. 삼국지는 어려서부터 만화, 어린이용 삼국지, 요약 삼국지 등 많이 접해봤지만 이 정도 분량의 오리지널은 읽어보지 못했기에 늦은 나이에도 불구하고 읽게 되었다.

항간에는 삼국지는 어려서 읽어야지 성인이 되어서는 읽을 필요가 없다고들 하는데, 어쨌든 나는 오리지널로 읽고 싶어 읽게 되었다.

삼국지는 중국 후한의 서기 184년~280년 약 100년간의 위, 촉, 오를 중심으로 한 이야기지만, 10권 중에 1권부터 8권까지는 전반의 약 50년간의 이야기이고, 후반의 약 50년간은 9권부터 10권까지 2권에 불과하다. 그것은 위의 조조, 오의 손권, 촉의 유비가 살아있을 때인 전반에 사건이 많고 중요한 부분이고, 그들의 죽고 아들 손자 등 2~3세의 이야기는 별로 중요시되지 못하였기 때문이다.

삼국지를 읽고 느낀 점은, 사실을 바탕으로 집필했다고는 하나, 많은 부분이 추가되거나 각색된 소설이기 때문에 역시 황당한 이야기가 많이 나온다. 그 옛날 10만이니, 50만이니, 100만 대군이니 하고 군사의 수가 손쉽게 동원되었고, 구름과 바람 등 천지를 인간이 마음대로 움직인 이야기, 관우를 신으로 모시게 된 이야기, 조조가 제갈공명의 귀신에 시달리다 죽은 이야기 등을 보면 그렇다.

그러나 사실에 바탕으로 조조, 유비, 손권, 관우, 장비, 동탁, 여포, 제갈공명, 사마의 등 수많은 등장인물은 각자의 인품과 성격을 역할에 맞게 잘 묘사하고 있으며, 수장들의 인물에 맞는 군벌의 흥망성쇠를 잘 그려내고 있다.

세간에 조조는 간웅이라고 알려졌으나, 내가 읽고 느끼기에는 그만한 영웅도 없으며, 오히려 유비보다도 못한 인물이 아니라는 생각을 하게 되었다. 비록 조조는 천자를 끼고 농락한 면은 있으나 승상으로서 선정을 베풀기 위해 노력하였고 끝까지 천자를 폐위시키지 않았으며, 천하를 통일시키려고 끝없는 노력을 하였다. 장수로서 비록 문인들은 잘못하였다고 죽인 경우는 있었으나, 장수는 패하였다고 죽인 장면은 나오지 않는다. 오히려 관우 같은 장수를 사로잡고도 아까운 인재를 죽이지 못해 결국 관우가 유비에게로 돌아가도록 하였다. 유비는 개인적인 능력은 크게 없으나, 한의 핏줄이라는 대의명분과 관우, 장비와의 도원결의로, 세 사람의 죽을 때까지의 의리와 삼고초려로 제갈공명을 영입한 덕에 말년에 촉의 천자로 등극할 수 있었다. 유비는 전체 10권 중에 5권까지의 역할은 초라하고 별 볼 일 없었다. 결국 중국 역사에 전무후무한 제갈공명이란 걸출한 한 사람에 의해 조조 위나라의 1/6, 손권 오나라의 1/2 정도의 땅을 겨우 얻고 무리하게 대의명분을 앞세워 대국 위를 공격하다 병을 얻어 허망하게 죽었다. 제갈공명은 책사로서 가장 뛰어났으며, 관우와는 보이지 않는 경쟁 관계였다. 유비가 죽은 뒤에도 승상으로 그 아들에게 충성심을 잊지 않았으며, 유비의 뜻을 저버리지 않고, 위를 정복하기 위한 출사표를 두 번이나 쓰고 수없이 도전하였으나 역시 통일의 길은 멀고도 멀었다. 관우나 장비도 그 용맹함과 의리를 바탕으로 촉을 세우는 데 공헌을 많이 하였지만, 말년에는 현명하지 못한 처사로 허망하게 적에게 죽임을 당했다.

삼국지를 보면, 조조의 아들 조비가 아비의 공덕으로 천자를 폐하고 천자가 됐으나, 손자 대에 와서는 조조가 천자를 무시했던 똑같은 방식으로 사마의에게 당하고 사마의가 죽은 후 사마의의 둘째 아들 사마소가 조조의 손자를 폐하고 천자에 오르게 된다. 천하를 통일한 것은 엉뚱하게도 사마의의 손자 사마염에 의하여 천하가 통일되었다.

삼국지는 쓰여진 당시에 유교적 사고에 의한 대의명분, 의리 등으로 유비를 중심으로 과하게 쓰여진 것 같다. 어쨌든 그 당시에는 사회적 상황으로 그렇게밖에 쓰여질 수밖에 없었을 터이고, 만약에 지금 새롭게 쓴다면 조조를 중심으로 쓰이지 않을까 하는 생각이 든다. 나는 이 책을 읽고 후한의 패망의 시초가 된 십상 시에 대비해 최근의 박근혜 전 대통령의 청와대의 참모들이나 비선들을 대비시켜 보았다.

2018.02.28.

3대에 걸친 인연

나에게는 고교 1학년 때부터 46년간 사귀고 있는 절친 H가 있다. 인천에 살았지만 서울 용산에 있는 고등학교에 입학하면서 만나 3년간 통학을 함께 하였고, 지금도 한 달에 한 번 산을 같이 즐기는 친구다. 그 동안 한 번도 싸우거나 헤어진 적이 없는 친구다. 인천에서 오래 함께 생활했는데, 내가 서울 목동으로 이사 와서는 그 친구도 애들 교육을 구실삼아 서로 집을 마주하는 지근거리로 이사를 왔고, 10여 년을 살다가 그 친구가 정치를 위하여 다시 인천으로 이사를 갔다. H는 지금은 송도 국제도시 중심지에 살고 있고, 나는 3년 전 아이들 직장 관계로 부천으로 이사를 와서 살고 있다. 그 친구 부인 집사람과도 절친이 되었고, 아이들끼리도 큰아이는 우리 애가 1년 선배이고, 둘째 아이들은 동 학년이어서 서로 친구이다.

2008년 여름, 연로하시고 늘 약에 의지하여 살고 계시면서 병원을 작은 집처럼 들락날락하시는 부모님이 걱정이 되어 우리 형제들이 추렴을 하여 김포 공원묘지에 16기가 들어가는 가족 납골묘를 조성하였다. 가운데는 운동장 같은 커다란 주차장이 있고, 주변은 마치 잠실운동장 관람석 같은 원방형으로 수천 기의 묘지 또는 납골묘가 아늑하게 자리 잡고 있었다. 우리 형제가 조성한 그 자리는 원래 다른 가족의 묘지 자리였는데 이장을 해가서 비어 있던 것을 우리가 대가를 지불하고 '明家之墓' 가족 납골묘를 조성한 것이다. 위치도 좌우 중앙지점에 누가 봐도 명당이라고 할 수 있는 그런 위치였다. 불상시를 대비한 형제들은 안심이 되었고 모두 대만족하였다. 16기나 안치가 가능하여 부모님뿐만 아니고 우리 형제 부부가 들어갈 자리도 확보가 된 셈이다. 우리 형제들의 생각은 부모님뿐 아니라 우리들도 들어가 있으면 사촌지간인 아이들이 명절 때라도 자연스럽게 모일 수 있고, 그 누군가 한 사람이라도 관심을 놓지 않는다면 가족 납골묘는 유지가 되리라 생각을 하였다.

그렇게 조성을 해놓은 때문인지 그 후로도 부모님은 7~8년을 더 사시다가 2015년 7월에 어머니가 먼저 입주하시고, 2016년 2월에는 아버지가 입주하셨다. 그리고 그해 추석에 성묘를 가서 깜짝 놀랐다. 그 친구가 같은 횡 라인에 불과 몇십 미터 지근거리에서 눈에 띄는 것이 아닌가? 알고 보니 형님, 본인, 아들 셋이서 부모님 묘소에 성묘를 왔다고 한다. 결국 자식의 인연으로 천국에서 부모님들끼리 서로 이웃이 되었다. 그 후로 그 친구와 나는 성묘할 때마다 서로 상대방의 부모님을 찾아뵙고 인사를 드리게 되었다.

그리고 두 번째, 포스코 그룹에서 근무하던 내 아들이 해외주재원으로 가기 전에 송도 국제도시에 청약해 놓은 조합아파트가 최근 준공이 되었고, 아들 대신 우리 부부가 이사를 할 처지인데 막상 가보니 그 친구의 집과 지근거리에서 서로 마주 보이는 위치에 있었다. 금년 오월에 딸을 출가시키고 이사하게 되면 우리가 서로 이웃 주민이 되게 생겼다.

마지막으로 딸아이가 오월 중순에 결혼하게 되어 목동에 조그만 아파트를 전세로 얻었다. 그런데 딸의 친구인 그 친구 딸도 유월 초에 결혼 일자를 잡고, 내 딸의 같은 아파트, 같은 동, 같은 라인에 층수만 다르게 집을 얻었다고 한다.

그래서 1대의 부모님은 김포 공원묘지에서, 나와 친구는 송도 국제도시에서, 딸들은 목동에서 서로 이웃하여 살게 된 기막힌 인연이다. 우연치고는 대단한 인연이다. 이승에서 서로 옷깃만 스쳐도 전생에 큰 인연이라 하는데 이렇게 3대의 인연은 억겁의 인연이 있었으리라 생각된다. 부디 이렇게 좋은 인연이 오래 지속되기를 간절히 바란다.

2019.04.01.

은인

2015년 12월 24일 역사적으로 거주지를 옮겼다. 2000년 4월에 서울 금천구 시흥동에서 양천구 목동 신시가지로 이사 온 후로 근 15년 8개월 만이다.

인천 주안동 본가에서 1985년 3월에 서울 염창동으로 분가하고, 고난의 6번 이사를 거쳐 서울 양천구 목동에 정착한 후 오래도 살았다. 양천구에서 두 아이가 초, 중, 고, 대학까지 마치고 직장에 입사한 지도 3년이 다 되어간다. 양천구 목동 신시가지 아파트는 지은 지 오래되어서 여러 가지 살기가 불편한 점이 한두 가지가 아니지만, 서울에선 대치동 다음으로 교육으로 유명한 지역이다. 맹모삼천지교는 못되어도 아이들의 교육을 위하여 잘 선택하였던 거 같다. 이제 교육목적도 달성하였고 하여 좀 더 경제적이고 쾌적한 곳으로 옮기고 싶었는데 마침내 이루어졌다.

직전에 살던 시흥동 집은 1997년 관악산 끝자락에 33평짜리 직장조합주택 조합원으로 입주해서 교통은 불편하였지만, 산에서 약수를 길러다 먹고, 주말이면 식구들과 바둑이와 관악산을 오르내리며 나름 자연을 만끽하며 즐겁게 살고 있었다. 그 당시 내 생각으로는 어렵게 집 한 채 장만하였고, 그럭저럭 살만하니 더이상 욕심을 버리고 그곳에서 아이들을 교육시키고, 다 크면 시집, 장가 보내고, 내가 은퇴하고서도 끝까지 살려고 생각하고 있었다. 이때까지만 하여도 아이들을 위하여 교육이 좋은 학군으로 이사해야 한다든지, 집값이 오를 가능성이 있는 곳으로 옮겨가야 한다든지 하는 생각은 거의 없었다.

그러던 어느 날, 직장에서 만난 고등학교 선배 부부가 어렵게 우리집에 찾아와서 대뜸 하는 말이 "당장 집 팔고 다른 곳으로 이사를 하라"고 하셨다. 영문을 몰라 "나는 물 좋고 공기 좋은 이곳 관악산 자락에서 노후까지 살려고 합니다."고 답하니, 야단을 치시면서 강하게 이사하라고 권해주셨다. 이유를 물은즉, 자동차로 우리 집에 찾아오는 동안 큰길에서 골목골목 뒤지며 간신히 찾아왔다며, 이곳이 살기는 좋을지 몰라도 집을 오래 가지고 있어도 집값이 쉽게 오르지 않아 재산 가치는 없다. 자고로 사는 집은 살기가 쾌적해야하지만, 교육환경도 좋아야 하고, 교통도 좋아야 재산 가치가 더해진다고 말씀하시는 게 아닌가? 나는 그때까지 주거의 가치 기준은 재산 가치는 별로 생각을 못 하였고, 살기가 편하면 된다고 생각하고 있었다. 그 선배가 돌아가신 후에 우리 부부는 의논 끝에 선배님 말씀이 옳은 것 같다고 의견이 일치되었고, 이사 갈 곳을 물색하였다. 초등학교 4학년, 중학교 1학년인 아이들 교육도 생각해야 하고, 당시 내 재무적 능력으로 가능한 곳을 찾아보니 반포주공 17평 또는 목동 신시가지 아파트 27평 전세정도였다.

집사람은 미래를 보고 반포주공 17평으로 이사하자고 주장하였지만, 나는 우리 식구가 살기가 좁으니 조금 넓은 목동 27평으로 가자고 우겼다. 결국 내 뜻대로 우리 부부는 목동에서 전셋집을 구하려고 하였으나 나온 물건이 없어 구하기가 어려웠고, 매매물건만 있었다. 천우신조! 때마침 다니던 직장에서 처음으로 퇴직금 중간정산이 있어, 그 돈을 보태어 전셋집 대신 내 집을 매입하여 입주할 수 있었다. 그 곳에 입주할 당시 IMF 사태 후 얼마 지나지 않아 집값이 많이 떨어져 거의 최저 가격으로 매입할 수 있었고, 입주를 하고 얼마 지나지 않아서부터 집값이 꾸준히 오랫동안 상승하였다.

지난 10월 집을 매매하고 엊그제 이사하였지만, 집을 판 돈으로 부천시 오정구에 45평 아파트 전세를 얻어 이사 오니, 자금에도 여유가 생기고 생활환경은 목동보다 훨씬 쾌적하다. 주변 환경도 좋을뿐더러 27평에서 45평으로 이사를 오니 복권에 당첨된 기분이었다. 특히 내 개인 서재가 생겨 책을 읽고 글을 쓸 수 있는 공간이 있어 무엇보다도 좋은 것 같다.

일단 10분 거리에 7호선 지하철역이 있고, 인천 송도로 출근하는 아들이나, 부천이 직장인 딸, 그리고 서울 학동이 직장인 나까지 모두 교통이 그 전보다 편리해졌다. 이보다 더 바랄 수는 없다. 또한 주변이 야트막한 산으로 둘러있고 둘레길이 있어 운동하기 좋으며, 집에서 15분 거리에 옹기박물관, 농업박물관, 국궁박물관, 여월공원, 부천 백만 송이 장미공원, 진달래공원, 부천종합운동장, 홈플러스 등이 있어 모든 것이 편리하고 쾌적한 환경이다. 대만족이다.

물론 15년 이상 오래 보유한 탓도 있지만, 그 선배 덕택에 내가 산 가격보다 상당한 차익을 보았다. 집사람 왈 "당신이 직장 다녀서 애들 교육하고 먹고 사느라 모은 돈은 없는데 그나마 집이 큰 몫을 했다. 그렇지 않았으면 노후자금이 없어 앞이 캄캄할 뻔했다. 그 선배님 정말 고마우신 분이다."고 얘기하는데, 깊은 공감이 갔다. 이곳에 이사 와서 아이들도 잘 가르치고 한몫을 잡았으니, 소위 꿩 먹고 알 먹은 셈이다.

내 인생에 우연한 기회로 그 선배를 만났고, 이사하라는 충고 한마디가 아이들 교육도 잘 시켰고 노후가 좀 더 편할 걸 생각하니, 그 선배가 정말 고맙다. '사람은 인덕이 있어야 한다'는 성인들의 말을 깊이 떠올리게 되었다. 또한 선배의 진중한 충고를 잘 받아들였기에 좋은 결과가 자연스럽게 이루어진 것이라 생각한다. 얼마 전, 집사람과 그 선배 댁을 찾아뵙고 "선배님 고맙습니다. 선배님의 그 한 말씀이 제 인생을 바꾼 거 같습니다. 감사합니다."라고 마음속 깊이 우러나오는 인사를 드렸다. 그 선배는 우리 아이들 교육과 내 재산형성에 있어서 은인이다. 가끔 찾아뵙고 인사를 드려야겠다는 생각이다.

2015.12.29.

산성길 순례

　약 2년 전부터 고등학교 친구 셋이서 의기투합하여 한 달에 한 번 함께 산을 찾기로 하였다. 산이라기보다는 산에 있는 둘레길을 함께 걸으면서 서로의 안부를 묻고 인생사를 논하자는 취지였다. 모두가 환갑이 넘었으니 이제는 건강하게 종착지를 향해가고픈 바램도 곁들여서 우리는 열심히 만났다. 나는 부천에 살고 두 친구는 인천에 살고 있어서, 서로 만나기 편한 인천 계양산 둘레길을 걸었다. 한 달에 한 번 만나는 반가움도 있지만, 다 돌고 음식점에 들러 식사 겸 곡주 한 사발 들이키는 그 맛이 더 끌렸는지도 모른다.

　그렇게 반복하다가, 최근에는 누군가의 제안에 의해 무대를 서울로 옮겨 다른 친구들을 불러 모으기로 하였다. 서울에 있는 둘레길을 다니면 수도권에 사는 다른 친구들도 쉽게 합류할 수 있을 것 같았다. 그래서 약 6개월 전부터 서울에 있는 둘레길을 순례하기 시작했다. 그동안 관악산 둘레길, 안산 둘레길, 우면산 둘레길 등을 걸었다. 함께한 친구는 항상 6~7명이었다. 올 수 있는 친구가 10명 정도 되는데 사적인 일로 빠지는 친구가 항상 3~4명은 되었다. 내가 간사를 맡고 길을 안내하니 나는 빠질 수가 없었다. 그러다가 지난달부터 우리 모임의 명칭을 '친구들 우정'으로 정하고, 한성도성 둘레길을 순례하기로 했다.

한성도성은 조선시대 수도인 한성부를 적으로부터 방어하고, 왕의 권위를 높이기 위하여 태조 때부터 쌓았다고 한다. 도성 총 길이는 18.6km이고, 4대문으로 동대문(흥인지문), 서대문(돈의문), 남대문(숭례문), 북문(숙정문), 4소문으로 홍화문 창의문 광희문 소덕문을 세웠다.

처음 태조 때에는 자연석을 다듬어 산에는 석성으로 평지에는 토성을 쌓았고, 세종 때에는 도성을 재정비하면서 돌을 옥수수 알처럼 다듬어 토성을 석성으로 대체하였으며, 숙종 때에는 무너진 곳을 보수하여 거의 직사각형 모양으로 다듬어 쌓았고, 순조 때에는 보수하면서 가로 세로 60cm 정도로 정교하게 다듬어 쌓았다고 한다. 또한 축성 시에 구간을 정하여 책임자를 정하고, 쌓은 구간에 대하여 책임을 지도록 하였으며, 감독자 실명을 돌에 새겨 놓았다.

우리 '친구들 우정'은 지난달 첫 코스로 창의문에서 숙정문을 거쳐 혜화문까지 걸었다. 출입증을 받는 창의문에서 출입증을 반납하는 말바위 안내소까지의 산길은 숲도 우거지고 경치도 좋아 걷는 기분이 상쾌하고 즐거웠다. 걷는 동안에 돌의 축성 시기를 점치기도 했고 돌을 쌓느라 고단했을 당시의 백성의 노고를 생각하기도 하였다. 그러나 혜화동 근처에서는, 성곽 위에 건물이 세워진 모습도 보고, 성곽의 돌을 빼다 자기 집의 축대로 쓴 모습도 발견하고는 개탄하였다. 지금이야 문화재에 대한 개인과 국가의 사고가 남다르지만, 예전에는 그렇지 못하여 벌어진 일이라 생각되었다.

어제는 두 번째로 남대문(숭례문)에서 6명이 모였다. 남대문의 지금의 모습이 그럴듯하나, 몇 년 전 무지한 한 노인의 방화사건을 생각하니 가슴이 아팠다. 우리 일행은 남대문에서 출발하여 산성 길을 따라 남산에 올랐는데, 초기의 구간은 최근에 복원한 듯 축성되어있는 돌들이 현대식 화강암이었다. 그나마 복원한 것이 다행이라는 생각이었다. 남산 정상에서 올라서는, 남산타워 옆에 만들어 놓은 관람객을 위한 조망대에서 한강을 바라보며 각자 호프 한 잔씩 마시면서 친구들끼리 30분 정도 우정을 교환하였고, 내려오면서 태조 때 자연석으로 쌓은 산성을 보고 오랜 세월을 두고도 꿋꿋이 견뎌온 견고함에 감탄하였다. 우리는 서로서로 이건 태조 때, 이건 숙종 때 등, 축성 시기를 논하면서 걸었다. 어떤 구간에는 감독자의 이름이 돌에 새겨져 있기도 하고, 어느 구간에서는 경상도 어느 지역의 백성이 와서 축성했다고도 적혀 있었다. 비록 나라의 방어를 위한 일이었다고 해도, 교통이 불편한 그 시대에 이 먼 곳까지 끌려와 강제 노역을 하고 돌아갔을 백성을 생각하니, 마음이 저려왔다. 아마 먹는 것도 넉넉지 못했을 것이고, 노임도 받지 못했으리라!

반얀트리호텔(옛 타워호텔) 구간에 와서는 성곽을 따라 길을 내지 못하고 우회하게 되어 있었는데, 서울시에서 사유지를 존중해서 그리하였겠지만, 돈을 많이 주고라도 매입해서 직선거리를 냈으면 좋을 걸 하는 생각이 들었다.

장충동 길에 와서는 삼성의 창업자 고 이병철 회장이 살던 으리으리한 저택을 지나며 고인을 추모하였고, 장충동 산성길 역시 혜화동처럼 산성을 보호하지 못하고 무지한 행위를 한 모습이 여기저기 눈에 띄었다.

이렇게 걷는 동안에, 다행스럽게 일기예보와 다르게 날씨가 화창하고 미세먼지도 많지 않아 모두 즐겁게 걸을 수 있었다. 마침내 약 3시간 만에 목적지인 동대문(흥인지문)까지 도착하여, 몇몇은 코스 주파를 증빙하는 도장을 받은 후에 식당으로 향하였다. 늘 그렇지만 코스가 끝나는 지점 근처에는 항상 맛집이 있었다. 이번에는 55년이나 되었다는 진고개 식당을 찾았다. 진고개 식당의 본점은 충무로에 있고, 여기는 분점이라 한다.

우리는 식당 근처에 사는 암 투병 중인 친구를 보고 싶다고 불러냈다. 그 친구는 암 말기 판정을 받고도 30여 차례의 항암치료를 잘 견디어내고 생각도 긍정적이었다. 체중도 마르지 않았고 씩씩한 목소리에 함께한 친구들은 다소 안심하였다. 맛있다는 이북음식 '어복 쟁반'을 주문하여 그 친구와 함께 맛있게 먹었다. 다음 달에는 남대문에서 인왕산까지 걸을 생각이다. 그 친구가 빨리 회복되어 '친구들 우정'에 합류하기를 간절히 기도하고 바란다.

2019.02.27.

사은회

  지금부터 약 50년 전인 1960년대, 우리나라는 1인당 국민소득이 평균 약 90불로 세계에서도 거의 최빈국에 가까웠다. 그 당시에는 끼니를 거르는 사람이 많았고, 배우고 싶어도 학교에 가지 못하는 사람도 많았다. 초등학교를 졸업 후 중학교는 진학하지는 못하였지만 끼니마저 거를 수 없어 신문팔이, 구두닦이, 아이스케키 장사 등으로 본인과 가족의 생계를 유지하기 위하여 애쓰는 청소년이 많았다. 이들 청소년들은 부득이하게 생계 전선에 뛰어들었지만 때로는 사회적으로 말썽을 일으키곤 하였다. 이때 이를 안타깝게 여긴 동인천경찰서 순경이셨던, 나중에 조선일보 '청년봉사상'을 받으신 우필형 선생님과 인천지역의 몇몇 대학생들이 그런 아이들을 모아 가르치기로 의기투합하고, 당시 경찰서장이셨던 이수영 총경님의 배려로 동인천경찰서 강당을 빌려 1967년 2월 8일 야학을 개설하였다.

  처음에는 선생님들이 일일이 직업 청소년들을 찾아다니며 설득하여 학생을 모집하였고, 개중에는 대학생 선생님과 나이가 비슷한 학생도 더러 있었다. 학생들이 어려운 환경에 있었기 때문에 제 나이에 맞는 학생은 별로 없었다.

  그러다가 학교 지을 땅을 빌려준다는 독지가가 나타나 인천교 쪽에 학교 부지를 빌리고, 영어를 잘하는 선생님이 계셔서 부평에 주둔 중인 미군 부대에 협조를 구하여 무상으로 건축자재를 조달받아 선생님과 학생들이 직접 노력 봉사를 하여, 1~3학년 교실과 교무실 그리고 자그마한 운동장을 만들어 학교다운 면모를 갖추고 신입생을 받을 수 있게 되었다.

내가 이 학교에 입학하게 된 것은 학교가 개교하고 2년이 지난 1969년 초, 초등학교를 막 졸업하고 중학교에 진학할 형편이 안 되어 무엇을 할까 고민하던 시기에 동네 어귀에 붙은 신입생모집 광고를 우연히 보았기 때문이다. 일단 돈 없이도 배울 수 있다는 데에 무한히 기쁘고 감사했다.

학교를 찾아가 시험을 치르고 2명까지 교복을 주는 장학생으로 입학할 수 있었다. 물론 학비는 무료였고, 없는 살림에 교복만이라도 큰 선물이었다. 그곳에서 3년 동안 야간에 대학생 선생님들에게 중학교 과정을 배웠으나 교육부 미인가 교육기관이라 고등학교 입학자격 검정고시를 합격하여야 정규 고등학교를 진학할 수 있었다. 그러나 나는 첫해에는 시험에 실패하고 이듬해 시험에 합격하여 원하던 정규고등학교에 진학할 수 있었다. 그 후 사회에 진출하여 나름대로 사회의 역군으로서 역할은 충실히 하려고 노력했다.

살아오는 동안에 늘 대학생 선생님들에게 고마움을 느꼈다. 그 당시 이러한 야학이 없었더라면 나는 어떻게 되었을까? 아마도 오늘날의 나는 있을 수 없었을 것이다. 그런 고마운 마음을 가지고 살아오던 2004년 초봄의 어느 날, 그 학교 1회 동문으로, 시인이며 평론가이시고 한국 자유 시인상과 노산 문학상을 받은, 평소에 내가 존경하고 자주 뵈던 선배 김영진 시인에게서 연락이 왔다.

학창시절의 선생님들 10여 명의 연락처를 찾았고, 날을 잡아서 식사 한번 모시기로 하였으니 나보고 와서 선생님들도 뵙고 행사 사진을 찍으라고 제안하셨다. 나는 반가운 마음에 즉시 동의를 하고 그 선배와 함께 선생님들을 처음으로 남산 밑의 조그만 한식집에서 모시게 되었다. 졸업 후 선생님들을 만나 뵌 것은 큰 감격이자 감동이었음은 두 말할 나위가 없다.

그 후 그 선배에게 이 기회에 연락 가능한 선생님과 동문들을 한 곳에 모시고 사은회를 하지고 제안하였더니 그 선배가 흔쾌히 찬성하였다. 그 선배와 나는 가능한 모든 수단을 동원하여 선생님들과 동문들의 연락처를 파악하고 초청장을 발송하였다. 마침내 2004년 9월 11일, 그 학교 졸업 후 약 32년 만에 약 20명의 선생님과 60명의 동문들이 인천 간석동의 로열호텔에서 역사적인 사제지간의 만남과 사은회가 개최되었다. 눈물을 흘리는 선생님과 동문들도 많았다. 모두 많이 변하였지만 예전의 사제지간의 감정은 그대로 남아있었다. 물론 행사의 실무적인 것은 나와 같이 졸업한 동기들이 물심양면으로 도와주었기에 가능하였다.

첫 번째 사은회가 개최된 후 그것이 계기가 되어 연락 안 되던 선생님과 동문들이 많이 연락되었고 카페도 개설하고 하여서 지금은 연락 가능한 선생님과 동문이 약 200명가량 되었다. 또한 졸업 동기마다 동기회가 결성되어 활성화되고 있으며, 첫 번째 사은회 이후 해마다 한번도 빠지지 않고 매년 5월이 되면 같은 장소에서 사은회 행사를 하였다. 올해에는 지난 5월 9일 12번째의 사은회가 예년과 마찬가지로 무사히 진행되었다. 역시 감동은 마찬가지로 변함이 없었다.

불행하게도 그 학교는 7회 입학생을 끝으로 폐교되었지만, 그 학교를 거친 많은 학생들에게는 희망이 되었고 건전한 사회생활을 할 수 있는 버팀목이 되었다. 지금은 새로 나오는 졸업생이 없기 때문에 시간이 흐르면서 동문 수가 점차 줄어들고 있지만, 처음 사은회 이후 한번도 거른 적이 없듯이 서로 끈끈하게 명맥을 잘 유지하고 있다. 졸업생이 없으니 인원이 줄어드는 것이 당연하겠지만, 우리 동문회에서 매년 사은회가 지속되길 바라고, 선생님과 동문들의 건강과 행복을 빌며, 우리들의 인연이 영원히 지속되기를 간절히 기원한다.

2015.05.18.

한라산 등반

주말만 되면 함께 산에 오르는 친한 지인 5명이 있다. 편의상 나 그리고 A, B, C, D라고 하겠다. 그중 4명은 전 직장 동료이고 한 명은 직장 동료 A의 지인이다. 우리는 주말이면 서로 시간을 체크하고 맞으면 산을 향한다. 주로 둘레길을 다니지만 때론 산 정상까지도 오르곤 한다. 5명의 나이가 거의 동년배이지만 각각의 성격은 모두 다르다. 때로는 사소한 갈등이 있을 때도 있으나 아슬아슬하게 피해간다. 어쨌든 우리는 꽤 오래, 여러 번 같이 산행을 하고 있었다.

모두 환갑의 나이지만 한라산을 거뜬히 오를 만큼 건재하다. 일전에 모두 함께 산에 갔다가 내려와서 막걸리 한잔하면서 누군가 제주도 한 번 같이 가자고 제안하였다. 그중 세 사람은 한라산에 오른 적이 있으나 나하고 D는 제주도에 여러 번 갔으나 그때마다 다른 일정으로 한라산에 오르지 못한 것이 커다란 아쉬움으로 남아있으니 이번에는 일정에 한라산 코스를 넣자고 하였는데 모두 동의하였다.

D는 현재 중견 회사의 대표를 10여 년 하다가 최근에 고문으로 물러나 있는 상황이나, 회사가 보유한 제주도 해비치 골프장과 리조트 사용이 가능하다고 하였다. 그래서 우리는 2박 3일 일정으로 이틀은 해비치 골프장에서 골프를 치고 하루는 한라산에 등반하기로 정하였다.

모든 일정은 총무 B가 D와 상의해서 정하고 나머지는 따르기로 하였다. 총무 B는 알뜰해서 최소의 비용으로 최대의 만족을 얻기 위해 노력한 흔적이 곳곳에 보였다. 지난 16일 김포에서 오전 7시 20분발 제주행에 5명이 출발하여 8시 30분 제주에 도착, 공항주차장에서 해비치 셔틀버스를 타고 골프장으로 직행, 첫날 멋있는 라운드를 돌았다. 총무가 다른 사람을 배려해 자진해서 갤러리를 하겠다고 해서 1팀만 라운딩했다. 라운딩이 끝나고 해비치 셔틀버스를 타고 해비치 리조트로 이동하여 짐을 풀고 바로 인근의 흑돼지 전문식당으로 갔다.

　제주에 오면 대부분의 사람들이 횟집 아니면 흑돼지 전문식당을 이용하는데 우리는 여름이고 해서 흑돼지를 모두 선호하였다. 흑돼지 전문식당이라 그런지 내부도 깔끔하고 음식도 맛있고 종업원들도 친절하였다. 그런 분위기에서는 술이 무한정 소비된다. 육지에서라면 서로 빼고 조심도 했으련만, 그 당시의 분위기는 그럴 상황이 아니었다. 밑 빠진 독에 물 붓듯 술을 목구멍에 마구 부어댔다.

　에피소드는 그 이후에 벌어졌다. 식당에서 나와서 해변으로 가는 동안에 소주 2병만 더 해변에서 마시면 좋겠다는 의견을 누군가 냈고, 총무를 맡은 B가 솔선하여 사서 오겠다고 혼자 가게를 찾아 떠났다. 그때까지만 해도 아직은 정신이 멀쩡한 듯하였다. 그러나 한참 시간이 지나도 소주를 사 오겠다는 총무는 돌아오지 않아, 일행은 기다리다가 혹시나 하고 숙소로 돌아왔는데 숙소에도 없었다. 걱정되어 나와 C가 찾으러 나간 사이 총무 B가 경찰을 대동하고 숙소로 찾아왔다는 연락을 받고 우리도 숙소로 돌아왔다. 알고 보니 B가 갑자기 술이 올라와 지형 분간이 안 되어 지나가는 경찰에 부탁하여 숙소로 왔다고 한다. 대개 어떤 여행이던지 여러 명인 경우 꼭 누군가가 나중에 얘깃 거리를 위한 에피소드를 남기곤 하는데 희생심 많은 총무가 그 역할을 해 주었다.

그 다음 날은 회원 동반가로 1명을 추가하여 2인 1팀, 3인 1팀으로 라운딩을 했는데 전날 과음한 탓에 모두 제대로 스코어를 내지 못하였다. 단지 잘 가꾸어지고 풍광이 멋진 수채화 같은 필드와 그린을 감상하며 좋은 사람들과 함께하는 것에 만족하여야 했다. 그날 저녁은 전날의 후유증을 고려해서 술을 먹지 않기로 하였고, 모두 제주도 토속음식을 맛보는 것으로 만족하여야 했다. 나는 성게 미역국을 먹었는데 맛이 일품이었고 전날 술 먹은 것이 해장 되는 느낌이었다. 저녁 식사 후 우리는 다음날 한라산 등반이 용이하도록 제주시 시외버스터미널 근처에 사전에 예약해둔 게스트하우스로 이동하였다.

게스트하우스는 2층으로 서너 평 크기의 다락방 같이 허름하였다. 침대는 이층침대로 6개가 있었는데 5명인 우리 일행이 독차지하였다. 이층침대는 올라가서 조금만 움직여도 삐거덕 소리가 나서 잠을 청하기가 불편하였다. 결국, 2층에 올라갔던 2명도 내려와 1층 바닥에서 자야 했다. 마치 군부대에 체험 온 느낌이었다. 그러나 터미널 2~3분 거리여서 편리성만은 최고였다. 아침 5시에 일어나 간단히 식사하고 6시에 탑승하여 성판악 탐방코스로 향하였다. 다른 코스도 고려해 보았는데 다른 코스는 등반 금지라고 한다.

일행은 성판악 탐방코스 입구에 7시에 도착하여 백록담을 향해 오르기 시작하였다. 오르면서 생각하기를 환갑의 나이에 예전 같으면 집에 누워있을 텐데 1,950m나 되는 왕복 9시간을 산행하겠다고 나선 일행이 대단하다는 생각을 했다. 정상 약 2㎞ 전까지는 완만하였으나 돌이 많아 발바닥이 편치 않았다. 모두들 민족의 영산 한라산 백록담을 이번에 오르면 언제 또 오를 수 있냐는 기세로 씩씩하게 걸었다.

A는 치질이 있어 속으로 고통스러워하면서도 참으면서 올랐고, 총무는 족저근막염이 있는 데도 참고 걸었다. A는 정상까지 올랐으나 총무는 결국 정상 2.2㎞ 남겨둔 진달래 대피소까지만 올랐다. 등산로 입구에 총 왕복 19.2㎞ 9시간 코스라고 되어 있고 동절기는 12시, 춘추절기는 12시 30분, 하절기는 13시까지 입구를 통과하여만 된다고 안내판에 쓰여 있었다. 우리 일행은 등산로 중간에 제주도에서 제일 높은 오름이라는 사라오름 분화구까지 왕복 1.2㎞ 40분 소요를 더하면 왕복 20.4㎞ 9시간 40분 코스인데, 모두가 평소에 산을 자주 접했기 때문에 왕복 7시간 만에 끝낼 수 있었다. 환갑의 나이에 이만하면 젊은 사람 못지않은 성과라고 생각되었다.

한라산 백록담 코스로 있는 영실 코스, 관음사 코스, 어리목 코스, 성판악 코스 중 다른 코스는 입산 금지이기에 거리가 가장 길고 완만한 성판악 코스를 택하였고, 오르는 중간에 다녀온 사라오름은 둘레 250m의 분화구로서 물은 다 말라 있어 아쉬움이 컸다. 정상 직전의 진달래 대피소에는 화장실과 휴게실, 매점이 있었는데 특이한 점은 컵라면이 1개 1,500원으로 비싸지 않았으나 1인당 2개까지만 판매하고 있었다. 거기까지 식료품 운반용 모노레일이 깔려 있었고 또한 국립공원에서 운영하기 때문에 라면값이 상상 이상으로 싸게 받고 있었다.

입구에서 진달래 대피소까지는 숲에 파묻힌 완만한 길이었고 피톤 치드도 많아 기분이 상쾌하고 좋았으나 터널 같아서 답답함은 있었다. 진달래 대피소에서 정상까지는 2.3㎞로 경사가 가파르나 하늘 문이 열린 듯 사방이 훤하였다. 막혔던 가슴이 뻥 뚫리는 느낌이었다. 정상 부근에는 넓은 초원과 산 구상나무, 죽은 구상나무, 안개와 구름이 적당히 배치되어 있어 풍광이 좋았다.

일행이 정상에 올라 백록담 표지석과 여기저기를 배경으로 인증샷을 남겼다. 민족의 영산 한라산 백록담에 올랐으나 물이 거의 바닥에 차 있어 아쉬움이 많았다. 생각 같아서는 밑에서 길어다가 부어서라도 물이 차 있으면 얼마나 좋을까 하는 생각까지 했다. 백록담에 오르면 맑은 날씨가 거의 없다고 하는데 우리가 올랐을 때 멀리 바다까지 보일 정도로 맑았으나 우리가 다 감상하고 나서는 안개와 구름이 백록담 일부에 스며들어와 더욱 멋있는 운치를 더해주었다.

하산하여 터미널 근처 기사식당에서 먹은 두루치기는 지금껏 먹어본 두루치기 중 최고의 맛이었다. 식사 후 10분 거리의 제주공항에 도착하여 오후 6시 40분 비행기를 타고 김포공항에 도착하니 7시 50분이었다. 갈 때와 마찬가지로 집사람이 태워줘서 편하게 집에 도착하였다. 이번 행사에도, 날씨와 친한 나는 날씨 덕을 톡톡히 볼 수 있었음에 나의 신께 감사드린다.

2016.06.23.

마지막 카톡

　3년여 전, 고교 동기 모임에서 분위기가 한창 무르익을 즈음 한 친구가 일어났다.

　긴히 공지할 말이 있다 해서, 모두 숨죽이고 들었다. 얘기인즉, 본인이 다른 사람에게 절대 알리지 말라는 간곡한 부탁이 있었음에도 알린다고 하면서, "P라는 친구가 간암 말기로 투쟁하고 있다."고 하였다.

　갑작스런 P군 소식에 머리를 쇠망치로 얻어맞은 듯 '땅'하였다. 그 친구와는 그래도 전에는 자주 보고 인생 얘기도 심도 있게 나누는 사이였으나, 최근 1년 동안 교류가 없었기 때문이다. 사실은 그 친구의 좌편향적 사고가 워낙 강하여, 어느 순간 내가 스스로 조금 거리를 두기 시작하여 만나지 못하였다.

　나는 다음날 강남 신사동에 있는 직장으로 출근하여, 신설동에 사는 그 친구에게 전화했다. 의외로, 목소리는 아픈 사람 같지 않게 씩씩하였다. 그 후 간간이 통화할 때마다 늘 씩씩한 목소리로 주변 사람에게 걱정 말라는 메시지를 주었다. 누가 들어도 전혀 아픈 사람이라고 느낄 수 없었을 것이다. 그 친구는 그런 친구였다. 어려서 불우한 환경에 모친, 두 동생과 살면서 일찍이 가장 노릇을 했고, 그나마 어머니마저 20대 초반에 돌아가셔서 두 동생을 학교와 결혼까지 책임지고는 정작 자신은 결혼을 못 하였고, 40을 훌쩍 넘겨서야 혼자된

한 여인을 만나 결혼식 없이 동거하고, 제 피붙이 하나 세상에 남기지 않았다.

나는 조심스럽게 움직이는 데 지장이 없냐고 물으니, 전혀 문제가 없다 하여 점심시간에 사무실 근처로 불렀다. 그리고 밥도 먹고, 차도 마시고, 약간의 돈을 집어주었다. 그리고 그 후로 수시로 연락하고, 한 달에 한 번은 만나서 똑같이 밥 먹고 차 마시면서 여러 얘기를 많이 했다. 주치의 말로는 대장암이 먼저고, 전이되어서 간으로 옮겼고 간암 말기가 됐는데 치료를 하지 않으면 3개월, 치료를 하면 3년은 살게 해 주겠다고 해서 치료를 시작했다고 한다. 나는 기적적으로 완치한 사람이 많으니 포기하지 말라고 격려하곤 하였다. 만날 때마다 밥을 다 비우고 커피도 한잔 다 마셨기에, 기적이 일어날 것만 같았다. 매번 마음속으로 간절히 기도했다. 완쾌해서 친구의 우정을 계속하자고….

그렇게 1년 정도 지내다 내가 직장을 그만두고 부천 집에 있게 되어서, 주로 전화로 안부를 묻고 가끔 만났다. 만날 때마다 이번이 암환자가 견디기 어렵다는 20번 항암치료를 넘겼다, 30번을 넘겼다, 40번을 넘겼다 하면서 주치의도 이렇게 오래 견디며 식사도 잘하는 환자는 예외적이고 희망이 있다 하였다는 말을 듣고, 정말 그 친구에게 기적이 일어나는 줄 알았다. 실제로 세상을 뜨기 전까지 70번 가까이 항암치료를 견뎠다. 그러는 와중에 2번 정도 백혈구 수치가 떨어져서 위험한 고비가 있었지만 잘 넘겼다는 얘기도 들었다.

그러다 약 1년 전부터 매일 아침 일어나자마자 제일 먼저 하는 일이 그 친구에게 안부 카톡을 보내는 일이었다. 그 친구는 보통 곧바로 답장이 왔다. 그럼 나는 안심이 되었다. 최근까지 하루도 빠진 일이 없었다. 어쩌다 카톡 답장이 늦으면 혹시 '무슨 일이 있나?'하고 걱정하곤 하였는데, 최근 답장이 없어 혹시나 하는 찰나, 다른 친구로부터 연락이 왔다. 고대 안암 병원 응급실에 들어 왔는데 어려운 상황이라고.

그래도 전년도까지는 친구들 산행 후 식사 장소에 가끔 불러내 다른 친구들과도 만나고 안부를 물을 수 있었는데, 2020년에 들어와서는 코로나19로 한 번도 얼굴을 보지 못하였다. 약 한 달 전 마지막 통화에서도 씩씩한 목소리로 치료 잘 받고 있다고 하였다. 그러나 더 가까이 지내던 친구의 얘기를 들어보니, 이미 나와 통화하기 한 달 전 항암치료의 부작용으로 소변을 걸러내지 못하여 더 이상의 치료를 중단했다고 한다.

응급실에 들어간 날, 나는 카톡을 또 날렸다. '너는 이번에도 이겨내고 퇴원할 수 있다고… 용기를 잃지 말라고…' 그 메시지는 열어본 흔적은 있었지만, 답장은 없었다.

그리고 다음 날 아침, '꼭 이겨내라고' 다시 카톡을 보냈다. 그러나 시간이 지나도 열어보지 않는다는 걸 느끼는 순간 '그 친구가 저세상으로 떠났다'는 소식을 접했다.

'아! 친구야! 미안하다. 코로나를 핑계로 보지도 못하고 그냥 보내다니!' 마음속으로 눈물이 하염없이 흘러내렸다. 많이 슬프고 서운하고 후회가 되었다. 한동안 마음을 주체하지 못하였다. 물론 장례식장에 조문도 갔고, 벽제승화원도 가서 그 녀석의 유해를 추슬러서, 다른 친구들과 함께 그 녀석 어머니 묘소 한구석에 묻었다. 우정도 함께 묻었다. 그는 영원히 녀석의 어머니 품으로 돌아갔다.

그 친구는 나와 만날 때 유일한 혈육인 두 동생에게 알리라고 몇 번이나 권유하였으나, 동생들이 알아서 좋을 것이 없다고 알리지 않겠다고 하였다. 죽기 하루 전에야 같이 사는 부인이 강제로 알려서, 장례식장에서 여동생이 통곡하는 걸 보았다. 그 친구는 그런 친구였다. 죽기 전날 다른 친구가 마지막으로 통화하였는데, 나에게도 알리지 말라고 했다 한다. 그 친구는 그런 친구였다. 친구야! 잘 가라!

2020.11.15.

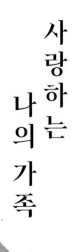

사랑하는
나의 가족

결혼 25주년 회상

1984년 11월 11일. 결혼 후 25년이 흘렀다. 4반세기란 세월은 억겁의 우주에 비하면 보잘 것 없지만 인간의 시간으로는 무한한 시간이다. 우리 부부가 결혼식을 올린 후 살아오면서 사소한 사건은 있었지만 큰 탈 없이 25년을 지냈다. 서양에서는 결혼 25주년을 은혼식이라하고 50년을 금혼식이라 하여 성대하게 행사를 한다고 한다. 우리나라에서는 예전에 조혼을 하였고 은혼식이나 금혼식 같은 것은 없었다. 다만 회혼식이라 하여 결혼 60주년은 중요하게 생각하여 사무관대와 족두리를 쓰고 다시 결혼식을 올렸다고 한다. 나는 결혼하여 25주년이 되었고 아들 하나 딸 하나 낳고 오붓하게 잘 살아왔다. 서양식 풍습이지만 이 날을 위하여 무언가 일을 꾸미고 싶었다.

가족끼리 아주 특별한 시간을 보내고 싶었다. 우선 시간을 맞추는 것이 중요했다. 나는 2007년 퇴직 후에 베트남에 사업차 갔다가 2008년 말에 돌아온 후에 부산에서 지인의 리모델링 사업을 도와주고 2009년 3월에 올라와 쉬고 있었기 때문에 시간이 충분했고, 집사람은 가벼운 아르바이트를 하고 있었기에 마음먹으면 가능하였다. 문제는 아들과 딸이다. 아들은 군에서 제대 후 복학하여 Y대 3학년에 재학 중이었고, 딸아이는 J교대 3학년 재학 중이었다.

결혼기념일이 11월 11일이기 때문에 이날을 전후해서 모두 날짜를 맞추는 것이 중요한 의미가 있다고 생각하였다. 아이들에게 물어보니 기말고사가 끝나는 날이 좋겠다고 하였고 딸아이는 기말시험과 임용시험 준비에 바쁘지만 그래도 시간을 내겠다고 하였다. 나는 2009년 11월 둘째 주 금요일부터 3박 4일 일정으로 확정했다. 둘째 주 토요일은 아이들도 기말시험을 마치고 방학에 들어가는 날이었다.

해외로 가족나들이를 갈까 생각하다가 아이들이 시간이 제 각자라 어려울 거 같아 제주도로 가기로 하였다. 숙소는 집사람이 친구 콘도를 빌리기로 하였다. 집사람과 나는 그동안 베트남을 들락 날락 하면서 쌓아놓은 마일리지를 이용하여 토요일 아침 일찍 떠났고, 아들은 기말고사를 마치고 혼자서 김포공항에서 제주도에 오기로 하였고, 딸아이는 김해에서 저가 항공으로 제주도로 오기로 하였다. 이렇게 한 가족이면서도 따로따로 떠나 당일 저녁이 되어서야 제주공항에서 만날 수 있었다.

우리 부부는 아침에 도착하여 렌터카를 빌렸다. 나는 3박 4일 동안 만이라도 평소에 타기 어려운 차를 타기를 원했다. 그래서 제주공항에서 차를 고르면서 현대차 에쿠스를 빌리려고 했는데 집사람이 완강하게 반대하여 그럼 그랜저로 하자고 했더니 더 강하게 막는다. 나는 이 기회에 짧은 기간만이라도 가족끼리 좋은 차 한번 타보자 설득하였지만 헛수고였다. 평소에 집사람은 워낙 검소해 낭비하는 일은 거의 습관적으로 하지 못하였다. 나의 결혼 25주년에 가족에게 특별 서비스를 하려던 것이 결국 아반떼로 격이 낮아졌다. 이렇게 빌린 차로 아이들이 오기 전까지 둘이서 오붓하게 해변을 드라이브했고 저녁에는 차례로 공항에서 아이들을 맞으면서 딸아이가 늦게 오는 바람에 밤이 되어서야 모두 만날 수 있었다. 공항에서 우리 부부는 아이들을 한 사람씩 만나면서 오래 떨어져 있었던 양 반갑게 포옹하였다.

빌린 차로 가족 모두 숙소에 도착하였다. 저녁 식사는 집사람이 마트에서 준비해온 것으로 하여 우리 가족은 테이블을 가운데 두고 결혼 25주년 행사를 진행하였다. 아이들이 편지를 준비하여 읽어주었고, 나는 집사람을 위하여 특별히 준비한 편지를 읽어줌과 동시에 집사람이 평소에 제일 좋아하는 현금 거금을 수표로 전달하였다. 물론 집사람이 이 돈을 자신을 위해 쓰지 않으리라는 것을 나는 명확히 알고 있었다. 단지 내가 이날을 위해 모아두었던 비자금이 나온 것에 대하여 대단히 만족해하는 눈치였다. 가족끼리 준비한 음식과 샴페인으로 그날 저녁 가족끼리 최상의 밤을 보냈다.

그날 저녁 나는 아직 취업도 안 한 아들과 딸에게 "이번 이벤트는 아빠가 준비했으니 30주년 때는 너희들이 취업해서 돈 벌 테니까 너희들이 준비해 주렴" 하고 아주 뻔뻔한 요구를 하였고 아이들에게 다짐을 받았다.

3박 4일 동안 우리 가족은 모든 걱정거리는 잊어버리고 가족애에 충실하였다. 투어가 아니고 자동차로 가고 싶은 곳을 찾아다니며 먹고 싶은 것을 먹고 보고 싶은 것을 마음껏 보고 사진도 끊임없이 많이 찍어댔다. 제주도의 풍광은 어딜 가나 좋았다. 가는 곳마다 쫙 펼쳐진 쪽빛 바다는 햇살을 받아 눈부시게 출렁댔으며, 늦가을이라 사방이 억새로 나풀 나풀 대어 차를 타고 가다가 아무 곳이나 멈추면 그곳이 지상낙원 같고 촬영하는 장소가 됐다. 가족들은 많이 좋아하였고, 나도 덩달아 신났다. 카메라 거치대를 가져갔으므로 남에게 부탁하지 않아도 좋은 사진을 맘껏 찍을 수 있었고, 군데군데 차가 멈출 때마다 우리 가족은 환호를 남발하였다.

3박 4일 일정 중 마지막 저녁에 공항에 들러 차를 반납하고 딸아이를 진주로 먼저 떠나보낼 때 아쉬움이 컸다. 임용고시 준비에 도착할 때는 입술이 부르터 있었고 갈 때까지 그대로였다. 마음이 쓰렸지만 본인이 가는 길을 막을 수는 없었다. 이윽고 나머지 우리 셋은 같은 비행기를 타고 서울에 도착하였다. 이번 여행은 우리 식구 넷만의 아주 특별한 여행이 되었다. 타자가 없었으며 가족애를 맘껏 느끼고 서로를 이해하고 행복을 확인하는 계기가 되었다.

나는 돌아오자마자 사진을 정리하기 시작하였다. 잘 나온 사진 여러 장을 추려서 인터넷 사진 책자를 다운받아 배치하고 인쇄를 주문하였다. 사진 책을 배달받아 가족 앞에 내놓으니 가족들은 나의 또 다른 이벤트에 깜짝 놀라며 기뻐하였다. 가장으로서 가족에게 이런 기쁨을 줄 수 있다니 나 역시 행복감에 젖었다. 지금까지 가족들은 가끔 이 사진 책을 들척이며 그때를 회상하곤 한다. 사진보다는 사진 책을 남긴 것이 지금까지 잘했다고 생각한다.

지금 와서 아쉬운 것은 지나간 30주년 때, 아이들이 우리 부부에게 저녁도 사주고 케이크도 준비하고 편지도 주고 용돈도 주었지만 나를 포함 직장생활을 하는 아이들과 시간이 맞출 수가 없어 25주년 때 약속한 아이들이 준비해서 해외여행 같이 가자고 한 뻔뻔한 약속이 부득이한 사유로 물거품이 된 것이다. 혹시나 35주년이나 40주년에는 늘어난 가족과 함께 여행할 수 있지 않을까 하는 기대를 저버리지 않고 있다.

2016.08.03.

어머니의 힘

'여자는 약하나, 어머니는 강하다'라는 말이 있다. 아주 오래전 신문에서, 건널목에서 자기의 아들이 건너는데 승용차가 이를 보지 못하고 달려오는 것을 아들의 어머니가 보고 두 손으로 막아내어 차를 세웠다는 기사를 본 기억이 난다. 달려오는 속도로 보면 도저히 세울 수 없는데 세웠다며, 순간적인 어머니의 힘이 불가사의하다고 하였다. 나는 그 순간에 한 여자가 한 어머니로 변신하였다는 생각이 든다.

왜! 같은 여성인데 '여자는 약하고 어머니는 강하다'고 하는 걸까? 그리고 약한 여자에서 어머니가 되면, 어디에서 갑작스레 그 불가사의한 힘이 나올 수 있는 걸까? 간간이 인간은 어떤 환경에서 인간의 한계를 뛰어넘는 경우가 있다. 그런데 그러한 경우가 남자도 여자도 아닌 어머니의 경우에 더 많이 있는 것 같다. 그것은 모성애란 거대한 힘 때문에 인간의 한계를 뛰어넘을 수 있는 것이라고 생각한다.

지금까지 살아오면서 주변을 살펴보면, 혼자서도 살아가기 버거워하는 여자들은 많은데, 남편 없이 자식만을 돌보는 어머니의 경우는 자식이 몇 명이 되든 간에 모성애로 성인이 될 때까지 잘 키웠다는 사례는 부지기수다. 그러나 부인 없이 부성애로 자식을 그렇게 키웠다는 사례는 있기는 있으나 잘 찾아보기가 쉽지 않다.

나도 나의 어머니가 강하다는 걸 직접 느낀 적이 있다. 내가 고등학교 2학년 때, 감기몸살로 약국에서 약을 사다 먹은 후 갑자기 온몸에 두드러기가 나기 시작하더니 몸이 부어오르고, 안면이 부어서 눈을 뜰 수 없을 지경이 되더니, 이윽고 정신을 잃고 쓰러졌다.

그때 집에는 어머니만 계셨다. 어머니는 정신을 잃은 나를 순식간에 들치고 집에서 100여 미터 떨어진 동네 의원으로 달려갔다.

병원 침대 위에 눕혀진 나는, 스스로 움직일 수도, 말을 할 수도, 눈을 뜰 수도 없었다. 죽은 사람이나 마찬가지였다. 그런데 신기하게도 귀는 들리는 것이었다. 사람이 죽을 때 오감 중에 귀가 가장 늦게까지 살아있다는 것도 알았다.

의사 선생님이 "심장 멈추었다. 간호사! 빨리 심폐소생 준비해!" 하는 소리를 들을 수 있었다.

조금 있더니 내 가슴에 무언가 대고 전기충격을 가하는 것이 몇 번이나 느껴졌다. 그리고 주사 등 응급조치를 하는 것도 느꼈다. 얼마 후 나는 눈을 뜰 수가 있었고 말을 할 수가 있었다. 나는 죽다가 살아난 것이었다. 나중에 치료한 의사 선생님이 이러한 현상은 의학에서 말하는 아필락시스(전신과민반응)이고, 먹었던 감기약에 들어있던 해열진통제 피린 계통의 약이 원인이라고 하였다. 나는 피린 계통의 약이 나에게 맞지 않는다는 걸 그때 알았고 사는 동안에 조심해야 한다는 주의사항도 들었다.

당시 나는 키가 169㎝ 몸무게가 60㎏ 정도였는데, 160㎝, 50㎏의 메마른 체구의 어머니가 나를 업고 100여 미터를 달려갔기에 나는 살 수가 있었다. 정상적인 상황에서 어머니가 나를 업고 그렇게 달려갈 수 없었을 것이란 생각이 들었다. 어머니는 나에게 두 번의 생명

을 주셨다. 나는 그 당시 어머니가 강하다는 걸 알게 되었다. 지금은
하늘에 계신 어머니 감사합니다! 보고 싶습니다. 어-머니!

2018.03.15.

할배가 되다

2017년 11월, 당시 34살의 아들이 회사에서 해외주재원으로 발령이 났고, 한 달 후에 부임해야 한다고 알려왔다. 반가운 소식이긴 한데 '아차'하는 생각이 앞섰다. 요즈음의 나이로 결혼 적령기인데, 해외로 가 버리면 결혼은 어떻게 하지? 걱정에 머리가 복잡해졌다. 해외주재원 자리가 쉽게 가는 자리도 아니고 기회를 얻은 거지만, 나는 일생일대의 가장 중요한 결혼을 시키지 않고 보낼 수는 없었다. 축하한다는 말 대신 "너 사귀는 아이 있냐?"는 말이 먼저 나왔다. 아들 입에서 "예!"라는 답변이 나오자, 나는 나름 안심이 되었다. 올라갔던 혈압이 내려가는 느낌을 받았다. 나는 내일이라도 당장 데려와 보라고 독촉했고, 아들은 이틀 후로 날을 잡고, 우리 부부는 한 일식집에서 며느릿감을 처음 보게 되었다. 일단 태도나 성격이 기대 이상이어서 안심이 되었고, 며칠 후에 상견례를 추진하여 사돈을 만났다. 그리고 바로 식장과 날짜를 정하여 예식을 올렸다. 주어진 한 달의 기간에 번개 불에 콩 구워 먹듯이 모든 것을 일사천리로 진행하였다. 우리 가족으로 맞이할 사람을 겨우 두 번 보고, 식장에서 만나니 일부 서먹한 마음도 들었다. 어쨌든 이렇게 아들 녀석을 결혼시키고, 식 다음날 신혼여행은 생략하고 아들 부부는 해외부임지로 떠났다.

60대 중반의 나이에, 주위 친구들은 손자, 손녀 재롱에 해피하다고 자랑하는데, 나는 '오늘 낼 오늘 낼'하며 소식이 오기를 기다리며 하루하루를 보냈다. 그렇다고 물어보거나 재촉할 수는 없었다. 그렇게 하는 게 아닌 그런 시대에 살고 있기 때문이었다. 그러던 중 2019년 가을에 며느리가 손주를 가졌다고 연락이 와서, 우리 부부는 "이제야 우리도 손주를 볼 수 있겠네" 하며 무척 좋아했고 아들 부부에게 충분히 축하해주었다. 그러나 얼마 후, 자연 유산되었다는 소식을 듣고는 하늘이 무너져 내리는 것 같은 실망이 컸지만, 하늘의 뜻이니 어쩌겠나 싶었다. 또 기회를 주시겠지? 했는데, 2020년 말에 다시 연락이 왔다. 2021년 4월 예정이고 딸이라고 했다. 우리 때에는 산부인과에서 딸 낳았다고 울고불고했는데, 요즈음은 아들 낳으면 운다고 한다. 격세지감이다! 일단 딸이니 '잘 됐다'는 생각이다. 그리고 하나 더 낳으면 아들이면 좋겠고! 지난번에는 아기 가진 후 2개월째 소식을 전해왔는데, 이번에는 안정권에 접어든 6개월이 지나서야 연락이 왔다. 그리고 며느리는 곧바로 귀국하여, 일산에 거주하는 친정으로 들어갔다. 우리 집에는 딱히 머물 곳도 마땅치 않았지만, 며느리에게는 친정이 가장 편하게 출산준비를 할 수 있기에 그리하기로 했다. 아들은 일 때문에 해외에 독수공방해야만 했다. 이제는 확실하게 내게도 손주가 생긴다는 생각에 하루하루 기쁨 속에서 초조하게 기다리는데, 그 시간이 꽤 길게 느꼈다.

드디어! 의사 선생님이 출산예정일을 4월 15일로 잡아주었다. 아들은 2세를 보기 위해, 회사에 3주간의 시간을 허락받고 4월 1일에 귀국했다. 하지만 COVID-19 때문에 우리 집에서 2주간 문밖을 못 나오고 자가 격리를 해야 해서 제 식구를 만나지 못하게 됐다. 출생 순간을 볼 수 있냐? 없냐? 아슬아슬한 자가 격리 시간이었다. 아! 그런데 손녀가 뭐가 그리 급한지 예정일을 당겨 4월 9일, 가장 편한 세상에서 새로운 세상으로 나왔다. 안절부절못하는 아들이 안쓰러웠다. 어쩌랴! COVID-19 세상! 다른 많은 사람들은 더한 일도 겪고 있으니! 수십 년 살을 맞대고 산 노부부가 배우자가 떠나는 것도 못 보는 세상이 됐으니! 오! 애재라!

아들은 격리 기간이 끝나자마자, 며느리가 있는 일산의 산후조리원으로 들어가서 자기 딸과 처음 대면하고는 천하를 얻은 것 같은 기쁨을 느꼈으리라! 어쨌든 손녀가 세상에 나왔으니 불러줄 이름이 필요했다. 세상에 나오기 전의 태명은 바깥사돈이 며느리에게 딸기를 사다주는 태몽을 꾸었다 하여 딸기라 불리었었다.

산후조리원에서 아들은 우리 집으로, 며느리는 친정으로 각각 손녀의 이름을 부탁했다. 나는 아이가 아시아의 말레이시아에서 잉태했으니 '시아'라는 이름이 부르기도 좋고, 영문도 'SIA'로 간단하고 인터내셔널하다고 추천하였다. 그런데 사돈댁에게서도 안사돈이 '시아'가 좋겠다고 전해왔다고 한다. 나하고 사전에 교감이 없었지만, 우연히, 아주 우연히 양가의 작명이 일치했다. 그래서 아들은 유명한 작명 학자에게 거금을 지불하고 시아의 성명 풀이와 한자를 받았다. 시아라는 이름, 양가에서 우연히 일치된 이름, 건강하고 잘 자라서 세상에 빛나는 인물이 되기를 간절히 바란다. 나도 좋은 할배가 되도록 노력할 예정이다!

2021.08.10.

당구대전

부모님이 요양병원에 입원하시기 전인 2014년까지 우리 남자 4형제 부부는 매 주말 서로 시간을 맞추어 부모님이 사시는 인천 구월동 집에 모였다. 연로하신 부모님을 직접 모시지 못하는 죄책감에 매주 1회는 부모님을 뵈어야 한다는 강박관념에서 시작하였다. 먼저 도착한 형제가 집 청소와 주방을 정리하고 점심이든 저녁이든 준비하여 모두가 함께 식사하곤 하였다. 물론 부모님의 안부가 우선순위이지만 우리 형제는 만날 때마다 고스톱을 즐겼고 그때마다 남자들만 논다고 여자들의 원성을 사곤 하였다. 꽤 오래 그런 일이 반복되었다.

때때로 고리를 모아 구경하시던 어머니를 드리곤 하였는데 어머니께서는 당신 자녀들이 즐겁게 노는 걸 즐기셨고 흐뭇해하셨다.

그러던 어느 날 막내 동생이 '이제 종목을 바꾸어 보자'고 제안하였다. 그 종목은 '4구 당구'였다. 그러나 형님과 나는 당구 문외한이고 아래 두 동생은 제법 당구를 치는 편이었다. 형님과 내가 꺼리니 동생들이 '가르쳐 줄 터이니 걱정하지 말라' 하였다. 그렇게 형제 간의 당구 대전은 시작되었다. 그 후부터는 집안 행사 등으로 형제들이 모이면 으레 행사 후에 당구장으로 갔다. 명절 때이건, 제사 때이건, 집들이 때이건 때로는 일부러 시간을 내어 당구 대전을 치른다. 저녁을 먹고 나가면 밤늦게까지 집에 오지 않는다고 여자들의 성화와 핀잔을 시도 때도 없이 들었다.

4구 당구는 가로 1,244㎜ × 세로 2,488㎜의 당구대에서 65.5㎜의 빨간 당구공 2개, 노란 및 하얀 당구공 각 1개로 4개의 공을 가지고 하는 게임이다. 노란 공과 하얀 공은 각자의 공이고 큐대를 사용하여 자기 공으로 상대방의 공을 맞추지 않고 오로지 빨간 공 두 개를 맞추면 득점하는 방식의 게임이다.

형님과 나는 거의 제로 상태에서 동생들에게 조금씩 배워 지금은 핸디를 갖고 동생들과 맞설 수 있게 되었다. 현재 당구 수준은 형님이 180, 내가 150, 셋째가 300, 막내가 250이다. 형님은 취미생활을 위해 당구장을 자주 찾다 보니 나보다 조금 더 잘 치시게 되었다. 그동안 당구 대전 성적은 내가 꼴찌다. 그러나 형제들에게 져서 당구비를 계산하는 것이 조금도 아깝지 않았다.

그런데 최근에 욕심이 생겼다. 나도 잘 치고 싶고 형제들을 이기고 싶어졌다. 그래서 당구 실력을 한 단계 업그레이드하기로 마음을 먹고 유튜브를 통해 공부하기 시작하였다. 그동안은 막연한 감으로 당구를 치곤 하였는데 알고 보니 당구는 과학 또는 수학이었다. 몇 가지 원리를 터득하고 나니 최근 거듭 1등을 몇 번 하였다. 요즈음에는 아예 하루에 1시간을 꾸준히 연구하고 있다. 동생들은 형들이 빨리 일정 수준을 올려 3구 당구를 치자고 재촉하고 있다. 보통 4구 당구를 200 정도 치면 3구 당구로 전환한다고 한다. 조만간 실현될 것 같다.

또한 우리 형제는 약 3년 전부터는 매월 정해진 날짜에 만나 가볍게 3시간가량 등산 또는 둘레길을 걷고, 점심 식사 후에는 당구장으로 가서 당구 대전을 치르는 것을 정례화했다. 당구 대전 후에는 가볍게 한 잔 하면서 가정사를 논하는 것은 필수코스다. 우리 4형제는 한 달에 1~2번은 당구 대전을 치르면서 형제 간에 우애를 키우고 있다. 하늘에 계신 부모님도 형제들끼리 다투지 않고 즐겁게 사는 것을 기쁘게 생각하시리라 믿는다. 당구 실력이 서서히 늘어나면서 이에 비례하여 형제애도 서서히 커지리라 굳게 믿는다.

요즈음에는 지인들끼리 모이면, 예전에 1차하고 노래방 가듯이 당구장으로 가는데 당구를 치지 못하는 사람은 어울리지 못하고 쓸쓸히 혼자서 집으로 간다. 나는 잘은 못 치지만 함께 즐긴다. 그때마다 당구를 배울 수 있는 계기를 마련해준 막내 동생에게 감사함을 느낀다. 또한 요즘 실버들이 당구장을 찾는 것이 폭발적이라 한다. 내 주위의 몇몇은 돈을 들여 배우러 다니고 있다. 나는 동생 덕분에 심심치 않은 노후를 보장 받은 것이 다행이라 생각된다.

2019.03.29.

나의 형님

　나는 4남 1녀 중 둘째로 태어났다. 위로 형님이 한 분이 계시고 아래로 남동생, 여동생, 남동생이 있다. 우리 세대가 대부분이 그러하였지만 장남은 특별했다. 부모로부터 가장 관심과 보살핌을 많이 받았고, 집안에서 아버지 다음으로 위상이 높았다. 아버지가 안 계시면 아버지 노릇도 대신했다. 그리고 부모를 모시는 조건이었겠지만 부모의 유산이 있다면 다른 형제들보다도 유산을 가장 많이 물려받았다.

　그러나 나의 형님은 찢어지게 가난한 부모를 만나 혜택을 받기는커녕 오랫동안 무거운 짐만 지고 살아오셨다. 내가 나보다 3살 위의 형님을 기억하는 것은 내가 초등학교 3학년 때 형님이 초등학교 6학년 때부터이다. 그 이전의 기억은 별로 없다. 그 당시에는 모두 시험을 봐서 중학교에 진학할 때이고 초등 6학년인 형님은 머리가 영리하고 공부를 잘하여 담임 선생님의 사랑을 많이 받았다. 내가 기억하는 형님의 담임 선생님께서는 당신이 기르던 개를 기르라고 주시기도 하고, 도시락을 싸가지 못하는 형님을 위하여 도시락을 싸다 주시는가 하면, 반 아이들 몇 명이 담임선생임 댁에서 과외를 하는데 형님을 불러서 과외 보조를 시키시면서 과외를 무료로 받을 수 있게 해 주셨다.

　그런 형님이 중학교 진학을 인천에서 제일 좋은 학교에 입학하였다. 그 학교에 입학하면 대부분이 서울대학교까지 직행하는 그런 학교였다. 그런데 형님이 입학하고 나서 어머니가 크게 아프셨고 어머니 약값도 버거운 가정형편에 형님은 2학년 때 휴학 후 복학을 하지 못하셨다. 우리 집안을 일으킬 인재였는데 통탄할 일이었다. 만약에 학업을 계속하셨다면 우리 집안의 위상이 달라졌을지도 모르겠다.

그 후 형님은 여러 군데의 직업을 전전하면서 돈을 벌어 가정을 도왔고, 시간이 나는 대로 틈틈이 공부하여 각고의 노력 끝에 인천의 모 고등학교에 입학하여 가끔씩 등교한 끝에 졸업장을 받았으나 제대로 공부하지는 못한 것 같았다. 아무튼 형님은 일하는 시간 외에 조금의 시간이 있으면 손에서 책을 놓지 않으셨다. 나도 어려서부터 갖은 고생을 하였지만 형님이 방패가 되어주셔서 형님에 비하면 조족지혈이다.

내가 형님 덕에 중학교를 졸업하고 가정에 도움을 주고자 전액 장학금으로 공부할 수 있는 철도고등학교에 특차 입학시험을 볼 때의 일이다. 서울 용산의 그 학교에서의 입학시험에 형님이 격려차 동반하였다. 시험을 치른 후에 자신감 없어 하는 나에게 형님은 "걱정하지 마라 떨어지면 인천에 있는 일반 고등학교에 입학하면 된다. 내 입학금 준비해 놨다."고 하시면서 주머니에서 두툼한 편지봉투를 꺼내 보이신다. 다행히 합격하여 그 돈을 쓰지는 않았지만 집안을 위해 다른 용도로 쓰셨다.

그 후 형님은 군에 입대하시고 나는 졸업을 하여 철도청 제천기관차사무소에 근무할 때이다. 나는 봉급을 받으면 내 최소한의 생활비만 남기고 집으로 송금을 하였고 경제적인 여유가 없을 때이다. 휴가 나오신 형님이 나의 거처로 찾아와서 함께 하루를 보낸 후에 돌아가기 전 내 몸이 부실해 보이니 고기라도 사 먹으라고 돈을 주시는 게 아닌가? 아니! 내가 드려야 할 돈을 거꾸로 내가 받다니! 극구 사양했지만 귀대하면 먹여주고 재워준다면서 돌려받지 아니하셨다.

형님은 제대 후 결혼도 하고 최근 부모님이 돌아가실 때까지 늘 집안 걱정에 편한 날이 없으셨다. 집안의 버팀목을 하느냐 돈도 많이 모으지 못하시고 최근에는 아이들 출가를 시키고 33평짜리 집을 팔아 일부 빚을 갚고 17평의 작은집으로 곧 이사하신다고 한다. 참 안타까운 일이다.

나는 형님을 존경하며 많이 좋아한다. 그런 형님께 얼마 전 아래 동생이 사소한 일로 형님을 이해하지 못하여 나는 한동안 속으로 많이 슬퍼하였었다. 지금은 다행히 서로 이해하고 다 해소되었다. 요즈음 역곡역 근처에서 부동산사무소를 운영하시는데, 불경기로 접어야 겠다고 하시니 이 또한 가슴이 미어진다. 나라도 여유가 있으면 좋으련만 그럴 형편이 아니다. 또한 형님이 나이가 드시면서 조금씩 노인 티를 내시는 거 같아 안타깝기 그지없다.

이제 형님도 만 63세가 넘으셨고 나도 만 60세가 넘었다. 이제 무엇을 더 바라겠는가! 형님이나 나나 아프지 말고 자식들 속 안 썩이고 가끔 만나 서로를 위로하며 막걸리 한잔하면 좋지 않겠는가!

2016.06.20.

슬픈 현실

아! 슬프도다. 어머니를 보내드리고 아버지 혼자 남으셨는데, 당신은 자식 누구와 함께 지내시기를 간절히 원하고 계시나, 5남매의 형제 중 누구 하나 선뜻 나서지를 못하노니!

아버지는 현재 인천의 모 요양병원에 계신다. 당초 어머니를 집에서 간병하기 어려운 상태일 때, 몸의 상태가 종합병원이지만, 그래도 조금 양호했던 아버지께서 스스로 원하시어, 두 분 송추의 한 요양병원에 함께 입원하시고 서로 의지하며 지내시다가, 어머니가 아버지를 홀로 남겨두고 먼저 저세상으로 가버리셨다.

어머니 장례를 치르고, 아버지는 송추 요양병원에 입원하시기 전에 사시던 인천의 집 근처로 병원을 옮겨 달라 하시기에 옮겨드렸다. 처음 요양병원에 입원하시기 전보다 상태가 많이 호전되어, 이제는 혼자서도 걸으시고 당신 스스로 생활이 어느 정도 가능할 정도로 정신적 육체적 상태가 호전되었고, 당신이 병원 생활이 지겨워 퇴원하여 누군가와 함께 지내시기를 간절히 원하건만, 형제 중 아무도 선뜻 나서지 않고 있다. 모두가 불효막심이다.

형제들은 당신이 집에 계시면, 수시로 병원에 모시고 다녀야 하고, 까다로운 입맛을 맞춰드리려고 노력하여야 하며, 때때로 발생하는 응급상황에 늘 긴장하여야 하고, 그 외에 신경 쓰는 일이 한두 가지가 아니고 많은 불편을 감수하여야 하기에 모두가 서로 미루며 당신을 집으로 모시지 못하고 있다. 당신이 그곳에 계시는 한, 이 모든 것이 해결된다고 믿고 있는 불효막심한 형제들 속에 나도 끼어있다.

또한 당신께서도 집에서 가족과 함께하시기를 원하시지만, 현실적으로는 어느 집이나 어른, 아이 할 거 없이, 낮에는 모두 나가서 저녁이나 밤에 들어오기에 적적한 집에서 혼자 지내시는 것도 마땅치는 않다.

그러나 근본적인 원인은, 수십 년에 걸쳐 아버지께서는 돈을 버시지도 못하고 재산을 모으지도 못하였으며, 경제적인 문제를 자식들에게 전적으로 의지하셨고, 평소에 까다롭게 행동하신 것이 어느 자식이나 며느리에게 모시는 데 주저함을 스스로 만들어 주셨다.

아무리 그러하다 하더라도 아버지께서 재산을 많이 가지고 계신다면, 아들, 딸, 며느리 할 거 없이 서로가 나서서 자기 집으로 모시려고 할 터인데 그러지 못하니, 어떻게 보면 당신의 자업자득이라 아니 할 수 없다.

그럼에도 나를 낳아주고 길러준 부모인데, 자식 된 도리를 다하지 못하는 것이 마음은 무겁고 진정으로 슬프다. 자식 누군들 모시고 싶지 않은 사람이 없으련만 배우자의 동의 없이 일방적으로 모시기는 어려운 일이다. 다행히 형제들이 매월 기금을 모으고 당신에게 들어가는 모든 비용을 충당할 수 있으니 다행이 아니라 할 수 없다.

당신들께서 인천의 집에서 두 분 함께 계실 때, 직접 모시지는 못하지만 형제들은 그래도 매주 찾아뵙고 함께 식사하는 것으로 모시지 못하는 것에 대한 마음의 부담을 덜고 스스로 위로를 가졌건만,

이제는 늘 무거운 짐을 어깨에 메고 사는 양 나날이 편치 못하다.

이런 상태가 지속된다면 아버지께서는 요양병원이나 요양원을 전전하다가 어머니를 따라 고향으로 가실 것이 뻔하다.

아버지가 고향으로 가시면 우리 자녀들은 고아가 되어서, 그제서야 부모님을 그리워하며 살 것이 뻔하다. 이렇게 모든 앞날이 예측되는데도 행동으로 나서지 못하는 현실이 너무도 슬프다.

바람이 있다면, 당신께서 더욱 건강하시고 요양병원에 적응을 잘하시기를 간절히 바라며, 나를 포함해 형제들 중 누군가가 당신을 모시고자 한다면, 현재로서는 나의 최고의 바람이 되겠다.

어찌 되었든 슬픈 현실 속에 나는 있다.

2015.10.20.

어머니를 모시고

2015년 7월 3일 역곡에서 부동산중개사무실을 운영하고 계시는 형님한테서 급히 보자는 연락이 왔다. 업무를 마치고 저녁에 형님사무실에 들었더니 어머니가 계시는 송추 요양병원에서 어머니 상태가 안좋으시다는 연락을 받았다는 것이다. 다음 날이 토요일이고 하니 형제들과 며느리 전부 어머니께 찾아뵙자는 것이다. 물론 메르스로 인한 문병금지가 해제되지는 않았지만 밖에서 뵈면 된다는 것이다. 이때까지 당장 돌아가실 정도의 상태는 아니라고 생각했다.

금년 초 어머니가 골다공증으로 갑자기 허리를 못 쓰게 되어 인천 주안에 있는 모 병원에 2개월간 입원하셨고, 그 후로 못 걸으시게 되어 집과 요양원을 거쳐 4월 18일 송추의 요양병원으로 아버지와 함께 입원하셨다. 아버지 역시 각종 지병으로 집에서 간병하기 어려운 상태였고, 아버지가 함께 요양병원 보내 달라고 요청하셨기 때문에 어머니와 함께 입원하셨다. 우리 형제들은 매주 당번을 정하여 부모님을 찾아뵙고 불편사항을 여쭈어 해결해 드리도록 노력하였다. 그런데 중동호흡기증후군(메르스) 사태 후 병원에 문병 오지 말라고 연락을 받고 한동안 문병을 가지 못하고 아버지와 통화로써 안부를 묻곤하였다. 우리 형제가 마지막으로 병문안 갈 때까지도 어머니는 조금씩 걷는 연습을 하셨고 대화도 어느 정도 가능하였다.

형님사무실에서 형제들에게 연락해서 다음 날 모두 같이 어머니께 찾아뵙기로 하고 형님과 저녁 식사를 하던 중에 송추 요양병원에서 어머니의 상태가 아주 안 좋으시니 의정부 큰 병원으로 모셔야 한다고 연락이 왔다. 우리는 형님 댁 근처의 부천의 성모병원 응급실로 모셔달라고 하고 형님과 나는 부천 성모병원 응급실로 달려갔다.

이윽고 어머니가 응급차에 실려 오고 응급실로 이송하자마자 응급실 주임교수가 "어머니가 심 정지되었습니다. 심폐소생 시술하겠습니까?"라고 형님과 내게 물어보았을 때 망설임 없이 "예" 하고 동시에 대답을 하였다. 나중에 안 사실이지만 나이가 많은 사람은 심폐소생 시술을 하면 장기가 파열되고 결국은 돌아가시게 되니 심폐소생 시술이 의미 없다는 것을 알았다. 심폐소생 시술이 끝나고 주임교수가 "호흡기 관 삽입하지 않으면 바로 돌아가시는데 하시겠습니까?"라고 또 묻는 것이었다. 우리 형제는 곧바로 대답을 못하였다.

그 이유는 평소에 부모님께서 그런 상황이 오더라도 호흡기 관 삽입 같은 것을 안 하기로 하셨기 때문이다. 빨리 대답하라는 독촉에도 우리 형제는 대답을 못 하였다. 대답을 못 하고 있으니까 응급실에서는 골든타임 때문에 임의로 호흡기에 관을 삽입하였다. 한편 다행이라 생각하였다. 이 순간에 돌아가셨다면 두고두고 후회되었을 터인데 다행히 의료진이 결정하여 돌아가시지 않았으니!

그리고 나서보니 어머니의 몸에는 기계 호흡기에서 나오는 관, 링겔 주삿바늘 등 10여 개가 주렁주렁 매달려 있었다. 영화나 드라마에서 보았던 생명이 위독한 중환자 바로 그 상태의 모습으로 차마 눈 뜨고 바라볼 수 없는 상황이 전개되었다. 어머니는 의식 없이 사경을 헤매고 계셨고. 말씀은 못 하고 계시지만 많이 고통스러워하시리라 생각이 들었다. 아! 어머니! 내 눈에서 눈물이 흘러나왔다. 나는 속으로 울고 있었다. 이런 모습은 어머니께서 원하는 모습은 아니었다.

응급조치가 끝나자 의료진은 어머니가 누운 침대를 어디론가 밀고 가더니 CT 촬영을 하고 다시 끌고 나왔다. 당직 교수가 판독을 하고 나서 우리 형제를 모니터 앞으로 불렀다. "어머니께서 폐암 말기이고 연명치료에 의미가 없습니다"라고 말하는 것이 아닌가! 아! 어머니! 이렇게 가셔야 하는지요? 나는 또 눈물을 흘렸다. 마음속에서는 오열하고 있었다. 연 초에 주안에 있는 병원에 입원하여 CT 등 종합적인 진단을 받았을 때만 하여도 암이라는 말은 의사가 입 밖에도 내지 아니하였는데 폐암 말기라니! 믿을 수가 없었지만, 워낙 지병이 많으셨고 담배도 오래 피우셨기 때문에 더 이상 문제 삼지는 아니하였다.

일단 돌아가시지는 않았지만 혼수상태로 중환자실로 옮겼다. 담당 주치의가 정해졌고, 담당 주치의가 우리 형제를 불러놓고 이런 상태에서 연명치료는 의미가 없겠으나, 기계 호흡 및 링겔 주사 등 현 상태에서 더도 덜도 아니고 그대로 유지되겠다고 하면서 마음속으로 준비하고 있으라고 하였다. 메르스 사태 때문에 이전에는 하루 두 번 허용하던 면회도 하루 한 번 저녁 8:00~8:30까지만 가능하다고 한다. 결국 우리 가족은 메르스의 간접적인 피해자가 되었다. 요양병원에 계실 때도, 지금 중환자실에 계셔도 면회조차 마음대로 할 수가 없었다.

나는 중환자실을 나오면서 속으로 기도를 하였다. '어머니! 더도 말고 덜도 말고 딱 일주일만 버텨주세요'라고. 그 이유는 바로 돌아가시면 자손들이 너무 서운하고 너무 오래 계시면 어머니가 고통스럽고 하여 그렇게 해달라고 간절히 기도하였다.

어머니는 내 기도를 들어주셨다. 정확히 일주일 후에 운명하셨다. 기적적으로 운명하시기 전에 3번의 의식이 돌아와 형제들과 며느리 손자 손녀 그리고 작은아버지 내외까지 다 눈 맞춤하고 형제 부부들 모두가 지켜보는 가운데 운명하셨다. 돌아가시는 날 면회 때에는 내가 어머니가 사용하시던 보청기의 약을 새것으로 갈아서 어머니 귀에다 꽂아드리고 말씀을 드렸다. 어머니께서 말씀은 못 하셨지만 눈빛과 턱으로 마지막 의사표시를 하셨다. 아들을 알아보고 있다고! 잘 있으라고! 당신께서 가신다고! 하늘이 무너져 내리는 거 같은 슬픔이 앞섰지만, 언젠가 돌아가시는 것은 당연지사라고 생각하고 조용한 속말로 '어머니 먼저 가셔서 자리 잘 잡으세요! 우리 모두 후에 다 따라갈 테니까요!'라고 속삭였다. 중환자실에서 보청기는 사용금지라고 하였으나 마지막 한 번이나마 귓속에 삽입해 드리고 말씀을 드린 것은 천만다행이라 생각되었다. 어머니께서 그 마지막을 기다리고 있었는지도 모른다. 평소에도 보청기를 끼지 않으시면 소리의 절벽이셨으니! 면회자의 목소리를 마지막 인사로 알아들으셨으리라!

어머니께서는 돌아가시면서 자손들에게 많이 베풀고 가셨다. 우선 중환자실에 장기 입원하시지 않으셔서 보호자들의 심신의 고달픔을 덜어주셨고, 일주일 동안 세 번 의식이 돌아오셔서 모두와 인사할 시간을 주셨고, 금요일 새벽에 운명하셔서 장례준비 할 시간을 충분히 주셨으며, 직장을 가진 자손들이 직장에 최소한의 피해를 주도록 하셨다. 또한 4대 중증환자로 판명이 나서 대부분이 치료비가 의료보험이 적용되어 자손들의 경제적인 부담을 많이 덜어주셨다.

장례식장은 병원에 딸린 장례식장을 이용하기로 하였다. 우선 소사역에서 걸어서 10분 이내라 문상객들이 찾아오기 쉽고, 형님과 막내 집에서 가깝고 서울에 사는 나와 인천에 사는 바로 아래 동생 집과는 중간인 위치라 좋을 듯했다.

우리 형제는 각자 지인들에게 부고를 알렸다. 나도 며칠 전에 만약을 대비하여 준비한 리스트를 보고 연락을 취했다. 무슨 생각에서인지 장인 돌아가셨을 때는 전 직장에는 안 알렸는데 이번에는 알리게 되었다.

장례를 치르기 위한 입관절차에 가족 모두 영안실에 모여 어머니의 마지막 모습을 보았다. 장례지도사가 어머니를 깨끗하게 하고 화장도 해서 어머니의 모습은 편안하게 잠드신 모습이었다. 나는 내 이마를 어머니의 이마에 대고 '어머니 부디 좋은 곳으로 가세요!'라고 속삭였다. 어머니의 이마가 얼음 같아서 내 마음이 그 자리에 얼어붙는 것 같았다. 내 눈에서 쉴 새 없이 눈물이 흘러내렸다. 어머니는 화장하여 김포공원묘지 가족 납골묘에 안장하였고, 생전의 어머니 말씀대로 49재를 위하여 영정과 위패는 막내 제수씨가 다니는 강화도 정수사에 모셨다. 그 비용도 만만치 않아 중간 제사는 생략하고 마지막 제인 49재만 하기로 하였다. 부모는 돌아가시기 전에 잘하려고 해야지 돌아가신 후에 잘하는 것은 의미가 적으니 그 돈을 아껴서 아버지께 잘하자고 내가 주장하여 그렇게 하기로 했다.

어제 2015년 8월 27일 강화도 정수사에서 장장 2시간 30분에 걸쳐 어머니 49재를 올렸다. 이제 어머니는 이승을 완전히 떠나 저승으로 가셨다. 나는 어머니가 생전에 원하시던 대로 남자로 다시 태어나서 좋은 삶을 살아가시리라 굳게 믿는다. 어머니! 정말 사랑했습니다.

2015.08.28.

회갑여행

내가 어려서는 회갑이란 인생을 아주 오래 산 것으로 생각했다. 그래서 인생을 달관하고 지혜도 많으리라 생각했다. 그 당시에는 부모님이 회갑이 되도록 자녀가 시집 장가를 가지 못하면 커다란 불효로 생각하고 있었고, 부모님 회갑 날이 가까이 오면 부랴부랴 날을 잡고 혼례를 치르는 경우도 더러 있었다. 회갑 날은 친척과 지인들을 회관으로 초대하여, 음식을 접대하고 기생도 부르고 하루를 오로지 회갑자만을 위한 행사로 진행됐다. 그런데 내 경우 본가나 처갓집이나 남자인 아버지와 장인만 그렇게 잔치하고 어머니나 장모님은 어물쩍 지난 것 같다. 지나와서 생각하니 어머니나 장모님께 못 해 드린 게 후회스러운 한편, 그 당시는 남자인 아버지 위주로 모든 중심이 섰던 것 같다.

내가 회갑이 되니 사회가 많이 변했다. 남자나 여자가 평등해지고 아니 오히려 여자의 권세가 더 세지는 세태가 됐다. 가장 크게 변한 것은 남자나 여자나 내 어릴 적보다도 수명이 수십 년 늘어 난 것 같다. 또한 회갑이라고 회갑 잔치한다고 초대하면 정신없는 사람 취급받는다. 예전의 회갑은 1년 전부터 육순이라 해 먹고, 회갑이라 해 먹고, 그다음 해에 진갑이라 해 먹고 이렇게 3년을 우려먹었다. 못 먹고 못 살던 그 시대에 수명까지 짧았으니 그리해도 당연시되었다. 지금은 간단히 식구들이나 가까운 형제들만 불러서 식사하는 것이 보통이다. 그리고 회갑 여행이라고 하면서 여행을 떠나는 게 일상화되었다. 나도 그 부류의 하나다.

우선 2016년 5월 27일이 내 회갑이었다. 나 역시 형제들과 조카들만 집으로 초대하여 식사를 같이하는 것으로 시작했다. 예전 같았으면 형제들 부부 동반하여 여행을 떠났을 터인데 막내 제수씨가 아프고 또 여자 동서들 간에 약간의 불편한 관계가 해소되지 않아 여행을 함께 하지 못해 많이 서운했다. 관계가 좋아지면 떠나기로 하고 뒤로 미루었다.

그 전에 2016년 1월 22일~2월 1일 집사람이 서둘러서 미리 북유럽과 발칸 5국 투어로 함께 회갑 여행을 미리 다녀왔다. 아들과 딸 장모님까지 스폰서 하여 부담 없이 오붓하게 다녀올 수 있었다.

그리고 더 이전에 2015년 10월 9일~10월 11일 중학교 친구들과 설악산으로 회갑 여행 다녀왔다. 내용은 동창 중에 나이가 한 살 더 많은 친구가 여러 명 있어 그 친구들 회갑 여행 핑계대고 1박 2일 즐겁게 잘 다녀왔다.

그리고 지난주 10월 15일~16일 올해가 회갑 주류인 그 중학교 친구들과 강화도로 1박 2일 여행을 다녀왔다. 그리고 내년에 한 살 어린 친구가 몇 명 있는데 또 회갑 여행을 떠날지 모른다. 마침 내년에는 집사람이 회갑이니 내가 주선하여 멀리 여행을 다녀와야겠다는 생각이다.

나야말로 회갑을 핑계 삼아 3년을 그것도 4~5번을 우려먹을 처지다. 여행이란 좋은 것이다. 복잡한 감옥 같은 회색 도시를 떠나 하늘이 뻥 뚫린 대자연의 풍광을 마음껏 감상하며 좋은 공기 흠뻑 마시며 떠들고 먹고 돌아다니면 세파의 고민은 순간이나마 다 잊고 몸과 마음이 정화된다. 같이 여행한 사람과 마음을 주고받을 수 있어 더욱 더 친밀해지고, 혹시 쌓였던 감정이 있다면 훌훌 털어버릴 수 있게 된다. 더불어 관광지나 유적지에서 여러 가지 보고 배우는 것도 많고, 돌아다니다 보면 운동량도 쏠쏠하다. 즉, 몸과 마음에 살이 붙는다.

지금은 아직도 직장에 매여 충분한 시간을 가지지 못하지만 살다보면 얽메이는 것 없이 시간이 많아지는 날이 있겠지! 그러면 국내여행과 해외여행도 많이 할 생각이다. 가능하다면 각각 한 번에 한 달 이상씩 여행을 하면서 사진도 찍고 글도 쓰는 기회가 온다면 더욱 좋겠다. 그것을 실현하기 위해서 가장 먼저 실천해야 할 일이 건강을 유지하는 것이다. 이런 소망은 건강해야만 가능하다는 것을 잘 알고 있기 때문이다.

2016.10.18.

군복무와 그리운 어머니

　대한민국 국민으로서 병역의 의무는 숭고하고 성스러운 것이다. 우리나라 국민은 국방의 의무를 다하는 이 땅의 아들들이 있기에 모두 마음 놓고 일상생활에 전념하고 한밤에 편히 잠을 잘 수가 있다. 우리 집안은 아버지가 6·25 후 7년간이나 군에 계셨고, 나는 초급지휘관인 육군하사로 3년을 복무했고, 나의 아들 역시 공군에서 26개월 군 복무를 마쳤다. 이로써 국방의 의무에 대하여는 떳떳하다.

　그러나 예나 지금이나 철철 끓는 젊은 나이에 강압적으로 군에서 생활한다는 건 인생에 있어서 가장 어려운 고비를 겪는 것인지도 모른다는 생각이 든다. 살아가면서 군에서 그 어려운 고비를 인내하여 견뎌냈던 그 마음가짐을 제대 후에도 유지한다면 이 세상에서 못할 일이 없건만! 인간인지라! 제대 후 얼마 지나지 않아 대부분 잊어버리는 것이 일상사다. 나 또한 그러했던 것 같다.

　나는 1977년 12월에 입대하라는 영장을 받았다. 나 또한 그 당시 21살의 피 끓는 젊은이로서 하고 싶은 일이 한창 많을 때여서 솔직히 군에 입대하고 싶지는 않았다. 그러나 대한민국의 국민으로서 부모와 형제의 안위를 위하여 거부할 수 없었다. 그래서 입대하기 며칠 전 직장에 입영휴직을 하고 인천의 부모님 곁으로 왔다.

　입대하는 날 아침 어머니께서 특별히 고깃국을 끓이셨다. 부모님과 아침 식사를 하는 자리에서 아버지께서는 '가서 몸조심하고 훈련 잘 받아라!'라고 말씀하셨다. 나는 '걱정하지 마세요'라고 상투적으로 대답 후 착잡한 마음으로 작은 방으로 건너오니 어머니가 따라 들어오시면서 잠깐 앉으라 하신다. 어머니와 함께 바닥에 앉으니 어머니께서 5,000원권 1장을 건네주신다. 나는 이웃집에서 돈을 빌려야 할 만큼 어려운 살림을 잘 알고 있었을 터라 '군에서 먹여주고 재워주니 필요 없다'라고 한사코 거절하였지만, 어머니께서는 비상금으로 쓰라고 강요하셔서 어쩔 수 없이 받았다. 그리고 긴히 당부하시는 말씀이 "군에서 어떠한 일이 있어도 참을 인(忍)자 3번만 생각하라"고 당부하신다. 그리고 "참을 인(忍)자 세 번만 생각하면 살인도 면할 수 있다"고 덧붙여 말씀하신다. 나는 '잘 알겠습니다' 대답하고 5,000원 권을 받으면서 참을 인(忍)자를 마음속 깊숙이 새기었다.

입영을 위해 집합장소인 인천공설운동장에 모이니 인솔자들이 인원 확인 후 인근의 수인선 기차역으로 인솔하여 수원역으로 갔고, 그곳에서 장항선 기차로 갈아타고 논산훈련소로 갔다. 논산훈련소에서 모든 개인 소지품을 귀품용 상자에 담으라고 하였는데, 나머지는 다 담으면서 5,000원권 지폐 한 장은 바지 허리춤에 몰래 숨기고 내놓지 않았다. 그리고 군 복무 기간 동안 언제나 마음속으로 '이 돈은 함부로 쓸 수 있는 돈이 아니다. 어머니가 어렵게 마련해 주신 돈이니 아주 위급할 때 한해서 써야 한다'는 생각으로, 어떠한 경우에도 남에게 들키지 않으려고 하였다.

제대할 때까지 관물대의 옷 속에 숨기거나, 내무반의 아무도 모르는 깊숙한 곳의 남들이 찾을 수 없는 곳에 숨기거나, 경우에 따라서 막사 외부 안전한 곳으로, 여기저기 옮겨 다니며 제대할 때까지 사용하지 않고 보관하다가 제대 시에 가지고 나왔다.

정말이지 그 돈을 사용하지 않고 지키기 위해 무던히도 애썼다. 경우에 따라서 돈을 꼭 쓸 일도 있었고, 개인 소지품 검사 시에는 들키지 않으려고 무척 애를 썼다. 돈이 처음에 어머니께 받을 때는 새 돈 같았는데 나중에 너덜너덜해졌다. 그 너덜너덜한 돈이 40여 년이 지난 지금까지도 가지고 있고 내 서랍에 고이 모셔져 있다. 아마도 내가 죽을 때에나 노잣돈으로 가져가야 할 듯싶다.

그리고, 논산훈련소에서 장병 생활 일주일 지내고, 당시 인간 재생창이라고 소문난 가평의 제3하사관 학교에 배치되었다. 그곳에서 6개월간의 지옥 같은 훈련을 무사히 견뎌낸 건 어머니가 말씀하신 참을 인(忍)자 덕분이었다. 아주 어려울 때마다 세 번씩 되뇌이었다.

그 고된 훈련을 마치고 하사 계급장을 달고 경기도 문산에 있는 한 전투부대에 분대장 요인으로 배치되었다. 그곳에 있는 나보다 군 생활을 많이 한 일병부터 병장까지의 일반 병사들은, 입대 6개월 만에 하사 계급장을 단 나를 초급지휘관으로 인정하지 않았다. 따라서 처음에는 분대장으로서의 나의 명령은 통하지 않았다. 나는 배짱으로 돌파하여, 얼마 지나지 않아, 사병들이 함부로 할 수 없는 초급지휘관의 위치를 찾았으나, 그 과정에서 정말로 사고를 치고 싶은 적이 한두 번이 아니었다. 대검을 마구 휘두르고 싶은 적도, 소총을 마구 쏘아대고 싶은 적도 많았지만, 참을 인(忍)자를 되뇌이며 꾹꾹 참았다.

그래서 '나의 군 생활은 어머니의 참을 인(忍)자와 5,000원권 지폐

한 장'으로 무사히 국방의 의무를 마칠 수 있었다. 지금 이 순간, 이 세상에 안 계신 어머니가 그립다.

2017.04.10.

액땜

매년 12월 31일 우리 형제들은 형님 댁에 모여서 저녁 식사를 하고 지난해를 되돌아보면서 제야의 종소리를 함께 듣고, 일이 있어 참석하지 못한 형제나 친지에게 전화로 새해 덕담을 나누곤 하였다. 그러나 이제는 아버지, 어머니도 안 계시고, 형님이나 밑에 동생은 사위를 보고 새로운 가족이 생겨 가족들만의 오붓한 시간도 필요하게 되어 형제들 각자 자기 가족 단위로 시간을 보내게 되었다.

작년 12월 31일은 토요일이었다. 나는 집사람과 제천에 홀로 계신 장모님을 찾아뵙기로 하고 큰처남에게 함께 가자고 제안하였다. 큰처남은 처남댁이 갓 태어난 손녀 때문에 못 가고 혼자 갈 수 있다 하여 우리 부부와 큰처남 셋이서 토요일 새벽 6시 조금 넘어서 우리 집에서 내 차로 함께 출발하였다. 우리 아이들도 함께하고 싶었지만 연말연시 나름 서로 바쁘다 하여 우리만 출발하였다.

12월 31일이 마침 토요일이라 일찍 출발할 수 있었고, 겨울 날씨답지 않게 포근하여 여행을 떠나기에는 좋은 날이었다. 여행이라 생각하고 출발하여 홀로 계시는 장모님을 뵙고 처가댁에서 맛있는 음식과 큰처남과 저녁에 소주 한 잔 할 생각에 마음이 부풀었다. 사실 하루 전에 집사람이 소꼬리 한 개를 전화 주문하여 장모님 댁에 배달시켰고, 우리가 도착해서 가마솥에 삶아서 먹을 요량이었다. 그리고 큰

처남은 처가댁에서 나와의 소주 한 잔에 가장 큰 방문 목적을 두는 것 같았다.

새벽공기는 상쾌하였으나 장시간 운전으로 영동고속도로 문막 휴게소 근처까지 와서 갑자기 졸음이 오기 시작하였다. 그동안 제천 처가에 가면서 보통은 휴게소에 들르지 않고 운전하였는데, 이날은 문막 휴게소에 들려서 졸음도 깨고 화장실도 가고 싶어 차를 휴게소 입구로 몰았다. 처음 들어가는 문막 휴게소였다. 휴게소 입구에 30m쯤 들어서는데 갑자기 엑셀을 밟아도 엔진이 공회전만 하고 앞으로 나아가지 않는다. 당황하여 브레이크를 밟았다 떼기를 반복하며 엑셀을 거듭 밟아보지만 차는 앞으로 조금도 나아갈 생각 없이 엔진소리만 요란하다.

나는 직감적으로 미션이 고장 난 것을 알아차리고, 큰처남과 집사람을 내려서 차를 밀라하여 직진시켜 휴게소 입구 끝에 주차를 시켰다. 주차 후 여러 번 변속레버를 앞뒤로 반복하며 시도 해봐도 소용이 없었다. 가입한 보험회사에 연락하였더니 견인차를 보내겠다고 한다. 요즈음 보험회사는 많이 친절하다는 것을 느꼈다.

밖에 나와 우리 일행을 위해 아침을 준비하고 기다리실 장모님께 상황을 설명해 드리고 먼저 식사 하시라고 연락을 한 후에 자판기에서 커피 한잔 뽑아먹고 있으니 견인차가 왔다. 나는 제천 장모집 근처의 정비소로 견인 요청하였지만 두 사람까지만 견인차에 탈 수 있고 한 사람은 승용차에 타야 하는데 이 경우 사고위험 때문에 최단 거리에 있는 정비소로 갈 수밖에 없다고 하여 20㎞ 정도 떨어져 있는 원주 시내의 한 정비소로 가게 되었다. 실상은 견인 차량과 그 정비소가 모종의 계약이 되어있는 듯하였다.

그곳에서 미션 수리를 맡기고 우리 일행은 소형 렌터카를 빌려서 장모님 댁에 갔다가 즐겁게 하루를 보내고 다음날 다시 와서 수리된 우리 차로 집에 올 수 있었다.

한 해의 마지막 날 2016년 12월 31일, 이런 불행한 일이 일어났고, 2017년 1월 1일 차가 수리된 것이다. 돌이켜보면 2016년은 나에게는 좋은 일이 많았다. 3월 31일 한 직장을 그만두었으나, 4월 1일부터 초, 중, 고 금융교육 강사로 활동할 수 있었고, 원하는 금감원 교육을 남들은 신청해서 추첨으로 50% 떨어지는데 나에게는 기회가 왔고, 교육 후 금융 전문강사 자격증을 받을 수 있었다. 또한 8월에는 내가 원하는 직업으로 전직할 수 있었고, 내 회갑이라고 집사람하고 두 번이나 해외여행도 다녀왔다. 가족 모두도 무탈하였다. 그러나 항상 좋은 일만 있을 수는 없는 것이다. 한 해 마지막 날에 다가올 모든 액땜을 하였다. 내년에는 나쁜 일이 없을 것에 확신이 든다.

한가지, 이차는 내 명의로 되어있지만 평일에는 딸아이가 출퇴근용으로 사용한다. 딸아이가 운전하지 않을 때 그리고 내가 운전하면서도 고속도로나 일반도로가 아닌 휴게소에 들어와서 이런 일이 생긴 것이 천우신조라 생각이 되었다. 딸아이나 내가 운전 중에 도로 한복판에 차가 서버리면 사고위험 등 그 낭패는 이루 말할 수 없었을 것이다. 수리와 렌터카 비용은 약 70만 원이 들었지만 집사람이나 나는 하나도 아깝지 않다고 하였다. 나 또한 특별한 종교는 없지만, 하느님! 그리고 나를 주재하는 신께! 마음속으로 거듭 감사함을 전했다. '정말 감사합니다'라고….

2017.01.06.

어디로 가야 하나?

6년 전, 60여 년을 함께 살아오던 서방님이 먼저 하늘나라로 가셨다. 젊어서 많은 속을 썩이고 내 가슴을 아프게 하더니 어느 날 속병이 나서 병원에 입원했다 퇴원한 후로는 다니던 직장을 잃고 나에게 가족의 생계를 책임지도록 하였다. 내가 가족의 생계를 책임지게 되었어도 그래도 서방 있는 아낙이 좋았다. 가족의 생계를 위하여 1년 365일 하루도 쉬지 못하고 심신이 고달퍼도, 그래도 아이들에게 밥을 먹일 수 있어서 좋았다.

당신이 먼저 가신 후로는 서운함도 잠시, 당신 없는 자유를 누렸다. 수시로 튀어나오는 당신의 잔소리를 안 들어서 좋았고, 끼니에 맞추어 밥을 차려주기 위해 이웃이나 성당 경로당에 갔다가 제때 집에 오지 않아도 돼서 좋았다. 지인들이 눈치 안 보고 수시로 혼자 사는 내 집에 놀러와 수다도 떨고, 밥도 같이 먹고, 가끔 가다는 소주도 함께 마시곤 할 수 있어서 좋았다. 물론 혼자 잠자리에 옆 구석이 허전하였어도 자유가 좋았다. 혼자 있다고 아이들이 자주 안부도 묻고 찾아오고 해서 행복했다. 이런 자유를 4년을 누렸다.

그러나 세월을 비켜 가는 장사가 어디 있던가? 나이 80이 넘도록 혈압, 당뇨, 협심증 등 어떤 성인병 약도 안 먹고 있어, 큰사위가 올 때마다 "장모님은 이 연세되도록 성인병 약을 먹지 않는 대한민국에서 몇 안 되는 건강한 노인으로 아마 120살 정도까지는 사실 것"이라고 수시로 얘기하곤 했는데, 이게 웬걸! 언덕 오를 때 숨이 차는 게 조금씩 더해가더니 어느 날인가 숨쉬기가 어려워졌다. 그래서 서울에 사는 큰딸이나 인천에 사는 장남에게 몇 번이나 연락할까 하다 아이들에게 민폐가 될까 봐 망설이고 있었다.

그러다가 내 집에 다람쥐처럼 수시로 드나들던 10살 아래의 원주댁이 내 상태의 심각성을 깨닫고 서울에 사는 큰딸에게 연락을 취하였고, 사위가 급히 내려와 큰딸 집에서 가까운 서울 서남병원에 입원시켰다. 종합검사를 해보니, 다른 것은 다 좋은데 폐 섬유증이 있다고 진단이 나왔고, 한참 동안 입원해야 한다고 해서 병원에서 약 4개월 입원하였다가, 그만 퇴원하라고 해서 퇴원했다. 퇴원 후 내 살던 집에 돌아와 한 달에 한 번씩 병원에 들러 약을 타다 먹으면서 그럭저럭 견디며 생활해 왔다. 다시 예전의 생활로 돌아왔지만 병원 다니는 것하고 안 먹던 약을 먹는 것이 귀찮아졌다. 그래도 자유스러움은 여전히 만끽할 수 있었다. 그것도 잠깐, 채 2년이 지나기 전에 숨이 많이 가빠졌다. 아무도 모르게 쓰러져 죽을 거 같아 이번에는 내가 큰딸에게 연락했다.

큰딸은 사위와 같이 바로 내려와 나를 다시 서울 서남병원에 입원시켰다. 이번에는 결핵성 늑막염이고 폐에 물이 많이 차서 숨 쉬기가 어려웠다고 한다. 병이 중하여 2개월간 입원 치료와 그 후 4개월 더 약을 복용해야 한다고 한다. 2개월 병원에서 치료 후 딸 집으로 퇴원했다. 그러나 결핵성 늑막염 약은 워낙 독해서 장내의 모든 세균을 죽이다 보니 무엇을 먹어도 설사의 연속이다. 그 후 약 3개월간 5

번이나 입원과 퇴원을 반복했다. 퇴원 후 며칠 지나면 설사가 심하고, 다시 입원 후 며칠 지나면 퇴원하라 해서 퇴원하곤 하였다. 원래가 그 약을 먹으면 대개는 그런 과정을 거친다고 한다. 차라리 죽는 것이 낫겠다는 생각을 수시로 했다. 잠자리에 들 때마다 '영감님 빨리 나를 데려가소' 하고 빌었다.

5번째 마지막 입원하여서는 담당 의사에게 이제 죽어도 좋으니 그 약을 못 먹겠다고 했더니 담당 의사가 검사해보고 결정하자고 하였다. 검사결과 다 치료가 되어서 더 이상 그 약을 먹지 안 해도 된다고 한다. 보통사람은 치료에 꼬박 6개월이 걸리는데 나는 5개월 만에 치료가 끝났다. 퇴원 후 딸에게 내 집에 데려다 달라 하니 딸과 사위가 "이제는 혼자 계시면 안 되어요. 우리 집에 함께 계세요" 하니 마음속으로 고마웠다. 그러나 아들 집도 아니고 사위 집에 있는 것이 어찌 마음 편하겠는가? 그렇다고 며느리가 아픈 큰아들 집에 가는 것도 쉬운 일이 아니다. 일단 딸네 집에 있기로 하고 내 집은 정리하기로 하였다.

집을 처분하는 날, 딸이 나를 데리러 왔다. 마지막이 될지 모르니 주변의 지인들에게 인사하라고 한다. 나는 이웃 통장네와 성당의 신부님 그리고 몇몇 꼭 보고 싶은 사람에게만 작별인사를 했다. 살던 집은 내가 아픈 5개월 동안 비어있었다. 큰아들과 작은아들 내외도 내려왔다. 60년 살림살이를 정리하는데 하루가 꼬박 걸렸다. 내가 필요한 특별한 것 몇 개, 그리고 자식들이 필요하다고 챙긴 몇 개를 남겨놓고는 모두 고물상에 갖다 주거나 폐기하였다. 오랫동안 정들었던 물건들이 나갈 때마다 마음속으로 눈물을 펑펑 쏟았다. 이제 이 세상에서 내가 간수하던 것은 거의 정리되었다. 나도 이 세상에서 곧 정리될 거란 생각이 들었다.

살림을 모두 정리하고 집을 매수인에게 넘겨주고, 서울 큰딸 집으로 오기 전에, 자식들과 제천 성당 공원묘지에 서방님을 보러 들렀다. 자식들이 풀을 깎고 절을 올렸다. 큰사위가 "장모님! 아버님께 인사하세요."해서 나는 크게 소리쳤다. "영감님! 왜 나를 빨리 데려가지 않는 거요?" 그러니 큰사위가 "장인어른이 장모님 오래 더 놀다 오시래요!"라고 한다.

이제 큰딸 집에 서재가 내 방이 됐다. 돌아갈 집도 없다. 나는 어디로 가야 하나?

-큰사위가 장모님 입장에서 써보다.

2017.09.05.

동짓날

오늘은 2015년 동지이다. 동지는 낮과 밤이 같은 날로 매년 양력으로 12월 22일 아니면 12월 23일에 닿는다. 금년에는 낮과 밤이 같은 시각이 22일 오후 1시 48분이라고 한다. 동지를 음력으로 따져서 11월 초에 오면 애동지라 하여 팥죽을 먹지 않고 팥 시루떡을 먹으며, 대개 음력 윤달이 끼면 애동지이다. 11월 중순에 오면 중동지, 11월 말에 오면 노동지라고 한다. 중동지와 노동지에는 팥죽을 쑤어 먹는 풍습이 있다. 또한 동지를 작은 설이라고도 하고, 양의 기운이 싹트는 사실상 새해의 시작이라고도 한다.

동짓날에 팥죽을 먹게 된 유래는 중국의 '형초세시기(荊楚歲時記)'에 공공씨(共工氏) 아들이 동짓날에 죽어서 역질(疫疾) 귀신이 되었는데, 그 아들이 생전에 팥을 두려워하여 팥죽을 쑤어 역질 귀신을 물리친 데서 유래하였다고 한다. 팥죽의 붉은 색은 나쁜 기운을 물리치는 힘이 있다고 전해온다. 또한 팥에는 곡류 중에 비타민 B1이 가장 많이 들어 있어 각기병 예방에 좋다고 한다.

오늘 아침 TV 조간 뉴스에 서울의 모 사찰에서 동지팥죽 2,000명 분을 쑤기 위해 준비하는 과정을 방영하였다. 거대한 가마솥의 죽도 죽이려니와 족히 오류십 명 되는 사람이 커다란 방에서 새알심을 만들고 있는 모습이 위대하게 보였다. 만들어 내는 새알심이 별채에 층

층이 쌓여있는데 그 양이 어마어마하게 보였다. 새알심을 나이만큼 먹어야 된다고 하는데 이는 수명이 짧던 옛이야기이다. 요즈음처럼 장수 시대에는 어찌 팔구십 개를 먹을 수 있단 말인가! TV를 보면서 절에서도 동짓날에는 중생들을 위하여 보살님들이 특히 애를 더 많이 쓰시는구나 하는 생각이 들었다.

문득 지난 7월에 돌아가신 어머니 생각이 가슴 깊숙이 떠올랐다.

어려서 동짓날이 되면, 어머니는 팥을 삶아 죽을 쑤고 새알심을 넣어 맛있게 우리 형제들이 먹게 하셨다. 우리에게 먹이기 전에 반드시 조그만 그릇에 죽을 담아 방구석에도 놓고 집 밖에도 놓았다. 속으로 우리 형제들을 무탈하게 해달라는 암묵적 기도가 배어있었다.

형제들이 출가하여서도 어머니는 동짓날 며칠 전부터 우리 형제들에게 일일이 연락하여 동짓날에는 부모님 집에 와서 동지팥죽을 먹자고 연락하셨다. 어려서 먹던 맛이 늘 변함이 없이 맛이 있었고, 특히 찹쌀을 갈아 만든 새알심은 맛이 환상적이었다. 그래서 형제들이 늘 무탈하게 지낸 것 같다.

그러더니 몇 년 전부터 어머니는 동짓날이 되어도 팥죽을 쑤지 않고 우리 형제들을 부르지도 않았다. 어머니께서는 돌아가시기 몇 년 전부터 이미 음식에 대한 맛을 잃으셨고 기력도 잃으시고 할 의욕도 잃으셨던 것 같다.

그 후 요양원과 요양병원을 거쳐서 하늘나라로 가셨다. 어머니 생각이 간절하다. 특히 앞으로도 동짓날이 되면 더욱 간절해지리라! 어머니의 동지팥죽을 못 먹은 우리 형제들이 언제까지 무탈할 수 있을는지! 집사람에게 동짓날이 되면 팥죽을 쑤라고 청해볼까? 아! 어머니! 당신의 그 맛있는 동지팥죽이 그립습니다.

2015.12.22.

생각하는 삶

지하철 노인 무임승차

요사이 지하철 노인 무임승차에 대하여, 신문이나 인터넷상에서 설왕설래한다. 조용하다가 일 년에 한두 번 느닷없이 이런 논란이 튀어나오는 것은, 조만간 지하철요금 인상이 있을 것으로 생각되어진다.

지하철 노인 무임승차는 1984년부터 만 65세 이상 노인들에게 제도가 시행되었고, 그 결과 무임으로 인한 손실액이 첫해부터 매년 조금씩 늘어나, 33년이 지난 2017년에는 한 해 적자액이 약 3,500억 원에 달했다고 한다. 이 금액은 서울교통공사의 순 손실액의 약 70%에 해당하며, 우리 사회가 해결해야 할 과제이다.

2017년에 무임승차를 이용한 노인의 수도, 중복이용 포함하여 약 2억 명에 달한다. 2017년 65세 이상 노인의 수가 약 7백만 명으로 1인당 평균 약 29회이니 생각보다 많다. 특히 활발히 활동하는 65~74세까지의 노인의 수는 약 4백만으로 더 많이 이용했다고 추정할 수 있다. 세간에서는 이런 노인들을 '지공족' 또는 '지공도사'라 부른다.

지공도사들은 대부분이 경제활동으로부터 은퇴한 세대이다. 경우에 따라서는 재정의 능력이 있는 사람도 있으나, 재정 능력이 허약한 사람이 대부분이다. 만약에 65세 이상의 노인들에게 요금을 정상적으로 받는다면 이용 인원이 많이 줄어들 것은 뻔한 이치이다. 따라서 실제 손해액은 훨씬 못 미친다고 할 수 있다.

지공도사들은 나름 지나온 시절에 대한 자부심을 갖고 있다. 또한 지하철 무임승차를 이 나라와 내 자식들을 위하여 헌신한 것에 대한 당연한 보답으로 생각할 수도 있다. 이들 중에는 꽃 배달이나 심부름 등 알바 목적으로 이용하는 사람도 있고, 주기적으로 온양이나 춘천 등에 가서 관광도 하고 맛난 음식도 먹고 오는 사람들도 있다. 이유야 어찌 되었든, 소위 국가공인 노인들이 부담 없이 사방팔방 돌아다니는 것은 사실이다.

한번 생각해 보자! 이들 지공도사들이 돌아다니지 않고 집구석에만 틀어박혀 있다 치면, 첫째로 식구와의 마찰은 더 많이 발생할 것은 뻔한 일이며, 둘째는 수시로 몸이 아프다고 병원을 일없이 전전 할 것이다. 따라서 지공도사들의 활동은 육체적 정신적 건강을 좋게 하여 의료보험지출을 훨씬 적게 하는 결과가 나왔을 것으로 추측된다. 아직도 이러한 논거에 대한 학자의 연구결과가 없지만, 노인들이 적극적으로 활동하면 의료비 지출이 적게 나갈 것은 누구나 알 수 있는 일이다. 그 이익은 의료 보험공단에서 받는 것이라 생각할 수 있다.

그러면, 실제 피해를 보는 교통공사 등에게 의료보험공단에서 일정 금액을 보전해 줘야 하는 것이 당연한 일 아닌가! 의료보험공단에서 제공한 2016년도 통계에 따르면 총수입이 약 565조이고, 총지출이 약 531조라고 나온다. 지공도사들의 무임승차요금 약 3500억 원은 공단의 총지출 금액의 0.66%에 지나지 않는다. 만약에 지공도사들에게 요금을 받는다면 활동을 줄이기 때문에 서울교통공사에 돌아오는 이익은 3,500억 원에 훨씬 못 미칠 것이다. 그 못 미치는 금액이 일정 금액이다.

의료보험공단에서는 해마다 전 국민을 대상으로 무료 검진을 받을 수 있게 하고 있다. 그 이유는 사전에 발견하여 선 조치로 의료비지출을 줄이자는 게 아닌가?

같은 이유로 노인들을 많이 움직이게 하여 의료비 지출을 줄이는 것도 같은 맥락으로 생각해 볼 수 있다.

결론적으로, 나는 이 문제를 편협하게 생각하지 말고, 넓고 크게 볼 필요가 있다고 생각한다.

2018.07.02.

사회는 결혼 예비 학교 운영을 제도화하자

결혼은 인륜지대사(人倫之大事)이고, 배우자를 잘 만나는 것이 무엇보다도 중요하다. 혼기가 되어 배우자가 정해지면 날을 잡고 이런저런 결혼 준비 한다.

그러나 배우자를 잘 만나고 날을 잡고 결혼 준비하는 과정 중에, 필자가 제일 중요시하고 싶은 것이 있다. 그것은 예비 신랑 신부에게 결혼식 전에 반드시 '결혼 예비 학교'를 수료토록 하는 것이다.

만약에 시간이 없어 결혼 예비 학교를 수료할 수 없다면, 결혼식 후에라도 결혼 예비 학교를 수료해야만 하는 풍토를 만들면 좋을 것 같다.

예전에는 신부는 시집가기 전에 친정어머니로부터 살림을 포함하여 결혼생활에 필요한 여러 가지 교육을 받았다. 그러나 지금은 어떠한가? 혼인하기 전에 부모 밑에서 부모의 보호 아래 생활하다 보니, 실제 결혼생활과 가정에 대하여 아는 것이 없어 무슨 일이 생기면 주변에서 간헐적으로 습득한 지식으로 대처해 나가고 있지 아니한가?

두 사람이 결혼해서 행복하고 원만한 가정을 꾸려나가기 위하여 사전에 두 사람이 알아두어야 할 지식이 많이 있다. 부부생활, 자녀 양육과 교육, 가정재정관리, 친인척문제, 갈등 해결, 건강관리 등등 수없이 많다.

이러한 내용에 대하여 전문기관으로부터 며칠간 개략적이나마 교육을 이수할 필요가 있다. 예를 들어 겨울에 아기가 감기가 걸려서 열이 펄펄 나는데 무지(無知)하여 감기라고 두꺼운 이불을 덮어주는 경우가 있다.

결혼 예비 학교를 수료한다면 이러한 사례는 일어나지 않을 것이다. 최근 나는 결혼 예비 학교에 대하여 자료를 찾아보니 몇몇 종교기관이 이미 운영하고 있는데 대부분이 종교적인 차원에서 운영하고 있고 비 종교기관이 운영하는 결혼 예비 학교는 거의 없는 것을 알았다.

자료에 의하면 1995~2008년 사이에 결혼 예비 학교를 수료한 부부의 이혼율은 조사대상 711쌍 중 3쌍으로 불과 0.4%에 불과하다고 한다.

그래서 나는 결혼 예비 학교를 정부나 지방자치단체 또는 허가받은 사회단체에서 표준화된 커리큘럼을 가지고 운영하고 수료증도 발부하면 좋겠다고 생각하게 되었다.

따라서 다음과 같이 정리해 본다.

첫째, 정부는 '결혼 예비 학교 운영에 대한 법률안'을 마련한다.

둘째, 정부, 공공기관, 종교기관, 사회단체 등은 격에 맞는 무료 수강이 가능한 결혼 예비 학교를 설립하고 결혼을 앞둔 직원에게 결혼 예비 학교를 부담 없이 수료할 수 있도록 휴가 및 인센티브 등으로 배려한다.

셋째, 결혼 예비 학교를 수료하기에 부담이 되는 중소기업, 자영업자, 개인 등에 대하여는 결혼 예비 학교 수료 동안 금전 등으로 인센티브 보상이 있어야 한다.

넷째, 대기업 등 뜻있는 곳에서 사회복지 차원에서 자금을 지원하고, 정부는 이러한 기업에 세제 혜택을 주어야 하며 또한 덕망 있는 사회의 저명인사들은 결혼 예비 학교에 지적인 자원봉사가 필요하다.

다섯째, 결혼 예비 학교 홈페이지를 개설하여 필요한 분야별, 내용별로 게시하여 언제 어디서나 쉽게 접할 수 있게 한다.

이렇게 하여 결혼 예비 학교를 의무교육은 아니더라도 결혼 전에 수료해야 하는 풍토를 조성하고 사회적으로 제도화하여 운영한다면, 결혼 예비 학교를 제도화하지 않을 때 보다 가정이 안정되고 이혼율도 낮아져 안정된 가정의 자녀들이 사회적으로 더 잘 적응하게 되고, 사회적인 문제아가 많이 줄어들 것으로 확신한다.

2014.07.25.

시각장애인용 화상 콜센터를 운영하자

2011년 통계로 우리나라 시각장애인의 수는 약 25만 명이다. 시각장애인이란 선천적, 혹은 후천적 문제로 시력이 현저히 낮거나 완전히 보이지 않는 사람들의 총칭이다. 여러 종류의 장애인이 있고 그중에서도 반드시는 아니지만 대체적으로 시각장애인이 가장 불편함을 가지고 살아가고 있고 일반인들도 시각장애인을 가장 안쓰럽게 생각하고 있다. 시각장애인이 선호하는 안내 견은 가격이 약 7,000만 원 정도이고 쉽게 구하기도 어렵고 안내견이 있다 해도 도움받는 것은 공간이동 정도이다.

그 외 시각장애인을 위한 여러 종류의 보조기기 — 레이저 지팡이, 화면 낭독s/w, 독서 확대기, 점자정보단말기, 점자 디스플레 등이 있어 필요에 따라 도움이 되긴 하지만 불편한 점은 마찬가지이다.

현재 우리나라는 지자체 등에서 이들이 활동을 돕기 위해 콜센터를 운영하고 있으나 대부분이 이동 차량 배치나 점자 콜센터 정도이다. 안내견을 이용하거나 장애인용 보조기기 등을 활용하거나 콜센터를 이용한다고 하여도 시각장애인에게는 많은 불편이 따르고 할 수 없는 일들이 너무 많다.

오래전부터 시각장애인의 이동을 원활하게 하기 위하여 '시각장애인용 자동보행 시스템' '시각장애인용 음성 네비게이션' 등이 개발되었고, 최근에는 일본에서 '시각장애인용 로봇'이 개발 완료 되었다고 하나, 여러 가지 사정으로 실용적으로 사용하지 못하고 있다. 따라서 필자는 CCTV 중앙통제센터처럼 시각장애인용 화상 콜센터를 정부 및 지자체, 사회단체들이 적극 설치하여 운영할 것을 제안한다. 다음과 같이 한다면 시각장애인들도 일반인과 유사하게 생활할 수 있는 인간적 권리를 누릴 수 있을 것 같다.

첫째, 정부, 지자체, 사회단체에서 시각장애인 화상 콜센터를 운영하자.

둘째, 시각장애인에게 카메라가 부착된 보조기기, 즉 시각장애인용 전용 모자, 조끼, 손목시계 등을 일정한 조건하에 유료 또는 무료로 제공하자.

셋째, 시각장애인이 현행 통신요금체계와 유사한 형태로 이용할 수 있도록 무제한 서비스, 요금제 서비스를 선택하여 이용할 수 있도록 하자. 이때 정부 및 지자체는 요금의 일부를 보조해 주자.

넷째, 콜센터 운영 중에 발생한 사고에 대한 보험을 개발하여 판매하자.

운영원리는 이렇다. 시각장애인이 시각장애인용 보조기기를 착용하고 센터를 호출하면 센터에서는 모니터에 호출이 뜨고, 서비스를 개시하면 가이드가 시각장애인의 카메라가 전송하는 화면을 보면서 안내를 개시한다. 이렇게 운영된다면 시각장애인이 서비스를 받고 싶은 범위 내에서 길 안내, 작업안내, 책 읽어주기, 상황설명, 가사 돕기 등 거의 모든 일에 불편 없이 생활할 수 있다. 시각장애인이 꼭 필요한 때에만 콜센터를 호출하면 큰 부담 없이 운영이 가능할 것이다. 이 모든 인프라는 이미 세상에 다 나와 있다.

2014.09.05.

문명의 明暗

요즈음 내 스마트폰을 내 신체의 일부인 양, 내가 있는 반경 1m 이내에 두고 생활하고 있다. 외출할 때에는 몸속 어딘가에 반드시 넣어져 있고 집에 있을 때는 항상 내 곁에 끼고 산다. 잘 때에도 벨소리가 들릴만한 거리 내에 두고 잔다. 스마트폰이 내 곁에서 떨어지면 무언가 허전하고 불안하다. 내 영혼도 아닌데 마치 내 영혼인 양 나의 신체를 떠나지 않고 있다. 곁에 두고는 수시로 관심을 둔다. '누군가에게 연락이 오지 않았을까?'에서 이다. 메시지나 카톡을 무음으로 해 놨음에도 수시로 쳐다보게 된다. 또 한편 궁금한 게 있으면 못 참는 성격에 즉시 찾아보기 위해서다. 한 마디로 병적이다. 나만 그럴까?

스마트폰은 유사 이래 가장 훌륭한 발명품이자 만능 기기이다. 사람들의 사고방식까지도 바꾸어 놓았다. 그러나 현재는 사람이 스마트폰을 지배하는 것이 아니고 스마트폰이 사람을 지배하는 것 같다. 지나칠 정도로 편리하여 과유불급이다. 보약도 좋다고 많이 먹으면 부작용이 있는 것처럼 스마트폰도 그 편리함으로 모든 것을 필요 이상으로 의지하기 때문에 부작용이 많다.

우선 스마트폰의 편리성을 열거해보면, 기본 기능인 통화와 문자는 물론이고 전화번호 저장, 일정 관리, 메모장, 카메라 기능, 사진갤러리, 동영상 감상, 음악 감상, 전자사전, 이메일, 시간 정보, 클라우드, 인터넷, SNS 소통, 모바일 뱅킹, 전자책 기능, 증권거래 등등…. 한 마디로 필요한 거의 모든 것이 스마트폰 하나로 해결된다. 기타 필요한 일이 생기면 앱 스토어에 가서 필요한 앱을 다운만 받으면 해결 안 되는 일이 거의 없다. 나도 나이에 맞지 않게 필요한 것은 스마트폰을 통해 거의 해결하고 있다. 단, 현금이 필요할 때에는 어쩔 수 없이 은행 자동화기기를 찾아간다. 이것은 문명의 明(명)이다.

그러나 이러한 善에도 불구하고, 스마트폰의 출현으로 1. 스마트폰에 치중하다 보니 인간관계가 소홀해지고 정서는 삭막해져 가고 있고, 2. 스마트폰과 연계된 자동화가 급격히 진행되어 많은 일자리가 줄고 실업률이 높아져 살기가 점점 어려워지고 있으며, 3. 청소년들이 쉽게 게임중독에 빠지거나 포르노물 접근이 쉬어지고, 4. 사람들의 시력과 청력은 나빠지고, 목 디스크에 걸리기 등 건강이 악화되고 있으며, 5. 웹툰 등의 짧은 읽을거리에 치중하고 책을 읽지 않으니 문학이 죽어가고 있다. 이것이 문명의 暗(암)이다.

스티브 잡스가 아이폰을 만들고, 삼성이 갤럭시폰을 만들면서 이 지구상에서는 가히 혁명이 일어나고 있다. 이러한 사회적 변화는 마르크스와 엥겔스가 1848년 선언한 '공산당 선언'에 이은 공산주의와 사회주의 사회변혁보다도 못하지 않다. 이러한 사회적 변화는 아직도 진행 중이다. 멈추지 않을 것이다.

스마트폰과 융합한 IOT(사물인터넷)는 향후 빅뱅이 일어날 것으로 생각된다. 현재의 통신환경은 2G, 3G, 4G(LTE)를 넘어 5G(Generation)로 향하고 있다. 5G는 4G에 비해 최소 13배(1G bps) 최대 1,300배

(100G bps)의 속도라고 한다. 800MB 영화 한 편을 1초 만에 다운받을 수 있다고 한다. 이미 개발을 완료했고 본격적인 상용화는 2018년쯤부터라고 하는데 또 한 번의 놀랄만한 사회적 변화를 겪을 것 같다. 요금을 내는 데이터를 사용하지 않더라도 와이파이 되는 곳이면 무료로 무한한 스마트폰 사용이 가능하다.

80년대 후반 삐삐가 처음 나왔을 때만 하여도 획기적으로 편리하였다. 급한 일이 있는데 연락을 못 하여 안절부절못하던 일이 없게 되었다. 전파가 닿는 곳이면 어디에 있건 호출이 가능하였다. 이러한 삐삐도 휴대폰의 출현으로 98년 말, 가입자 918만 명으로 정점을 이룬 뒤에 지금은 거의 사라져 버렸다.

엊그제 지인과 만나서 요즈음 문명의 세태에 대하여 얘기하던 중, 딱 삐삐가 나온 그 시절에서 문명이 멈추었으면 좋았겠다고 한다. 문명이 발달하면서 따라온 악한 것들(?) 때문이리라!

2016.07.21.

국정농단

요즈음 이 나라가 정상인으로서 참을 수 없을 만큼 시끄럽다.

언론에서 쏟아내는 박근혜 대통령과 최순실 씨에 관한 각종 의혹이 사실 여부를 떠나서 평범한 국민이라도 분노와 모욕감을 감출 수 없다. 정치권에서는 이를 '박근혜 최순실 게이트'라고 한다.

이와 관련하여 분노한 국민들이 연속하여 촛불집회를 열고 있다. 전국에서 1차 5만 명, 2차 20만 명, 3차 100만 명, 4차 100만 명, 5차 190만 명, 6차 230만 명이 모여서 촛불시위를 했다. 그러나 비폭력 시위였다. 이런 성숙한 시위문화에 세계 언론도 놀라고 있다. 간디의 비폭력 무저항주의를 연상하게 한다.

나는 시위현장에 참석하지 못한 부끄러운 시민이다. 우연히 남산 둘레길을 돌고 내려오다가 서울역에서 전철을 탔는데 시위 인원에는 혹 포함됐을는지 모른다. 내 체질상 시위문화에 익숙하지 않지만 이번 경우에는 마음이 쏠린다. 그만큼 필요하겠다는 생각이 앞서기 때문이다.

박 대통령은 억울한 면도 없지 않을 것이다. 그러나 지혜와 혜안이 갖추어진 대통령이라면 재빠르게 국민에게 용서를 구하고 대통령직에서 내려왔을 것이다. 물론 그런 것을 갖추지 못하였기 때문에 이러한 사태가 왔으리라 생각된다.

모 정치인이 이렇게 사태가 커지기 전에 언론에 인터뷰를 했다.

'무대에서 10대 맞고 내려올 것을 버티다가 100대 맞고 내려온다'라고 하였다. 그 당시 나도 그렇게 생각하였다. 그러나 대통령이나 되는 사람이 좌고우면하면서 그 시기를 놓쳤다. 그래서 2016년 12월 9일 국회에서 역사적인 대통령탄핵이 압도적으로 통과됐다. 탄핵이 국회에서 통과되었고, 헌재에서 6개월 이내에 심의를 끝내고 탄핵이라는 판결이 내려질 것이 분명하고 박근혜 대통령은 공무원으로서 파면되는 것은 당연한 일이다. 전직 대통령으로서 예우와 혜택은 경호 이외에는 모두 박탈당하게 되어 있다.

나는 이번 사태는 여야를 떠나 충분히 탄핵당할 만한 대통령의 잘못이 있다고 생각한다. 온 국민이 평범한 시장 아줌마 정도 되는 사람에게 지배되고 조정당하는 느낌, 그리고 권력을 가진 사람의 부도덕한 행위와 부의 축적 이는 도저히 용납할 수 없는 것이다.

지금 탄핵 외에도 별도로 이 사건으로 청문회와 특검이 동시에 진행되고 있다. 이런 시국으로 국정은 마비되다시피 하고 경제는 엉망이다. 경제에 컨트롤 타워가 없다 보니 결국은 서민들의 피해가 크다. 그런데도 정치인들은 당리당략에 치우쳐 행동하다 보니 나라가 엉망이다. 과연 이 나라를 누가 구해낼 것인가? 의구심이 든다.

국민들이 촛불을 들고 일어서는 것을 야당과 진보는 보수를 쳐부수자고 일어난 것으로 착각을 하고 있다. 내가 바라보는 국민은 보수와 진보 어느 쪽도 아니고 오로지 최순실과 그 일당이 박 대통령과 합작하여 이 나라를 국민들이 원하지 않는 방향으로 이끌어 가는 것에 대한 분노인 것이다.

이런 시국에 진정 나라와 백성을 위한 사람이 누구란 말인가? 없다. 그럴만한 인물이 없어 우리 국민은 불행한 것이다.

이번 사태의 교훈은 최순실 주변의 인물들이 조그만한 권력을 가지고 마음대로 휘두르다가 발생한 사태이다. 권력이란 산에 오르는 것과 같아서 언제인가는 반드시 내려오게 되어 있다. 올라갔을 때 주변을 살피고 조심스럽게 하지 않으면 내려오는 길에 낭떠러지에 처박히게 된다. 지금의 구속되거나 구속될 사람들이 안하무인으로 국정을 농단하다가 말년에 영어의 몸이 되게 생겼다. 참 불행한 일이다.

2016.12.28.

봄이 온다 가을이 왔다

같은 민족으로 세계에서 유일한 분단국가로 사는 불행한 한민족은, 통일할 의지가 없는 건지, 역량이 부족한 건지 모르겠다. 4대 강국의 외세에 둘러싸여 힘을 합쳐도 모자랄 판에, 외세에 의해 분단된 현실을, 지나간 70년 동안 극복하지 못한, 무기력하고 무능력한 한민족과 그 위정자들은, 후세에 두고두고 비판받아 마땅하다.

그러나 최근 남북관계가 6.25 이후 가장 핫하게 돌아가고 있다. 물론 북한의 핵 및 미사일의 지속적인 개발로 인하여 미국과 중국, 우리나라 등 전 세계의 국가가 북한에 대한 고강도의 압박에서 탈출하고자 하는 북한당국의 고도의 정치계산의 산물이라지만, 그래도 기존과는 무언가 다르게 돌아가는 것 같다. 지난 2월 북한의 평창올림픽 참가 및 문화공연과 최근의 남한예술단의 북한 공연, 그리고 앞으로 다가올 남북정상회담, 북미정상회담은 예전과는 다르게 상상할 수 없는 사건들이다.

며칠 전, 남한 예술인들의 북한 공연이 성황리에 마쳤다. 공연 제목이 '봄이 온다'였다. 아직은 겨울이란 뜻이다. 그러나 겨울의 시작이 아니고 다 지나가고 있는 끝 무렵이라고 생각하고 싶어 '봄이 온다'라고 했을 것이다. 봄이 오면 동토에서 죽은 듯이 있었던 새 생명이 싹을 트고 세상에 고개를 내밀 것이다. 나는 김정은 위원장이 동토 속

생각하는 삶   193

에서 얼굴을 내민 것이라 생각된다. 비정상적인 국가에서 정상국가로의 싹이 트고 있다.

4월에 있을 남북정상회담과 5월에 있을 북미정상회담이 성공리에 끝나면, '봄이 왔다'로 바뀔 것이고, 세 정상들은 노벨평화상의 리스트에 올라갈 가능성이 높다. 그리고 정상회담의 결과, 핵 제거 합의가 이루어지고, 제거가 시작되면 '여름이 왔다'가 될 것이다. 그래서 한반도에 평화가 찾아오면 '가을이 왔다'가 될 것은 분명하다. 북한 공연을 관람한 김정은 위원장이 가을에 '가을이 왔다'로 서울에서 북한예술단을 공연하겠다고 한 것은 이와 같은 맥락에서 큰 의미가 있다. 김정은 위원장이 한민족 및 세계 모든 국가들 앞에서 큰 도박을 하였다. 지켜진다면 한반도뿐만 아니라 세계사에 남을 인물이 될 것이고, 지켜지지 않는다면 희대의 사기꾼으로 남을 것이다. 만약에 이와 같은 약속이 지켜지지 않는다면, 남북한의 신뢰는 회복할 수 없는 동토가 될 것이고, 통일은 요원하게 되고 불행한 한민족의 고통은 계속될 것이다.

이러한 분위기에 맞추어 2013년 KBS 여론조사에서 통일에 찬성한다는 비율이 약 70%, 반대한다는 비율이 약 30%이었는데, 바로 오늘 2018년 4월 9일 발표한 여론조사기관 공정의 발표는 약 83%가 통일이 되어야 한다는 조사결과는 고무적이다.

마지막으로, 요즈음 세간에 이슈가 되고 있는 남한 예술단이 북한 당국의 요청으로 가수 최진희를 통해 부른 현이와 덕이의 노래 "뒤늦은 후회"의 가사를 적어보고 생각해 본다.

창밖에 내리는 빗물 소리에 마음이 외로워져요.

지금 내 곁에는 아무도 없으니까요.

거리에 스치는 바람 소리에 슬픔이 밀려와요.

눈물이 흐를 것만 같아서 살며시 눈 감았지요.

계절은 소리 없이 가구요 사랑도 떠나갔어요.

외로운 나에겐 아무것도 남은 게 없어요.

순간에 잊혀져갈 사랑이라면 생각하지 않겠어요.

이렇게 살아온 나에게도 잘못이 있으니까요.

계절은 소리 없이 가구요 사랑도 떠나갔어요.

외로운 나에겐 아무것도 남은 게 없어요.

순간에 잊혀져갈 사랑이라면 생각하지 않겠어요.

이렇게 살아온 나에게도 잘못이 있으니까요.

이렇게 살아온 나에게도 잘못이 있으니까요.

이 노래는 죽은 김정일 위원장의 애창곡이었다고 한다. 그래서 북한당국에서 김정은 위원장의 마음을 헤아려 요청하였는지도 모른다. 무엇 때문에 김정일 위원장이, 이 노래를 좋아한지는 모르겠지만, 아마도 고독한 독재자의 무한권력으로도 이루지 못한 그 무엇 때문이 아니었을까? 생각해 본다.

지금의 김정은 위원장은 이 노래를 듣고 '창밖에 내리는 빗물 소리', '거리에 스치는 바람 소리'를 남한과 전 세계의 압박으로 그리고 '지금 내 곁에는 아무도 없으니까요'는 떠나간 남한과, 중국과 그들의 우방

국가를 생각하지 않았을까? 순전히 나의 해석이다.

어쨌든! 부디! 남북통일이 조속히 이루어져, 마음 놓고 한반도의 산하를 여행하고 싶은 소망이 간절하다.

2018.04.09.

역마살(驛馬煞)과
역마복(驛馬福)

역마살(驛馬煞)과 역마복(驛馬福)

역마살이란 '한 곳에 머물지 못하고 이리저리 떠돌아다녀야 하는 액운'을 말한다. 이것은 고단한 삶을 의미하며, 우리는 늘 떠돌아다니며 모질고 사나운 운을 가진 사람을 역마살이 낀 사람이라고도 한다. 예전의 장돌뱅이 보따리장수 등이 그런 류의 사람이었다. 따라서 사람들은 역마살이 낀 사람이라고 하면 통상, 좋지 못한 의미로 얘기하곤 하는데, 요즈음 와서는 반드시 나쁜 의미만은 아닌 듯하다. 무역에 종사하며 전 세계를 돌아다니면서 많은 돈을 벌고 많은 경험을 하는 것을 좋아하는 무역인 이라든지, 비행기 조종사처럼 남의 선망을 받으며 수입도 좋고 만족감이 높은 사람만을 봐도, 역마살이 낀 사람이라 할 수 있으나, 좋은 뜻의 역마살이라고도 말할 수 있다. 따라서 이렇게 좋은 뜻의 역마살을 바꾸어 나는 역마복(驛馬福)이라고 칭하고 싶다. 이건 순전히 내가 만들어 낸 말이다. 역마(驛馬)하면서 즉 이리저리 돌아다니면서도 행복을 느낀다면 역마복(驛馬福)이 낀 사람일 것이다. 물론 행복을 느끼지 못한다면 역마살(驛馬煞)이라고 할 수 있겠다.

이렇게 내가 역마복(驛馬福)이란 용어를 스스로 만든 이유는, 나 역시 역마살이 낀 사람이라고 남들이 얘기할 수 있겠으나, 나는 역마복(驛馬福)이 낀 사람이라 말하고 싶기 때문이다. 나는 지금까지 살아오면서 남들보다는 많이 이리저리 돌아다녔고, 돌아다니면서 그 고달 픈 보다는 많은 경험과 기쁨이 있었고, 그 과정에 지혜를 터득했기 때문이다.

나의 역마(驛馬)의 시작은 4살 때부터이다. 충청도 오지의 한 시골 에서 촌부의 아들로 태어났으나, 군에서 제대하신 후 도시에 대한 환 상을 가진 아버지를 따라 인천으로 이사를 왔다. 이것은 시골 촌부 로 늙을 수 있는 것을 예방하였다.

두 번째 역마(驛馬)는, 용산에 있는 국립고등학교에 입학하면서 인 천의 주안에서 3년간을 기차를 타고 통학을 하였을 때이다. 매일 새 벽 5시 30분에 기상했으며, 6시에 집을 나와서 학교에 가곤했는데 처 음에는 힘이 들었지만 나중에는 습관이 되니 일상이 되었다. 3년간 의 기차와 전철 통학에서 많은 에피소드가 있었다. 특히 전국 각지에 서 입학한 친구들과 사귀다 보니 나쁘지 않았다. 또한 이 학교를 졸 업하면서 당시에는 국가기관인 철도청에 특채로 공무원에 임용되는 혜택도 받았다.

세 번째는, 고등학교를 졸업 후 철도청 제천기관차사무소로 임용되 면서 가족을 떠나 혼자서 2년간을 생활하였다. 이곳에서의 직업은 부기관사로 철도 기관차를 몰고 제천에서 청량리, 조치원, 태백, 안동 등 원거리를 오고 가는 일이었다. 이때 일도 하면서 우리나라 산하(山 河)를 관찰하고 감상하는 기회를 누렸다. 또한 처음으로 부모님을 떠 나 객지 생활도 해 봤으며, 하숙집에서도 살아보고 자취도 해 보았 다. 하숙생과 자취생의 생활과 고뇌를 알 수 있는 계기가 되었다.

네 번째의 역마(驛馬)는 군에 입대하여 3년을 보냈다. 당시 인간 재생창이라 소문이 나 있던 가평 제3하사관학교에서 6개월간 분대장 교육을 받으면서 인간으로서 한계를 맛보았고, 또 극복할 수 있는 자신감도 얻었다. 특히 자대에 배치받아서 리더십이 무엇인지 배울 수 있었다. 군에서의 정신무장이 평생에 걸쳐 도움이 되었다.

다섯 번째는, 은행에 입사하여 인천 주안에서 서울 역촌동으로 3년간 출퇴근하였다. 당시의 은행은 화이트칼라의 대명사였기에 자랑스러웠고, 하루 3~4시간 걸리는 출퇴근이 하나도 불편하거나 나쁘다고 생각을 하지 않았다. 전철로 오가면서 책을 읽거나 공부할 기회가 되었다. 그래서 야간대학에 진학할 수 있었고, 3년 후에 결혼하고 서울로 올라오게 되었다.

여섯 번째는, 다니는 직장에서 일본 주재원으로 발령을 받아 일본 동경지점에서 3년을 보냈다. 이 기간은 가장 힘들기도 하고 가장 좋았기도 한 기간이었다. 동경지점 개설준비위원으로 갔기에 부임하여 개설할 때까지 1년간은 지옥 같은 생활이었고, 개설 후 2년간은 환상적이었다. 우선 급여가 본국보다도 2배 정도 되어 나중에 집을 장만할 수 있는 자금을 모을 수 있었으며, 전 가족이 이주하여 함께 살았기에 행복하였다. 특히 일본어를 배우고 선진국 문화를 체험할 수 있는 크나큰 혜택을 받았다.

일곱 번째는, 일본에서 서울로 돌아와 약 10년간 더 근무하고 2007년 초 퇴직하면서, 단신으로 베트남으로 가서 2년간 사업을 하였다. 이 기간은 혼자서의 자유를 누리며, 하고 싶은 사업도 해보고, 태어나서 처음으로 사장님 소리도 들어가며, 베트남의 문화를 배우고 느끼는 소중한 시간이었다. 우리나라보다 선진국인 일본에서의 3년 생활에 대비하여, 후진국인 베트남에서의 2년 생활 역시 나에게 아주 소중함을 깨닫게 해주는 계기가 되었다. 가족의 소중함, 문화의 소중함, 인간의 소중함을 특히 깨달았다. 베트남 사람들과 문화에서 내가 어릴 적 자랐던 한국에서의 향수가 깊이 우러났다. 특히 이곳에 가자마자 가장 처음으로 한 일은 내가 지나온 개인 50년사를 정리한 것이 지금도 가장 잘한 일이라 생각이 든다. 2년 정도 있었는데, 일본에서 알던 지인이 부산의 건물 리모델링을 도와달라고 좋은 조건을 제시하면서 요청하여, 베트남 사업을 다른 사람에게 넘기고 귀국하였다.

여덟 번째는, 베트남에서 귀국하자마자 하루만 가족과 지내고 부산으로 내려가, 약 6개월 동안 혼자서 지내며 지인의 건물 리모델링 사업을 도와주었다. 이 기간에는 처음으로 다른 기업의 이사 소리를 들었고, 건축에 대하여 많은 것을 배울 기회가 되었다. 그리고 6개월 후인 2009년 봄, 가족이 있는 서울로 올라왔다.

아홉 번째는, 가족 곁에서 약 6개월간 처음으로 백수 생활을 한 후에, 2011년 10월부터 법정관리 관련 업무를 시작하게 되었다. 법원의 명을 받아 감사의 직책으로 법정관리 신청한 기업을 회생절차를 지원하는 업무를 시작하게 되었으나, 한 기업에서의 근무기간이 짧아 여러 중소기업을 돌아다니게 되었다. 경기도 부천, 서울시 시흥동, 충청남도 천안시, 서울시 논현동 등 여러 업체를 전전하였다.

이 업무를 6년 이상 하면서 중소기업에 대하여 많은 것을 배울 수 있었다. 회사가 어려워진 근본적인 다양한 이유, 경영자의 도덕적 해이, 회생을 위해 기업에 필요한 사항 등을 알게 되었고, 많은 사람도 만나고 여러 가지를 배우기도 하고, 한편 내가 경영을 지도하기도 하면서 나의 능력을 키웠다.

현재 나는 논현동의 한 업체에서 근무 중이나, 언제 또 역마가 시작될지 모른다. 이곳이 끝이 아니다. 나의 마지막의 역마(驛馬)가 남아 있다. 나는 오래전부터 만 65세가 되면, 직장이나 직업에 의한 활동이 제한된 일은 하지 않기로 다짐하였다. 우선 활동이 자유로운 그때가 되면, 국내 및 국외의 구석구석을 돌아다니며 보고 느끼며 그 과정을 책으로 남기고 싶다. 그것이 역마살(驛馬煞)이 될는지, 역마복(驛馬福)될는지 모르겠지만, 역마복(驛馬福)이 되기를 간절히 바란다. 지금까지는 내 의지보다는 삶의 한 방편으로 이루어졌다면, 이 마지막 소망은 이 나의 의지에 의해 만들어 나가야겠다.

2018.03.22.

선진국 생활과 후진국 생활

나는 한국에서 오래 살고 있지만 한때 일본에서 주재원으로 동경에서 3년을 살았고, 사업한답시고 베트남 하노이에서도 2년을 살아봤다. 즉 우리보다 선진국에서도 살아보고 후진국에서도 살아봤다는 뜻이다.

일본에서의 3년은 여러 면에서 많은 것을 배웠다. 물론 그렇다고 모든 면에서 일본이 우리보다 우수하다는 것이 아니고, 어떤 면에서 배울 게 많았다는 뜻이다. 일본에서 생활하면서 느꼈던 몇 가지 좋았던 면과 좋지 못했던 면을 소개하고자 한다.

- **우선 많이 친절하다.** 길을 물으면 한참 동안 쫓아오면서 알아들을 때까지 가르쳐주고 돌아간다. 일상이 바쁜 것은 우리와 같은데 외국인에게 어려움을 해소해주려고 많은 노력을 한다.

- **도덕적이다.** 일본도 각종 범죄가 있고 도둑도 있고 비양심적인 사람도 있지만 사람 사는 곳이기 때문에 없을 수가 없다. 그러나 내가 겪은 바로는 많이 양심적이다. 내 동료가 전철에 비디오카메라를 두고 내렸는데 분실물 보관소에서 찾은 사례와, 내 상사가 택시에 지갑을 흘렸는데 택시기사에게 연락이 와서 찾은 사례, 우리 사무실에서 일하는 재일교포가 3번이나 전화를 걸다가 전화기 옆에 손지갑을 두고 떠났다가 다 찾은 사례 등 일반적으로 찾기

어려울 거라고 생각하고 있는 분실물 사례에서 거의 다 주인을 찾았다.

- **배려심이 많다.** 우리는 일본사람은 앞에서는 '예! 예!'하면서 뒤통수친다는 말을 많이 하는데 사실은 면전에서 상대방에 나쁜 소리를 못 하는 배려심이 때문이라고 생각이 든다. 또한 자기 집 안은 청소와 정리를 안 해서 엉망이 면서도, 자기 집 앞 골목이나 행인이 보이는 마당은 항상 깨끗이 치운다. 이 는 자기가 받는 불편함은 감수하면서도, 남에게 불쾌함을 주지 않기 위한 배 려심 때문이다.

- **남에게 민폐를 끼치지 않으려 한다.** 일례로 어린아이들을 집에서 절대 뛰어 놀지 못하게 하고, 동네 공원에서 놀게 한다. 아래층에 민폐를 끼치지 않게 하기 위해서다. 전철에서도 자리가 한 자리가 안 되면 절대 앉지 않는다. 끼 어 앉는 것이 옆 사람에게 민폐라고 생각하기 때문이다.

- **질서의식이 강하다.** 내가 있는 동안에 고베지진이 있었다. 모든 것이 폐허가 된 상황이고 식수나 먹을 게 부족한 상황에서도 아귀다툼은 없었다. 모두가 질서 있게 줄을 서서 배급품을 받는 모습을 보았다.

안 좋다고 생각되었던 것도 있었다.

- **선물을 주면 반드시 바로 되갚는다.** 우리는 생일 선물을 전달하면 다음에 준 사람의 생일을 기억했다가 그 사람 생일이 되면 되갚곤 하는데, 일본사람 들은 그때까지 기다리지를 않고 바로 답례를 하기 때문에 주는 것도 상대방 에게 부담이 될 수 있어 조심스럽다. 그래서 선물은 가벼운 빵이나 과자 등 으로 거하지 않는 것이 관례이다.

- **항상 더치페이하고 손해 보려고 하지 않는다.** 밥을 먹자거나 술 한 잔 하자

거나 영화를 보자거나 먼저 제안을 하였더라도 본인이 계산하겠다고 먼저 얘기하지 않는 한, 비용이 발생하면 항상 더치페이하는데 1엔이라도 정확히 계산한다. 내가 한번은 공적인 일로 현지 직원 둘과 택시를 타고 택시요금을 계산하려고 하는데 잔돈 1엔이 부족하여 "누구 1엔 있어요?"고 물으니 한 여직원이 "여기 있어요!"하면서 1엔을 주어서 계산하고 내렸다. 다음 날 오후 내 자리로 그 직원이 와서 어제 준 1엔을 왜 안 주느냐고 하여 깜짝 놀라서 돌려주었다. 나는 그냥 준 걸로 생각했는데 그 직원은 꾸어준 걸로 생각하고 오전을 기다려도 주지 않자 찾아온 것이었다.

- **자기보다 못사는 외국인에 대하여 혐오감을 가지고 있다.** 일본사람들은 미국이 일본에 원폭을 투하하였음에도 미국인을 많이 좋아한다. 젊은 여성은 미국인과 많이 사귀려 하고, 젊은 사람들은 영어를 잘하는 사람을 부러워하고 존경스러워한다. 그러나 중국인이나 한국인 등 자기보다 못 사는 나라 사람들은 무시하는 경향이 심하다.

다음은 베트남에서의 생활이다. 베트남은 내가 조기 은퇴하고 꿈을 이루기 위해 진출하여 법인을 설립하고 직원을 채용하고 사업을 하면서 혼자 2년간 생활하면서 겪은 일들이다. 여기서도 생활하면서 느꼈던 몇 가지 좋았던 면과 좋지 못했던 면을 소개하고자 한다.

- **우선 19세기까지도 유교 국가였고 한자문화권이었다.** 우리 문화와 비슷한 게 많다. 사원 등 유적지에 가보면 한자가 군데군데 있고 공자 맹자 노자 등 모시는 사당도 많다. 특히 부모를 모시고 윗사람을 존경하는 문화가 많이 닮았다. 인간관계 형성이 우리와 비슷해서 좋았다.

- **물가와 인건비가 싸다.** 1인당 GDP가 우리의 10분의 1 정도여서 생활비가 적게 들고 인건비도 제조업의 경우 월 10만 원 내외다. 사무직은 그보다 조금 많다. 물론 직종에 따라 차이는 크게 난다.

- **젊은 인력이 풍부하다.** 우리의 베이비 세대처럼 베트남도 75년 종전 후에 아이를 많이 낳아 2014년 기준 30세 이하가 전체인구의 약 60%이다. 성장 잠재력이 많은 나라이다.

- **자원도 풍부하다.** 석유는 매장량이 약 44억 배럴로 세계 26위이다. 정제시설이 부족하여 원유를 수출하고 정제유를 수입한다. 쌀 생산량은 세계 5위이며 주요 수출국이다. 커피는 세계 생산량의 약 15%이며 세계 2위이다. 이 또한 잠재력이 큰 나라이다.

안 좋았던 면은 다음과 같다.

- **생활환경이 지저분하다.** 돌아 다녀보면 깨끗한 곳이 별로 없다. 여기저기 지저분투성이다. 그러나 우리나라 60~70년대를 살아온 나는 충분히 이해가 간다. 우리도 그 당시에는 똑같았다는 생각이 든다.

- **생계형 도둑이 많고 먹고살기 위해 남을 속인다.** 이건 우리나라도 베트남보다는 덜 하지만 마찬가지이다. 한번은 거래처 김 사장이 비서를 데리고 와서 사장실에 셋이서 있다가 김 사장과 내가 잠깐 밖에 나갔다 돌아와서 보니 내 책상 위에 있던 8G USB가 없어졌다. 그 속에 중요한 내용이 있었는데 어찌 할 도리가 없었다. 우리도 살기 어려울 때는 화장실에 화장지마저 돌돌 말아 가져가던 시대를 생각하고 그냥 넘겼다. 택시를 타면 외국인인 줄 알고 시내를 뱅뱅 돌아다니다가 데려다주는 경우가 많았다. 한번은 내가 아는 길을 그

리 해서 크게 다투며 내린 적이 있다. 물론 우리나라도 가끔 그런 일이 있다고 뉴스에 나오는 걸 보면 도긴개긴이다.

- **칼퇴근한다.** 사회주의 국가라서 직원들이 야근하는 일이 별로 없다. D-day를 긴박하게 남겨놓아도 하나도 긴박함을 느끼지 않는다. 그냥 퇴근 시간이 되면 퇴근하는 거다. 나만 발을 동동거렸다. 직원들에게 생동감 있게 일하게 하려고 인센티브제도를 도입하겠다고 제안하니 모두 싫다고 그냥 고정급으로 달라고 하였다.

- **부패가 심하다.** 베트남의 부패지수는 2013년 기준 세계 177국 중 116위로 최하위 수준이다. 내가 직접 경험한 바로는 허가서를 신청하면 바로 내주지 않고 처리 데드라인까지 가지고 있다가 처리하고 나서, 책임자 서랍에 두었다가 뇌물을 받고 내어준 사례가 있다. 물론 일찍 뇌물을 주면 일찍 처리되는 건 당연하다.

이처럼 내가 직접 살아본 나라에 대하여 적어봤으나 다 경험하지 못하였기에 일부 편견이 있을 수 있음을 밝힌다. 일본은 94~97년, 베트남은 07~08년을 살아봤으니 그동안 많이 변한 것도 있으리라 생각이 든다. 어찌하였던 한국은 전반적으로 보자면 베트남의 단계를 경험하고 일본 수준으로 가고 있지 않나 생각이 든다. 생활, 문화, 문명 등 처음부터 발전하는 것이 아니고 단계를 거치는 것은 분명하다. 우리나라가 일본을 뛰어넘어 문화나 문명 생활 수준이 세계 모범이 되기를 기원해 본다.

2016.09.21.

반성합니다

반성 1

요즈음 세계적으로 미투(Me Too), 위드유(With You) 운동이 한창이다. 미국에서 시작한 미투 운동이 한국으로 건너와 문인, 영화인, 연극인, 기타 예술인들뿐만 아니라 정치권, 학계까지 퍼져 많은 유명 인사들을 줄줄이 낙마시키고 있다. 특히 차기 대통령감이라는 안모 정치인의 위계에 의한 여비서 성폭행과 노벨 문학상 단골 후보로 오랫동안 리스트에 올라왔던 K 시인에 대한 미투는, 전 국민을 그리고 나를 놀라게 했다. 그야말로 경천동지했다고 할 수 있다. 때로는 20년, 30년, 40년 전까지도 거슬러 올라가, 철모를 때의 당시의 사회적 분위기에 편승하여 저질러졌던 일들이, 이제 와서 지금의 잣대로 해당 분야의 거물들이 후선으로 물러난다는 데에, 남성인 내 입장에서 보면 당연하다고 생각하면서도, 쓸쓸하고 동정심을 느끼는 건 어쩔 수 없다. 한편 너무하다는 느낌도 있고, 게 중에 억울한 사람도 있을 거 같다. 그럼에도 불구하고 피해를 보고 오랫동안 트라우마에 시달려온 여성을 생각하면, 이제라도 단죄해야 한다고 생각한다. 나는 이러한 운동의 확산이 남성 위주의 사회를 남성과 여성이 동등한 사회로 바꾸는 사회적 혁명이란 생각이다. 일부 부작용도 있겠지만, 사회의 성 불평등 의식을 바꾸고, 갑질 문화를 바꾸는 역사적인 계기가 될 것은 확실하다고 믿는다.

그런 의미에서, 나도 반성의 시간을 가져보고자 한다. 솔직히 내 나이대 전후의 남자라면, 거의 모든 사람이 반성의 시간을 가져야 한다고 생각한다. 내 기억으로 2000년 이전에는 성폭행은 죄가 된다는 것이 확실했어도, 성추행이나 성희롱은 죄가 된다는 것을 모르고 대부분의 남자가 지내왔다. 나 역시 죄의식 없이 던졌던 말과 행동에 누군가가 기분 나쁘게 생각했을 여성이 없었다고 장담하지 못하겠다. 당시에는 진한 농담이나 가벼운 애정표현이 사람들을 즐겁게 하고 살아가는 약방의 감초 역할도 한 것은 사실이다. 여성 자신도 일부 기분 나쁜 사람도 있었겠지만, 그냥 웃어넘기는 일이 많았다. 그러나 일부는 틀림없이 기분이 아주 나쁘거나 그로 인한 심한 스트레스도 받았을 터이지만, 나를 비롯한 남성들은 거의 의식을 못 하였다. 그때는 기준이 그랬다. 그러나 지금의 기준으로 잣대를 들이댄다면, 대부분의 남성은 자유로울 수 없다는 뜻이다.

우리가 젊었을 때는 사귀고 싶은 여성이 있는데 상대방이 거절한다면, 우리 속담 '열 번 찍어 안 넘어가는 나무는 없다'는 말을 되새기며, 집이며 학교며 직장을 가리지 않고 찾아가 지속적으로 구애 행위를 하고, 때로는 여자의 마음을 사게 하여 결혼하게 되면 주위에서 박수를 쳐주곤 하였다. 지금의 잣대라면 스토커로 철창행이다.

어찌 되었든 간에, 지극히 남성 위주의 유교주의 사회에서, 특히 여필종부(女必從夫), 삼종(三從)이란 사고로 살아온 나는 지금의 잣대로 보면 성희롱이나 성추행에서 자유로울 수가 없다. 그래 이제라도 늦었지만 통렬히 반성하고 앞으로는 우리의 딸들이 남녀가 평등한 세상에서 살아가기를 바란다. 또한 가사나 육아에 있어서도 다른 선진 국들처럼 부부가 공동으로 책임지는 사회가 오기를 바란다.

반성 2

1970년대 후반 군 생활을 한 나는, 육군하사로 모 사단 전투 지원 중대의 관측 하사(OP)로 군 복무하였다. 당시의 중대는 연대 직할부 대로 연대 화기인 4.2in(106.7㎜) 박격포를 가지고 있었다. 4.2in 박격 포는 포병 화기로 있다가 보병 화기로 넘어온 화기로, 포를 쏘는 전포 반과 포신의 사격 방향과 각도와 장약을 계산해 내는 계산반(FDC)과 관측소에서 목표물의 위치를 좌표에 찍어 알리는 관측반으로 되어 있었다. 이 일은 내가 관측반의 선임으로 관측반장을 맡고 있을 때의 일이다.

어느 날 사단장이 새로 부임하여, 사단 내의 각 연대 4.2in 박격포 사격대회를 전방의 포 사격장에서 한다고 통보를 해왔다. 그 사격장 은 최전방 휴전선 근처에 있었고, 평소에 아군뿐 아니라 미군들도 시 도 때도 없이 불시에 사격하는 아주 위험한 곳이었다. 관측반장인 나 는 관측반원들 6명과 함께 지정된 관측소로 올라갔다. 그런데 축구 장 수십 배 크기의 사격장은, 지도상에 큰 개울과 몇 개의 지류가 표 시되어 있는데, 망원경으로 아무리 살펴봐도 드넓은 평야로밖에 보이 지 않았다. 나무와 풀이 우거지고, 수많은 포 사격으로 지형이 흐트 러져 개울과 지류를 찾을 수가 없었다. 아주 난감한 상황이었다. 어 느 지점엔가 사격 목표가 정해져도 좌표를 찍을 수 없을 것 같았다. 좌표를 정확히 찍지 않으면 사격해도 우승을 할 수 없는 상황이었다.

나는 그 중 최고의 선임자로서 사명감이 막대하였다. 중대장은 나에게 "이번에 사단장이 새로 오셨으니 꼭 우승해야 한다."고 압력을 가했다. 따라서 나는 나 스스로 위험을 감수하기로 하고, 반원들에게 "내가 직접 들어가서 위치를 찾을 테니 따라오고 싶은 사람만 따라와라" 하고 말하였다. 사실은 반강제적인 명령이나 다름없었다. 그런데 그중 제대를 2달 남긴 병장 하나가 자기는 못 가겠다고 버틴다. 나는 "강제성이 없으니 오고 싶은 사람만 와라"하고 앞장을 서 나아갔다. 그러니 그 병장 한 사람을 제외하고 모두 나를 따라 사격장으로 들어 갔다.

1시간여 걸려 수많은 불발탄을 피해 큰 개울과 지류가 만나는 중심지를 찾아들어 갔다. 마침내 그 중심지를 발견하고는 환호성을 질렀다. 무지하게 기쁘고 감격스러웠다. 나는 윗도리를 벗고 러닝셔츠를 벗어 갈기를 내어 큰 나뭇가지 꼭대기에 묶어 놓고 멀리서도 보일 수 있도록 근처에 깊숙이 박았다. 그리고 대원들을 철수시켜 관측소에 돌아왔다. 멀리서 내 찢어진 러닝셔츠가 펄럭이었다. 며칠 후, 사단 사격대회에 그 좌표를 중심으로 목표물을 찍었고, 결국 사단에서 우리 연대가 우승하였다. 중대장과 전 중대원들은 기뻐하였다. 나도 중대장에게 많은 칭찬을 받았다.

그러나 그 후 제대하고 나서, 지금까지 가끔가다 그때의 일이 떠 올리면서 트라우마에 시달렸다. '내가 가정이 있었다면, 그 위험한 곳에 들어갔을 것인가? 대원들이 나의 위계에 눌려 목숨 걸고 따라왔겠지! 그때 불발탄을 잘못 건드려 터지기라도 했더라면 큰일 아니었을까? 미군이나 아군이 불시에 사격해서 대원들이 다쳤더라면? 나의 영웅심이 대원들을 잘못되게 할 수도 있었겠구나!' 하곤 끔찍하게 생각하고 잘못한 일을 저질렀음을 후회하였다.

그래서 이 글을 통해 그때의 대원들에게 깊은 사과를 드린다. '내가 잘못했습니다. 무모했습니다. 용서해 주세요! 깊이 반성합니다'라고.

2018.04.16.

약속

우리는 살아가면서 수많은 약속을 한다. 약속에는 자신과의 약속도 있고, 타인과의 약속도 있다. 지킨 약속도 있고, 지키지 못한 약속도 있다.

나는 평소 '약속은 지켜야 하는 것이고, 지키려고 노력해야 한다'는 확고한 신념이 있다. 나 자신과 한 약속은 물론이거니와 특히 타인과의 약속이 부득이하게 지키지 못할 사정이 있을 때에는, 타인을 납득할 만한 사유를 가지고 이해시켜야 한다고 생각한다.

약속이란 단어는 하찮은 개념이 아니다. 약속은 무게를 가지는 중요한 단어이다. 약속은 선약이 후약보다 중요하다. 후약이 나에게 비중이 크다고 하더라도, 선약을 우선시하여 지켜져야 한다. 선약 때문에 후약을 지키지 못하는 경우는 타당한 사유가 되지만, 후약 때문에 선약을 못 지키는 것은 타당한 사유가 될 수 없을뿐더러, 못 지키는 미안함과 죄책감은 크게 마련이다.

나도 때로는 후약 때문에 선약을 지키지 못한 때가 더러 있다. 그런 경우는 죄지은 사람처럼 우울해진다. 다행히 선약한 상대방이 충분히 이해를 해 주었을 때는 내 마음이 편안해진다.

나는 예전에 1년 후의 약속과 5년 후의 약속을 지킨 사례와 약속을 지키지 못하여서 일생일대의 사건을 겪은 사례가 있다. 하나씩 보따리를 풀어보고자 한다.

사례 1

내가 총각 때, 은행에 재직할 때의 일이다. 나와 연배가 비슷한 다른 두 친구와 수시로 업무가 끝난 뒤 술자리를 가졌다. 다른 비슷한 연배도 몇 명 더 있었지만, 유부남은 제외했고 총각끼리만 뭉쳤다.

하루는 한 친구가 온종일 시무룩하더니, 일이 끝나자 한 잔하자고 제안한다. 나는 그날 아침 아버지가 많이 아픈 모습을 보고 출근하였기에 '술을 마시고 귀가하는 것은 도리가 아니다'라는 생각에 거절하였다. 그래서 나는 집으로 가고 두 친구는 술집으로 향했다.

밤 12시경, 집 전화가 요란하게 울려 깨워보니 지점의 청경이 다급한 목소리로 '이 주임이 죽어서 근처 병원에 있다'고 알려주었다. 나는 깜짝 놀라서 대략 옷을 걸쳐 입고, 뛰쳐나갔다. 병원에 들어가니, 한쪽 구석 이동식 침대 위에 하얀 시트가 덮여있는 것이 아닌가? 나는 '허무하다'는 생각이 들었다. 불과 몇 시간 전에 나에게 말을 걸던 동료가 죽었다니! 믿을 수 없었지만 현실이었다. 내가 제일 먼저 도착하였고, 병원관계자가 큰 병원인 동인천의 길병원으로 옮겨야 한다고 하여, 본의 아니게 그 순간부터 상주 노릇을 하게 되었다. 사인은 지하 술집에서 술을 많이 마시고 계단을 오르다 굴러 뇌진탕으로 숨졌다고 한다.

그 친구는 온양의 시골 사람으로 장남이었고, 부모임은 연로하고 아래로 남동생이 하나 있었다. 아들이 은행에 입사하였다고 하여 아버지가 온 동네잔치를 벌였다고 하는데, 무심하게도 그렇게 가버려

안타까웠다.

영안실에 있는 동안, 내가 손님을 맞이하였고 밤을 새우고 하였다.

발인하는 날은 마침 일요일이었고, 장지는 온양의 선산이었다. 거의 모든 직원이 따라갔다. 집안에서 서열이 낮아 선산의 거의 맨 밑에 그 친구의 자리가 뫼꾼에 의해 파져 있었고, 관을 내리는 순간 하나뿐인 남동생이 뛰어 들어가 울부짖으며 나오지 않아 주변 사람들마저 울게 만들었다. 간신히 묘를 쓰고 돌아오는 길에 누군가가 또래들에게 제안했다. 1년 뒤에 와서 제사 지내주자고⋯. 또래 5명이 그러자고 약속을 하였다.

그리고 1년이 지나 그의 제사 무렵에, 그때 약속한 5명이 모여 제사 음식을 준비하고, 그곳을 찾아갔다. 대중교통으로 온양까지의 길은 쉽지 않은 길이었으나, 모두 그 친구를 기일을 기렸다. 남의 동네에 1년 후의 시골길은 낯설어, 그의 묘소를 찾기가 어려웠다. 처음에는 본가를 찾아가 인사도 하고, 물어서 찾아가려다가 '슬픔을 잊고 사는 연로한 어르신을 자극할 거 같아' 그냥 들르지 않고 우리가 찾아내어 제사만 지내고 왔다. 이로써 먼저 간 그 친구에게 도리를 했고, 우리는 약속을 지켰다.

사례 2

내가 군에 가기 전에 제천 새마을중학교 야학 교사를 하였고, 군에 입대하고 1년 후 휴가 나왔을 때, 부득이하게 야간반 인원이 급격히 줄어 야간반을 주간 반에 통합하게 되었다. 통합 직전에 그때까지 야간반에 몸담았던 선생님과 학생들이 한 중국집에 모여 석별의 정을 나누었고, 5년 후 12시 그 중국집에 모이자고 약속하고 헤어졌다.

그리고 정확히 5년 후, 그 중국집에 그때 약속하였던 40여 명 중에 거의 절반이 모였다. 5년이란 세월은 길다면 길고 짧다면 짧은데, 20여 명 모인 것은 한편 기적과도 같았다. 모인 사람들은 지난 5년 동안의 겪었던 일과, 향후 계획 등을 얘기하며 아기자기한 시간을 보냈다. 5년 후의 약속을 지키고 반갑게 만났던 그때의 일은, 두고두고 잊을 수 없었다.

사례 3

제천새마을 중학교에서 함께 야학을 하던 친구 A와 C는 절친 이어서, 가끔 함께 만나 대포 한잔하는 사이였다. 그 둘은 서울에서 살았고, 나는 인천에서 살았다.

1982년 2월 초에 셋이 연락하여, 3월 1일 삼일절에 서울 종각에서 만나 회포를 풀기로 약속하였다. 그러나 3월 1일 나는 그 약속을 잊어버리고, 인천 주안 집에서 부모님과 점심식사를 하고 있었을 때 전화벨이 울렸고, 서울 종로5가에서 제천에서 알던 아가씨한테서 전화가 왔다. 서울에 올라온 길에 안부 차 전화를 했다고 한다.

나는 기다리라고 한 후, 종로5가에 올라가서 그 아가씨를 만났다. 그리고 저녁 늦게 집에 돌아온 후에, 그 친구들이 찾는 전화가 있었다고 들었다. 그때서야 친구들과 약속이 생각이 났다. 휴대폰이 없던 그 시절, 그 친구들이 집 떠난 나를 만날 수 없었고, 둘이서만 시간을 보냈다고 나중에 들었다. 후에 나는 그 친구들에게 사과하였지만, 핀잔을 들었다.

그러나 그 아가씨는, 지금의 나의 아내가 되었다. 아이러니하다!

2018.06.05.

IMF 회상

1997년 11월 21일 3년간의 일본 주재원 생활을 마치고, 가족과 함께 저녁 늦은 시간에 김포공항에 도착했다. 마중 나온 형님의 차를 타고 인천의 부모님 댁의 거실에 들어서는 순간, TV에서 임창렬 경제부총리가 심각한 표정으로 IMF 구제금융 공식신청 발표를 하고 있었다. 이미 예견된 일이었다. 그해 1월 초 한보 부도를 시작으로 그때까지 이미 수십 개의 대형 기업의 연쇄 부도가 발생하였고, 그 한 달 전인 10월 27일 블룸버그에서 한국의 가용 외화가 20억 달러에 불과하다고 발표했기 때문이다.

나는 귀국 직전 일본의 한국계 은행들이 피를 말리는 사투 끝에 현지에서 자금을 조달하여 본국으로 보내는 광경을 목격하였다. 그 당시 정부에서는 우리나라의 정확한 외환보유고조차 파악하지 못하고 있었다. 한국은행에서 한 달에 한 번 외환에 대한 거래내역, 잔고 등을 각 은행으로부터, 전산시스템구축이 안 되었기 때문에 수기로 보고받아 집계하기까지 시일이 오래 걸렸고 정확하지 못했기 때문이다.

나는 귀국 후 곧바로 J 은행 남대문지점 외환계 책임자로 발령을 받고 부임하였다. 이곳에서 제일은행, 상업은행, 한일은행이 합병되어 국내 최초로 은행이 없어지는 광경을 목격했고, 내가 몸담은 은행도 다음 해인 1998년 초, 처음으로 명예퇴직을 시행하여 많은 동료가 눈물 흘리며 떠나가는 걸 애처롭게 지켜보았다. 또한 내가 속한 은행이 동남은행을 합병하게 되어 동남은행 직원들이 제일 만만한 우리 지점에 몰려와서 일주일간 로비에서 농성하였고, 남대문경찰서 형사들이 진을 치는 장면도 목격하였다. 친한 친구가 인천은행에 있었는데, 한미은행과 합병으로 퇴직당하는 것도 목격하였다. 당시 명예퇴직한 제일은행 직원들의 애환을 묘사한 '눈물의 비디오'는 나를 비롯한 전 국민의 눈물을 자아냈다.

나는 살아남았지만 결코 남의 일이 아니었다. 이 당시 춘천에 사는 친구가 점심시간에 찾아왔어도 함께 식사할 수 없는 상황에, 그 친구가 오해를 사기도 하였다.

대한민국이 한순간에 무너져 내렸고, 많은 사람들이 고통을 받았다. 사회는 가정불화와 이혼이 급격히 늘었고, 버려지는 애완견도 많았다. 그 때문에 우리 집에도 버려진 애완견 똘이를 입양하게 되었다.

나는 당시 IMF 사태가 발생한 원인을 생각해 보았다. 전문가의 시각이 아닌 평범한 한 국민의 시각으로….

첫 번째는 김영삼 정부가 출범 후 세계화를 주창하면서 그때까지 해외에 나가기 힘든 공무원들과 기업체 직원들이 갑자기 쏟아져 나가면서 달러를 흥청망청 해외에 뿌렸다.

두 번째는 대부분의 기업이 부족한 자금을 차입으로만 의지하다 보니 부채비율이 수백에서 수천 퍼센트가 넘는 기업이 많았다. 위기가 왔을 때의 유동성을 생각 못 하였다. 특히 한보나 기아 대우 등은 '대마불사'라는 신념 아래 빚으로 회사의 규모만 키웠다.

세 번째는 이런 와중에 세계 경제가 급격히 하락하기 시작하였고, 일부 국가에서 채무불이행 모라토리엄 선언 등이 있었다. 그 영향으로 우리나라 정부나 기업이 외채 자금조달 불가능하였고, 외화의 유출이 급격히 진행되었다. 부족한 외화가 금방 바닥을 들어낸 것이었다.

그러나 나는 이 세 가지 원인보다도, 정부가 무능한 것이 가장 큰 원인이라고 생각하였다. 당시 정부는 이런 상황을 전혀 통제하지 못하였다. 특히 가장 중요한 외환보유고의 정확한 집계조차 못 하였다. 오! 통제라!

그 후 김영삼 정권이 김대중 정권으로 넘어갔고, 김대중 정권은 IMF 극복을 위하여 알짜배기 자산을 외국인에게 헐값에 팔아야 했으며, 전 국민을 동원하여 금 모으기 운동을 하기도 하였다. 경기를 살리기 위하여 신용카드가 남발되기도 하였다. 이러한 각고의 노력 끝에 IMF는 극복될 수 있었다.

IMF 사태는 두 번 다시 도래해서는 안 되지만, 이것을 계기로

- 한국은행에서 주도적으로 전 금융기관의 외화자금시스템을 전산화하여, 순 간순간 외환보유고 파악이 가능하게 만들었고,
- 각 기업들도 과감한 구조조정으로 인력의 효율성을 높이고, 자산을 정리하 여 부채비율을 대폭 줄였으며, 기업의 지배구조를 정상화하는 데 노력하였 으며, 전담부서를 두고 리스크를 관리하는 기업이 많아졌다.

정부와 기업이 노력하여 외환보유고를 2017년 3월 말 현재 세계 7

위 3,700억 불에 이르게 하였다. 이제는 순 채권국이 되었다고 한다. 많은 외환보유고는 위기 시 안전판을 할 것이다.

비록 소 잃고 외양간 고친 덕이지만, IMF 사태는 정부나 각 기업에 많은 변화를 주고 시스템을 갖추게 하였다.

IMF 사태는 많은 사람들을 고통에 빠지게 하였고, 아직도 그 피해가 복구되지 않은 사람들이 많다. 그럼에도 불구하고 IMF 사태로 인하여 우리 사회에 썩어 들어가던 상처의 고름을 제거하는 계기가 되었고, 향후 크게 도약할 수 있는 기반이 되었다. 그렇게 해서 새 살이 돋았고 건강한 사회가 되었다.

나는 한마디로 IMF 사태로 이 사회가 전화위복 되었다고 감히 말할 수 있겠다.

덤으로 얘기하자면, 아이러니하게도 김영삼 정부 때, 많은 사람이 해외에 나가 돈을 많이 썼으나, 세계를 바라보는 눈을 많이 떠서, IMF를 극복하고 단기간에 시스템을 갖춘 정상국가가 되는데 기여한 것은 사실이라고 할 수 있겠다.

다시는 IMF와 같은 사태가 발생하지 않기를 기원한다.

2018.06.21.

내 일생의 결단

사람이 살아가면서 결단할 일이 종종 생긴다. 그러나 그 결단을 내리기 위하여 많은 고뇌와 결심이 필요한 일이다. 그리고 거기에 따른 리스크가 너무 크기 때문에 결코 쉬운 일은 아니다. 나의 경우 지금까지 3번의 중대한 결단이 있었고, 그 결과가 나쁘지 않았기에 적어보고자 한다.

첫 번째, 나는 지독히 가난한 집의 자손으로 초등학교를 졸업하고 남들이 가는 정규 중학교에 진학하지 못하고 대학생 선생님들이 운영하는 야학에 입학하였다. 야학에서의 주경야독에 성적은 늘 최상위권에 있었음에도, 졸업 시에 정규 고등학교에 들어갈 자격시험인 고등학교 입학자격 검정고시에 불합격하였다. 따라서 정규고등학교에 진학하지 못하고 인천의 모 전수학교에 입학하였다. 입학 후에도 정규고등학교에 대한 진학의 꿈을 버리지 못하여 고등학교 입학자격 검정고시 공부를 계속하였고, 1학년 여름방학 때 시험을 봤다. 그러나 시험을 잘 못 봤다는 생각에 9월 초에 발표한 합격자 발표에 결과를 알아보지도 않았다.

그러던 10월 초 인사차 모교에 갔다가 선생님들께서 내가 합격자 명단에 있다는 소식을 전해 들었다. 확인해보니 사실이었다. 그러나 정규 고등학교에 입학하기에는 준비시간이 턱없이 부족하였다. 그렇지만, 나는 그것이 하늘이 준 기회라 생각하고 바로 다니던 학교에 자퇴서를 제출하고 학교를 그만두었다. 고등학교 입시가 불과 두 달도 채 남지 않았다.

그리고 고등학교입시 학원으로 달려갔다. 그러나 학원관계자의 말이 체력장접수가 끝나서 입시보기가 어렵다는 말을 전해 들었다. 청천벽력이었다. 그때까지 체력장이 무엇인지도 몰랐던 나는 무척 실망했지만, 포기하지 않고 인천시의 모든 체력장 서류를 정리 중인 인천여자고등학교 강당으로 찾아가 담당 선생님께 사정하였다. 컴퓨터가 없던 당시에, 수십 명의 선생님이 수기로 정리하고 있었는데, 처음에는 절대 안 된다고 하다가 거듭된 나의 읍소에 내 서류를 받아 끼워넣어 주었다. 그 서류를 받아주신 분은 참스승으로 느꼈다. 덕분에 나는 체력장을 볼 수 있었고 짧은 기간 전력을 다하여 원하는 고등학교에 입학할 수 있었다. 비록 재수한 격이었으나 정규고등학교에 진학할 수 있었다.

두 번째, 고등학교를 졸업과 동시에 철도청 공무원 발령을 받았다. 졸업 당시 우리 과에서 최우수상을 받을 정도였으나, 근무지 선택 시 그 당시 부패했던 철도청은 돈과 백이 없는 나를 서울지역을 지망했음에도, 오지인 영주지방청으로 발령을 냈다. 나는 너무 억울한 마음에 신문사를 찾아가 하소연 하려다가 누워 침 뱉기라는 생각에 찾아가지 않고, 대신 가능한 빠른 시일에 철도청을 떠나겠다고 마음을 먹었다. 그리고 현장에서 2년간 근무하다 군에 입대하였고, 제대하자마자 더이상 근무를 하지 않고 사표를 냈다. 그 당시, 박정희 대통령 시해 사건과 12.12 등으로 역대 최악의 실업률과 마이너스 경제성장을 할 때였다. 한때 무모한 짓을 했다고 생각하기도 하였지만, 그 후 약 6개월 동안 죽을 만큼 치열한 준비를 거쳐 상고를 나오지 않았음에도 상고 졸업생과 견주어 J 국책은행에 입사할 수 있었다. 그 직장에서 26년을 근무했으니 인생 최대의 전환점이라 할 수 있겠다.

세 번째, J 은행에서 영업점근무 2년 만에 본점 전산부로 전근발령이 났다. 그 당시 전산부는 거의 매일 야근하는 부서로 소문이 나 있었고, 그 때문에 책임자 고시 4과목 중 2과목을 면제받는 부서가 되었다. 다른 직원들은 4과목 전부 합격하여야 책임자가 될 수 있었지만, 전산부만 2과목으로 축소해 주는 혜택을 주되 마음대로 다른 부서로 이동할 수 없었다. 일종의 굴레였던 셈이었다. 나는 은행원으로서 4과목 다 알아야 할 상식이고, 반드시 공부할 필요성을 있다고 생각했다. 또한 언젠가는 굴레를 벗어던지고 원하는 부서로 이동하기를 바랐기에, 인사부장 앞으로 '혜택 포기각서'를 제출하고 4과목을 응시하여 합격하였다. 그 덕분에 자유롭게 이동할 수 있는 자격이 생겼고, 결국에는 국제부를 거쳐 동경지점 개설준비 요원으로 발령을 받을 수 있었다. 만약 합격을 못 하였다면 4과목 전부 합격할 때까지 계속 시험을 봐야 하고 그것이 몇 년이 걸릴지 모르는 일이었으나, 결단하고 도전한 것이 유종의 미를 거두었다.

앞으로 더 살면서 이러한 결단의 기회가 있을지 모르지만, 결단 후 그 과정이 만만치 않기에 그런 일이 없기를 간절히 바라고 있다.

2019.11.04.

운동의 힘

나는 태어나기를 약골로 태어났다. 그래서인지 어려서부터 잔병치레가 끊이지를 않았다. 초, 중학생 시절 몸이 아파서 학교에 가지 못하는 날이 많았고, 고교 시절에는 몸이 자주 아팠지만 개근상을 타기 위해 억지로 학교에 가곤 하였다.

고교를 졸업하고 바로 철도청 공무원이 되었는데 2년쯤 지나서 군 입대 몇 개월 남기고, 허리가 아파서 고생을 심하게 하다가 한약 먹고 침 맞고 뱀탕까지 먹고서야 조금 나아져, 간신히 군에 입대하였으나 엄격한 군 생활에 고생도 많이 했다.

제대하고 나서도 약골은 계속되었다. 피곤하면 수시로 영양제와 드링크를 사 먹으며 견뎠다. 그런 나에게 부모님은 매년 한 번 이상 보약을 해주시곤 하였다. 보약 덕분에 근근이 견뎌 나갔다. 가장 큰 문제는 청년이 되어서도 늘 소화가 안 되고 탈이 자주 나서 식사 때마다 밥을 한 공기도 다 먹지 못했을뿐더러 수시로 소화제를 달고 살았다.

그러다가 84년도에 결혼을 하였고, 집사람은 새신랑에게 정성껏 음식을 만들어 주었지만 나는 많이 먹지를 못하였고 살이 찌지 않아 주변 사람들로부터 "장가가면 다들 살찌는데 너는 왜 살이 안 찌냐?"라는 말을 자주 들었다.

그러던 결혼 몇 년 후 30대 초반의 나이에 내가 다니는 직장의 테니스코트에서 테니스 레슨을 몇 개월 받고 나서, 테니스 운동을 하기 시작하였다. 그 후로 소화도 잘되고 살이 붙기 시작하여서 그때부터 매년 한 번 이상 먹어오던 보약도 끊었다. 이때 운동의 중요성을 절실히 깨달았다. 나의 건강증진의 기본은 꾸준한 운동이라는 것을 절절하게 알게 된 것이다. 그 후로 약 4반세기동안 꾸준히 테니스를 하다 보니 건강이 조금씩 좋아져서 지금까지 크게 아픈 적도 병원에 입원한 적도 없다. 또한 테니스는 건강 증진뿐만 아니라 사각의 코트 위에서 하얀 모자에 하얀 테니스 옷을 입고 노란 공을 라켓에 맞추어 상대방에게 넘기는 재미는 쾌감을 자아내고 엔돌핀을 돌게 한다. 이때 옷에 흠뻑 적시는 땀은 노폐물을 발산시키는 카타르시스다. 함께 운동한 회원들끼리는 형님 아우님 하면서 아기자기하다. 이 맛에 취하여 시간만 나면 코트로 달려 나가곤 하였다.

　그러나 몇 년 전부터 무릎에 이상이 오기 시작했다. 4반세기를 코트에서 이리저리 뛰어다녔으니 무리가 온 것이다. 그래서 테니스장에는 가끔가다 한번 나가고 매주 산행을 한다. 주로 둘레 길을 몇 년간 다니면서 틈이 나면 힘든 정상에도 올라가곤 하였는데 무릎이 많이 좋아졌다. 테니스는 보통 40대가 되면 가급적 하지 말라는 운동이다. 공을 되받기 위해 딱딱한 바닥을 급격히 브레이크 거는 일이 잦다 보니 무릎이 쉬이 상한다고 한다. 그래도 끊을 수가 없어 한 동우회에 소속되어 한 달에 한 번 칠 기회를 가진다.

　어쨌든 나는 오랫동안 꾸준한 운동으로 건강이 점차 좋아졌고 지금도 매주 1~2회는 산으로 향한다. 일이 있어 산에 가지 못하는 경우에는 동네 뒷산이라도 오른다. 어찌 되었든 운동은 나의 일상이 되었고 운동을 못하게 되면 화장실을 못 간 강아지 마냥 안절부절못한다. 말이 나온 김에 테니스와 산행의 장단점을 경험을 바탕으로 비교해보고 싶다.

테니스: 주로 집 근처에서 운동하므로 운동을 위하여 오고 가는 시간이 절약되고, 코트에 회원으로 가입하여 연회비 내고 운동하면 비용도 적게 든다. 회원 간에 자주 보게 되고 돈독하게 우정을 키우면서 사회생활을 할 수 있다. 짧은 시간에 운동량이 많다. 단점은 나이가 들어서는 관절에 무리가 많이 간다. 매번 같은 지역에서 만나는 사람만 만나는 경우가 많고 멀리 있는 지인과의 교류 기회가 적다. 회원 간에도 패가 생기고 반목하는 경우도 많다.

산행: 주로 마음에 맞는 사람과 같이 즐길 수 있고, 둘레 길이든 정상까지 가는 길이던 원하는 지역과 시간을 조절하기가 쉽다. 혼자서도 가능하고, 멀리 있는 사람과도 함께 운동할 기회가 많으며, 비용이 저렴하게 든다. 그러나 단점은 오고 가는 시간을 허비하고, 하산하여서는 항상 술을 먹게 된다. 어디를 가든 하루가 거의 소비된다. 마음에 맞지 않는 사람과 함께 할 기회가 거의 없다.

테니스와 산행 둘 다 장단점이 있음에도 불구하고 내가 무척 좋아하는 운동이다. 어쨌든 나는 운동으로 건강이 좋아졌고 앞으로는 불가능할 때까지 지속해서 운동을 규칙적으로 할 예정이다. 운동을 못하게 되는 순간 이 세상 사람이 아닐 가능성이 높다.

운동하고 땀을 쏟고 막걸리나 맥주를 한잔 마실 때의 그 쾌감! 말로 표현하기 힘들다. 집에 들어와서 간단히 샤워하고 1~2시간의 단잠 또한 천국에 갔다 온 느낌이다. 우리나라 사람들이 일도 많이 하고 술도 많이 마시고 건강을 해치는 일을 많이 함에도 불구하고 산에 다니는 횟수가 많아 수명이 OECD 상위라 한다. 산이 많은 우리나라 한편으론 건강을 위한 수혜다. 결론은 역시 운동이 최고의 보약이며 건강증진의 첫 번째이고 삶의 활력소다.

2017.04.06.

장거리 출퇴근

작년 10월 말경 서울에 있는 법원으로부터 충남 천안시 서북구에 있는 모 법정관리회사의 CRO(기업 구조조정 임원)로 선임 통보를 받았다.

목동에 있는 집에서는 너무 멀다. 편도 약 105㎞로 왕복 210㎞이다. 내가 젊었다면 이 제안을 거절했을 것이다. 그러나 인생 2막을 사는 지금 감지덕지할 따름이다. 내가 피할 수 없는 길이다. '피할 수 없다면 즐겨라'라는 말이 있다. 그래서 나는 자연스레 받아들이기로 하였다. 우선 당장 내가 출근할 곳이 있는 거고 다소 경제적인 것도 도움이 되니 일거양득이다.

인생 1막을 끝낸 사람들이 출근할 곳이 없어서, 지루한 시간을 보내는 고충과 경제적으로도 어려운 이중고를 겪는다. 나는 천안으로의 장거리 출퇴근일지라도 즐겁게 생각하기로 하였다. 우선 일이 바쁘지 않기 때문에 주 3일만 출근하기로 하였고 바쁜 일이 생기면 추가로 출근하기로 하였다. 한 가지 아쉬움이 있다면 집에서부터 대중교통을 이용하기가 어렵다는 것이다. 몇 번씩 갈아타야 하기도 하지만 직장 근처에 가까운 역이 없다. 그래서 차를 가지고 다니고 있다.

처음에는 월, 수, 금요일 출퇴근하기로 하고 적어도 2시간이면 목동에서 직장까지 가능하리라 생각했는데 오산이었다. 집에서 7시에 출발하면 9시 전에 도착하리라 생각했는데 30분 정도 더 걸렸다. 출발

시간을 조정해서 지금은 6시 40분경에 집을 나서니 길이 막히는 서부간선도로와 신갈 근처의 정체를 잘 피하게 되어 도리어 30분 정도의 여유가 생긴다. 그렇다고 30분을 늦출 수도 없기 때문에 일찍 나올 수밖에 없다. 집에서 일찍 출발해서 안 막히는 길은 가는 데까지 가다가 경부선 안성 근처의 남사 졸음휴게소에 들러서 20~40분 쉬면서 시간을 조정하다가 항상 9시 5~10분 전에 회사에 도착하도록 하고 있다. 가뜩이나 직원들이 긴장하고 있는데 직원들보다 일찍 출근하는 건 내 도리가 아니라고 생각해서이다.

요즈음은 많이 막히는 금요일 대신 목요일에 출근하는 것으로 바꾸었기 때문에 월, 수, 목요일로 출근하는데 업무에는 큰 지장이 없다.

나는 고속도로를 운전할 때 지키는 원칙이 있다. 빨리 달린다고 사고가 난다고 생각지는 않기 때문에 적당히 달려주고, 그 대신 달리는 속도에 맞는 차간거리는 반드시 유지한다. 어떠한 상황에서도 브레이크를 밟으면 충돌을 피할 수 있는 거리는 확보하고 달린다. 내가 출근하는 경로는 목동에서 서부간선도로로 해서, 서서울IC를 지나 영동고속도로를 타고 가다, 신갈IC에서 경부고속도로로 바꾸어 타고 가다가, 안성IC에서 서평택~제천 간 고속도로로 다시 갈아타고, 조금 가다가 남안성IC에서 자동차 전용도로로 나가서 약 10분간 달리면, 내 일터가 나온다. 항상 서부간선도로와 조암 근처, 신갈IC 근처에서 정체가 거의 늘 있고 정체 구간만 상황에 따라 길거나 짧거나 한다.

처음 출퇴근 시에는 허리도 아프고 힘들었지만, 요즈음은 체력적으로도 견딜 만하다. 오고 가는 4~6시간 사이에 나는 시각적으로 즐겁게 계절이 바뀌는 자연의 모습을 감상하면서, 청각적으로는 라디오를 틀어 뉴스도 듣고 토론도 듣고 음악도 듣고 충분히 소리를 감상하면서 시간을 보낸다. 운전도 내가 좋아하는 터라 드라이브로 취미생활하고 있다고 생각한다. 다행히 회사에서 통행료나 기름값은 실비정산해주어 경제적인 부담도 없으니 그야말로 금상첨화 아닌가!

2013년 서울연구원에서 조사한 자료에 따르면 장거리 출퇴근은 스트레스 물질인 코르티솔 호르몬이 많이 분비되고 행복지수도 낮다고 하였으나, 나는 예외인 거 같다. 운전 자체를 즐기고 시각적, 청각적으로도 즐기고 있으니 오히려 정신적 육체적으로 더 건강해지지 않을까?

사람은 어떠한 환경이 닥쳐도 극복할 능력이 있다. 특히 살아가는 생활은 그렇다. 일 자체를, 생활을 긍정적으로 생각하고 즐겁게 생각하면 어려운 일이 무엇이 있겠는가? 한 가지 아쉬운 것이 있다면 직원들과 저녁에 술 한 잔하기 어렵고 서울에서 지인들과 만나는 것이 많이 뜸해졌다. 덕분에 지갑에 돈 나가는 것도 많이 줄었다. 그렇다고 좋은 것만은 아니겠지만.

2015.03.20.

선입견과 무사안일

내가 자동차 운전을 시작한 지 약 21년 지났다. 자동차면허를 취득하고 새 차를 구입하고 싶었지만, 경제적인 문제로 새 차를 구하지 못하고 중고차를 구입하여 운전을 시작할 때에는, 늘 노심초사 자동차가 가다가 도로에서 서는 것을 염려하여 길을 떠나기 전에는 차량 본네트를 열어서 엔진오일과 냉각수를 점검하고, 바퀴도 이상이 없나 차를 한 바퀴 돌아보곤 하였다. 그리고 몇 개월에 한 번씩 카센터에 들러서 엔진오일도 교환하고 차량 점검도 받곤 하였다.

그러다가 2000년도 초에 현대자동차 EF 소나타 신차로 교체를 하고서는. 스스로 점검하는 빈도가 줄었다. 그냥 가끔 카센터에 들러서 점검받는 것이 전부였다. 그래도 정기적으로 카센터에 들러서 점검을 받았기에 도로에서 차가 멈추는 일이 없이 무려 15년을 운행했다. 이때까지 차를 운행하기 전에 본 네트를 열어서 엔진오일과 냉각수 등을 점검하는 것을 잊어버린 듯하다. 새 차를 운행하다 보니 자동차 메이커를 믿고 습관을 바꾸어버린 것이다. 신차를 구입해서 무사고로 15년을 운행하였으니 차에 대한 자만심이 생겼다.

차가 오래되었기에 차를 바꾸어야겠다고 생각하고 있었는데, 아주잘 사는 지인이 7년 정도 사용한 NF소나타를 사용하라고 주어서, 내차는 그래도 쓸모가 있었던지 조카가 필요하다고 해서 주고 나는 지인의 차를 넘겨받게 되었다.

그러나 이미 나의 습관은 나쁘게 배어 있었다. 잘 사는 지인이 알아서 모든 점검은 제때 잘했을 거라는 선입견을 가지게 됐고, 또 차를 직접 운전해보니 내가 타던 차보다 더 잘 나가서 내가 몇 개월 더 타다가 카센터에 가서 엔진오일 교환하고 점검을 받으면 되겠지 하는 안일한 생각을 가지고 운행을 시작했다. 사실 중고차를 받으면 바로 카센터로 가서 점검을 받는 것이 상식인데 이를 간과하였다.

차를 인수 받은 지 약 5개월이 된 2015년 5월 24일 부모님이 계시는 송추 요양병원에 가족들과 다녀오던 길에 서울 외곽 순환 도로상에서 갑자기 엔진 부위에서 소리가 나기 시작했다. 그래도 고속도로 상에서 멈출 수가 없어서 조심스럽게 집까지 와서는 식구들을 내려주고 집 근처의 현대차 서비스센터에 들렀다.

점검을 받아보니 엔진오일이 거의 없고, 정비기록을 뒤져보니 2012년도 엔진오일을 교환하고는 지금껏 기록에 없다는 것이다. 결국은 엔진오일을 교환하지 않고 너무 오래 운행하여 엔진오일이 다 소모되어서 엔진 구성의 일부가 망가졌다는 것이었다. 정비사가 하는 말이 엔진 실린더를 보링하고 크랭크 축 베어링을 갈아야 하는데 거금 165만 원이 들어간다고 하였다. 나는 정비사에게 다른 방법이 없느냐고 물어보니 정비사는 엔진을 세척한 다음 엔진오일을 보충하고 엔진마모 제를 첨가하면 약간의 소리는 어쩔 수 없지만 운행은 가능하다고 하여 27만 원에 정비를 받고 집으로 돌아왔다.

그리고 다음 날 아침에 차를 끌고 천안 일터로 가는데 고속도로를 나와 사무실 거의 가까이 도착할 무렵에 와서 엔진 부위에서 심한 소리가 나기 시작하는 것이 아닌가! 서행으로 간신히 사무실에 도착하여 직원에게 근처의 정비센터 위치를 물으니 다행히 사무실 가까이에 정비센터가 있다고 했다. 차를 조심스레 끌고 가서 정비사에게 자초지종 얘기하고 점검을 받으니 엔진이 망가져서 엔진을 보링하지 않으면 안 된다고 하는 게 아닌가?

그래 이제는 더이상 도리가 없어 차를 맡기고 사무실로 돌아왔다. 고치는 데 3일이 걸리고 비용이 154만 원이라고 한다. 할 수 없이 집에 돌아올 때는 대중교통을 이용하여 천안에서 서울 목동의 집으로 와야 했다.

참 어처구니없는 일이다. 내가 차를 지인으로부터 받았을 때, 부자가 사용했으니 이상이 없겠지 하는 선입견을 없애고, 즉시 차량 점검을 받았더라면 그렇게 큰 비용이 쓸데없이 나가지 않았을 텐데… 속이 많이 쓰렸다. 다만 고속도로상에서 엔진이 꺼지거나 해서 사고를 당하지 않은 것만으로도 불행 중 다행이라 생각했다. 그리고 이 사건은 앞으로 내가 살아가는 데 있어서 평소에 무사안일한 태도를 버리고 되돌아보는 습관, 사전에 예방하는 습관을 가지게 하는 일종의 경고라는 생각이 들었다. 선입견과 몸에 밴 무사안일이 일을 이토록 만들었다는 생각에 앞으로 살아가는 데 있어서 선입견과 무사안일한 태도를 버려야겠다는 다짐을 하게 되었다.

특히 건강에 있어서도 과신하지 말고, 사전에 검진도 잘 받아 건강하게 살아가도록 해야 하겠다. 무엇이든 임계점에 다다르기 전에는 잘 모르다가 임계점이 넘는 순간 예기치 않은 큰 사고를 만나게 되는 것을 명심하여야 하겠다. 그리고 더 큰 사고를 막기 위한 작은 비용을 지출했다고 생각하기로 하였다. 그렇게 생각하니 마음이 편하다.

2015.05.27.

결혼식 풍경

인륜지대사 중 가장 중요한 3가지를 꼽으라 하면, 출생과 결혼과 죽음이다. 사람이 나고 죽는 것은 인생의 과정 중 처음과 끝이며 순간의 일이다. 그러나 살아가는 동안에 가장 큰 일은 성년이 되어서 배우자를 만나 결혼하는 것이 아닌가 싶다.

요즈음은 주말마다 지인 자녀의 결혼식에 찾아다니느냐 정신이 없다. 결혼식 여기저기 다니면서 결혼식에 대한 요즈음의 달라진 풍속을 느낄 수 있었다.

결혼식장에 찾아다니면서 최근의 결혼 풍속에 대한 보편적인 것을 기록해보고 싶어 이렇게 정리해본다. 물론 누구나 꼭 맞는 얘기가 아니고 일반적으로 그렇다는 얘기다.

젊은 남녀가 중매든 연애든 사귀다가 결혼을 하겠다고 맘을 먹게 되면, 거의 남자가 여자에게 이벤트를 준비하여 결혼을 위해 프러포즈를 한다. 물론 이때 반지 같은 선물도 준비하고 평생 책임질 터이니 나랑 결혼해 달라고 정식으로 청혼한다. 남자가 프러포즈를 못 하고 결혼하면 평생 죄책감으로 기를 펴지 못한다고 한다. 내가 결혼할 1980년대에는 결혼을 위한 이벤트나 프러포즈 같은 거는 거의 없었고, 남녀가 사귄다고 하면 결혼을 전제로 하는 게 당연한 것이었다. 요새는 사귀어도 프러포즈가 없으면 결혼이 전제가 아니고 그냥 사귀는 것이라 한다.

여자가 프러포즈를 받아들이면 양가 상견례를 한다. 예전에는 결혼식 전에 약혼식을 하였고 이때 양가 친인척이 상견례를 하였지만, 요새는 거의 약혼식을 생략하기 때문에 상견례가 필수이다. 또한 양가 상견례에도 예전에는 가까운 친인척이 참석하였지만, 요즈음은 양가 부모 및 예비 신랑 신부 형제자매 직계가족 위주로 상견례를 치른다.

상견례 후에 양가가 합의하여 결혼 날짜를 정하고, 예식장에 해당 날짜 예약을 해둔다. 봄, 가을 시즌에는 예식장 잡기가 하늘의 별 따기이기 때문에 적어도 6개월 내지 1년 전에 예약하지 않으면 원하는 장소와 시간에 식을 치를 수 없다.

이후 신혼집을 구하는데 대부분이 남자의 비용으로 전세를 구하거나 집을 산다. 그래서 아들만 둘 가진 부모는 부담이 많아 목 메달이라 부른다. 물론 딸만 둘 가진 부모는 금메달이고, 딸 하나 아들 하나는 은메달이고, 아들만 둘은 동메달인데 세간에서 부모 목메게 한다는 의미로 목 메달이라 한다. 아들 하나 딸 하나인 나는 은메달인 셈이다. 요즈음의 젊은 여성들은 결혼 안 하면 안 했지 월세로 결혼 생활을 시작하려고 하지는 않는다고 한다. 경우에 따라서는 여자도 신혼집 구하는 데에 돈을 보태거나 신혼 예단이나 혼수 등을 줄여서 보태기도 한다고 하는데, 남자 집안이 경제적 능력이 모자라거나 여자가 남자에게 좀 뒤처진 인상을 주어 세간에서 좋게 생각하지는 않지만, 더러 부득이하게 그런 경우가 있다. 예물은 양쪽 적당히 준비하여 주고받는다.

보통 결혼식 1개월가량 전에 여자가 남자 집에 예단을 보내는데 주로 현금(수표)으로 해가 떠서 해가 지기 전인 낮에 보낸다고 한다. 남자 집에서는 결혼식 전 약 1주일 전에 봉채비로 예단비의 반 정도를 넣은 함을 해가 진 다음에 보낸다고 한다. 예단은 낮에 보내고, 함은 밤에 보내는 것은 동양의 음양 원리에 기인하는 것이라 한다.

요사이 결혼식은 다양한 방식으로 진행되고 있다. 전통혼례식은 특별한 경우에만 볼 수 있고, 주로 서양식으로 호텔, 예식장, 성당, 교회, 대학동문회관에서 예식이 있다. 내가 최근에 경험한 바로는 주례 없이 사회자 또는 혼주가 주례역할을 하는 경우가 많아졌고, 신랑 신부가 동시에 손을 잡고 입장하는 경우도 있고, 신랑은 신랑 아버지가 신부는 신부 아버지가 손을 잡고 입장하는 것도 보았다.

예식 중에도 거의 예식장에 고용된 직원 아니면 신랑 신부의 지인 아니면 혼주의 가족 중에서 노래도 부르고 춤도 추는 이벤트를 한다. 전문예식장이나 호텔 등에서 식이 있을 때는 하객들의 식사가 끝날 무렵에 케이크 커팅과 축배가 있는 것이 대부분이다. 그래도 예식에 걸리는 시간은 한 시간 남짓하다. 인륜지대사를 짧은 시간에 마무리한다는 것을 예식에 참석해 본 외국인들은 이해를 못 한다. 외국에서는 많은 나라가 결혼식이 무척 중요하기 때문에 하루 이상을 소요하여 행사를 치르는데, 이 경우에 비용이 많이 들어가서 식을 올리지 못하는 경우가 허다하다고 한다. 가까운 나라 일본의 경우만 하더라도 신혼부부의 약 반 정도가 식을 올리지 못하고 산다고 한다. 우리나라는 신혼부부의 대부분이 그래도 결혼식이라는 형식을 갖추고 있으니, 짧은 결혼식 유감의 일부분을 상쇄할 수 있는 것 같다.

하객들은 대부분 5~10만 원의 축의금을 내고 있으며, 전문예식장이

나 호텔 등의 예식장을 찾을 때에는 5만 원 가지고는 밥값도 미치지 못하기 때문에 하객들이 불편해하는 사람이 많다. 때에 따라서는 예식장을 찾지 못하고 봉투만 전달하는 경우도 있다. 체면을 위하여 비싼 예식장을 정하여 하객들에게 민폐를 끼치는 것보다 하객들이 부담 없이 참석하여 축하해 줄 수 있는 그런 곳이 좋겠지만 양가의 형편이 같지 않아 쉽지 않은 모양이다. 최근에는 이러한 결혼식 절차를 간소하게 하고자 작은 결혼식을 올리는 경우도 더러 있으나, 아직은 요원한 것 같다.

그 외의 요즈음의 달라진 풍속은 연상녀-연하남, 돌싱녀-초혼남 결혼이 증가하고 있으며, 결혼을 포기한 독신 남녀가 늘고 있는 추세이다. 이렇게 결혼 풍속이 변하고 있는 것은 신-모계사회가 도래한 것이 아닐까 한다.

2015.11.24.

늦깎이로 안 될까요?

늦깎이란 어떤 일을 하는 데 있어서 조금 늦은 것이 아니고 많이 늦은 것을 칭한다. 나는 지금까지 살아오면서 여러 번 늦깎이를 거쳤다. 내 평생의 신조 '늦었을 때가 가장 빠르고, 안 하는 것보다 하는 것이 낫다'에 따라 시작하기에 많이 늦었다손 치더라도 시작한 경우가 여러 번이다.

첫 번째는 대학교에 입학하는 것이었다. 통상 20~21살에 대학에 입학하지만, 나는 29살에 대학에 입학하였다. 대학에 입학하고 나니 제일 어린 학생은 10살이나 적은 막내 동생 격이었다. 지금도 가끔 만나고 있는 대학 동창들 덕분에 나는 늘 젊은 느낌이다. 대학에 입학하고 학교생활, 결혼생활, 직장생활을 동시에 했다. 화투로 치면 1타 3매다. 그 기간에 학위도 취득했고, 아들과 딸을 낳아 키웠으며, 돈도 벌어 살림도 하고 본가에도 보태주었다. 살아오면서 늦깎이로 대학에 입학한 것을 두고두고 잘했다는 느낌이었고, 직장에서도 그 때문에 일본 주재원 생활도 할 수 있었다.

두 번째는 46살에 CISA(Certified Information Systems Auditor: 국제공인 정보시스템 감사사)에 도전하는 것이었다. 당시에는 본점검사부에 근무하면서 정보시스템을 구축하여 검사업무 프로세스를 개선하는 업무를 하고 있을 때였다. 늦었지만, 업무의 연관성도 있고 하여 도전하였다. 조직에서 여러 사람이 응시하였지만 나만 합격하였고, 조직에서는 최초의 합격자였다. 이것으로 상임감사를 비롯하여 조직에서 실력자로 인정받게 되었고, 그 결과 점포장 발령도 동기 중에서 첫 번째로 받게 되었다.

세 번째는 55살에 IFRS(국제 회계 기준)관리사 자격증에 도전하는 것이었다. J 은행 전산부 현직에 있을 때 회계를 담당하였고, 동경지점에서 최초의 해외지점 B/S, P/L을 구축하고 운영하였으나, 마땅히 내놓을 자격증이 없어 누구에게 회계에 대하여 자신 있다고 말할 수 있는 처지가 아니었다.

마침 집에서 쉬고 있었으므로, 비록 오랫동안 책을 대하지 않아서 머리는 둔해지고 쉬운 일은 아니었으나, 도전해보겠다고 마음먹었다. IFRS는 그 당시 막 국내에 도입하여 상장회사에 의무적으로 적용하고 있는 시점이었다. 한국회계기준에서 많은 부분이 국제회계기준으로 바뀌는 과도기였다.

3개월간 머리에 기름 쳐가며, 죽어라 덤벼들었더니, 결과는 합격이었다. 그 후 누구에게라도 떳떳하게 말할 수 있었으며, 그 소식을 들은 지인의 소개로 취업도 할 수 있었다.

네 번째는 57살에 대학원에 입학하는 것이었다. 평생교육인 방송통신대학교이기에 서류전형과 면접을 통해서였다. 경쟁률은 2:1 정도였으나, 면접 때 면접관으로부터 '나를 합격시키면 다른 사람을 불합격시켜야 한다'는 말씀을 하셔서 떨어진 줄 알았는데, 합격하였다.

공부하는 것이 어려웠으나, 5학기 동안 다양한 연령과 계층의 원우들과 교류하면서, 59살 봄 학기 지나고 다행히 제때 졸업할 수 있었다. 젊은 원우들과 어울리면서, 나는 사고가 유연해지고 젊은 사람을 이해할 수 있도록 한층 더 젊어졌다. 나이가 들어가면서도 젊은 사람들에게 꼰대 소리를 듣지 않게 되었다.

다섯 번째는 최근 일이지만 62살인 작년 8월부터 아코디언을 배우고자 도전한 것이었다. 이것은 짧은 기간에 끝날 일은 아니고 죽기 전까지 체력과 정신이 허용하는 한 배울 생각이다. 사람들이 어려운 악기라 배우기 어렵다고 하지만, 이제 기초를 배웠다. 어려워서 진도가 느리지만 거꾸로 가지는 않는다. 시간이 흐르면서 조금씩 실력이 향상되는 걸 느끼고 있다.

이렇게 내 인생은 늦깎이로 시작한 일들이 많았으나, 대부분 성공하였고 살아가는 데 좋은 영향을 미쳤음을 부인할 수 없다.

기왕지사 늦깎이 인생! 이 세상을 하직하는 것도 '늦깎이로 안 될까요?'

2018.05.31.

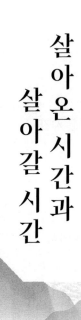

살아온 시간과
살아갈 시간

살아온 시간과 살아갈 시간

1. 살아온 시간

내 나이 지금 만 66세가 넘었다. 넉넉히 잡아서 우리 세대가 100세까지 산다고 하면, 인생의 삼분지 일이 남았다. 아들과 딸은 전부 출가하여 행복하게 잘살고 있고, 나는 장모님을 모시고 집사람과 셋이서 살고 있다. 18개월 된 손녀도 있고 1개월 후에 태어날 외손자도 있다. 어려서 고생을 많이 했으나 아직도 일을 하고 있고, 어려움 없이 행복한 시간을 보내고 있다. 특히 아이들이 결혼하고 사회적으로 잘 정착하여 걱정거리가 없다. 은퇴 후 노후의 가장 큰 행복의 조건이다. 그러나 나이가 점점 들어가고 시간이 흐르면서 기억도 점점 희미해질 것은 분명하다. 따라서 이즈음에 나는 살아온 시간을 간단히 되돌아보고, 살아갈 시간 또한 생각해보는 시간을 가지고자 한다.

지금까지 나는 어떻게 살아왔는가? 찢어지게 가난한 시골 농부의 집안에서 5남매 중 둘째로 태어나 4살 때 '소는 제주도로 보내고 사람은 서울로 보내야 한다'고 생각하신 아버지가, 아무 대책도 없이 전 가족을 이끌고 무작정 서울과 가까운 인천으로 상경하여 그때부터 도시에서 살게 되었다. 당시 나의 아버지는 6.25 휴전 직후에 군에 입대하여, 휴전상태라 제대를 안 시켜 7년이나 근무하고, 우여곡절 끝에 제대하셨다고 한다. 아버지는 군에 있는 동안에 많은 사람을 만나고 여러 가지 경험을 하면서 시골티를 벗게 되셨고, 제대하면 대도시에 살아야 한다는 생각을 하셨다고 한다. 그러한 생각은 좋으셨는데, 차남이셨던 아버지는 결혼할 때 큰댁에서 조금 떼어준 땅조차도 처분하지 않고, 거의 무일푼으로 무작정 상경을 결심하셨던 거 같다. 아버지는 '산 입에 거미줄 치지 않는다'는 말을 신봉하신 거 같다. 그 당시 나의 외삼촌께서 인천에서 공무원을 하고 계셔서 인천으로 결정하셨다고 한다. 그때 아버지께서 시골을 탈출하지 않으셨더라면, 지금쯤 나는 시골의 촌부로 있지 않을까? 하는 생각을 하며, 고생은 했지만 아버지 덕분에 도시인이 된 것을 감사드린다.

그러나 성품이 선비 같으시고, 남에게 아쉬운 소리를 못 하시기에 도시에서 빈손으로 먹고살기에는 맞지 않으신 분이었다. 경제력이 거의 없었을 뿐 아니라 융통성도 없어서 우리 형제들은 어린 시절 배를 많이 곯고 고생도 많이 했다. 수시로 끼니를 걸렀으며, 어머니까지 직업전선에 뛰어들었어도 가난을 벗어나지 못하였다.

다행히 선비정신을 가지고 있는 아버지의 정신적 지주 아래, 우리 형제들은 한 사람도 길을 잘못 나가지 않고 바르게 자랐다. 나는 어려서부터 가정을 돕는다고 신문 배달 등 이런저런 일을 하면서 중학교 때부터 주경야독으로 생활해왔다.

초등학교 6학년 때, 처음으로 서울에서는 추첨입학제도가 시행되었고, 인천에서는 마지막으로 시험을 통해서 중학교에 입학하게끔 되었다. 나는 학급에서의 성적은 중상이었지만, 집안이 가난하여 중학교에 진학을 포기하였다. 초등학교를 졸업하고 집에서 쉬면서 무슨 기술을 배워야 할까? 하고 고민하던 터에, 나보다 3살 밖에 나이가 많지 않은 형님께서, 동네에 붙여진 야학 광고를 보고 내 손을 이끌고 학교에 찾아가 상담하고서 나를 야학에 입학시켰다. 당시 형님은 공부를 잘하여 인천에서 제일 우수한 학교에 입학하고도, 중학교 2학년 때 어머니가 아프서서 치료비 때문에 자퇴를 하고 직업전선에 뛰어들었다. 총명했던 형님이 공부를 계속 못 하게 된 것은, 지금까지도 우리 집안에 한이 되었다.

우리나라가 가난했던 그 당시에는, 중학교에 진학하지 못하는 아이들이 많아서, 대학생 선생님들이 가르치는 야학이 여기저기 많았다. 내가 입학한 그 학교는 인천교 근처에 가건물 형태로 있었고, 문교부인가는 받지 못했지만 제법 체계를 가지고 있는 학교였다. 서너 평 규모의 교무실과 10평 정도의 교실 3개 그리고 조그마한 운동장까지 있었다. 그러나 학교의 건물과 운동장은 늘 보수해야 할 게 많았다. 야학이었지만 낮에 시간이 있는 학생들은 학교에 일찍 가서 학교건물을 보수하거나 운동장을 고르는 등 봉사활동을 하였고, 저녁에는 전기가 없어 시끄러운 남폿불 아래에서 공부를 하였다. 그 덕에 학생들은 졸업할 때쯤에는 청각에 이상을 느끼는 아이들도 있었다. 나도 가는 귀가 먹어 지금도 가끔 애로를 느끼고 있다.

그 당시의 대학생 선생님들은 수시로 바뀌었지만, 가르치려는 열정은 대단하였다. 문교부 미인가 학교이기 때문에 졸업하기 전에는 고등학교 입학자격 검정고시에 합격하여야 하나, 거의 3년간 1등을 하다시피 한 나를 포함하여 졸업 당시에 단 한 명의 합격자가 없었다. 검정고시에 합격하지 못하여 정규고등학교로 진학을 못 하고 졸업 후

인천의 모 상업 전수학교로 진학할 수밖에 없었다. 고등과정의 상업 전수학교에 다니면서 나는 매일 수업이 끝나면 근처의 시립도서관으로 가서 검정고시 공부를 하였다. 그리고 여름방학을 이용하여 시험을 다시 치렀으나, 어렵다고 느껴 합격하지 못할 거란 생각에 8월 말에 있는 합격자 발표도 알아보지 않았고, 그 전수학교에 계속 다닐 생각을 하였다.

그리고 한 달가량 지난 9월 말경, 선생님과 후배들을 보기 위해 모교를 방문하였다가 내가 합격하였다는, 내 운명이 바뀔 기막힌 소식을 들었다. 그러나 합격한 사실을 알고 많이 기뻐하였지만, 다니던 전수고등학교를 계속 다녀야 할지, 아니면 더 공부해서 정규고등학교를 가야 할지 한동안 고민을 하였다. 마침내 10월 초에 정규고등학교에 가겠다고 마음을 먹게 된다. 그래서 학교를 찾아가 덜컥 자퇴하였다. 담임선생님께 사유를 이야기하고 자퇴서를 제출하니, 반 아이들 앞에서 칭찬하고 격려해 주었다. 꼭 뜻을 이루라고 당부하셨다. 부모님과 형님께는 자퇴 후에 말씀을 드렸다. 지금 생각하면 건방진 처사였다. 그러나 부모님과 형님은 별 탓 하지 않으시고, 내가 원하는 대로 하라고 하였다.

자퇴 후, 동인천에 있는 유명하다는 입시학원을 찾아가 입학상담을 받으니, 상담자는 체력장 접수 마감 기간이 며칠 지났으니 그 해에 입학하기 어렵다고 하였다. 그 당시에는 고등학교 입학을 위하여 몇 종류의 체력을 테스트하여 만점인 경우 20점을 주었는데, 체력장 없이 입학한다는 것은 불가능한 상태였다. 청천벽력이었다. 그 소리를 듣는 순간 앞이 하얘졌고, 머리가 어찔하여 쓰러질 뻔하였다. 다니던 학교도 자퇴하였고, 바로 재입학해도 이미 1년이 늦은 건데, 1년을 더 있다 입학하게 되면, 또래보다도 2년이 늦어진다는 뜻이었다. 정신을 차려 "어떻게 방법이 없나요?"라고 물으니 인천여자고등학교에 인천의 모든 체력장 서류가 가 있고, 선발된 선생님들이 분류작업하고 있으니 그리로 가보라고 했다. 그나마 그런 정보를 얻은 걸 다행으로 여기고 급히 그 학교로 찾아갔다. 수십 명의 선생님이 강당에서 서류를 수기로 정리 작성하고 있었다. 당시에는 컴퓨터가 없던 시대라 모든 걸 수기로 작성하고 있었다.

나는 한 선생님께 "내년에 입학하여야 하는데, 체력장 접수를 못 했습니다. 늦었지만 꼭 시험을 보아야 하니 접수 시켜 주십시오"라고 사정하였다. 그 선생님은 주위의 다른 선생님들에게 상의하더니, 모든 서류를 수기로 재정리해서 작성해야 해서 어렵다고 하신다.

몇 차례 더 사정해보았지만 통하지 않았다. 그러나 나는 물러설 수 없었다. 인생에서 1년은 짧다면 짧겠지만 길다면 긴 시간이고, 또한 그렇게 되면 2살이나 어린 동생들하고 공부해야 하는 건 참을 수 없는 노릇이었다.

나는 집으로 가서 아버지께 말씀드리고, 함께 그 학교를 찾아갔다. 아버지와 함께 사정해도, 일이 너무 많아지고 시간이 촉박해서 서류를 받을 수 없다고 한다. 그러나 돌아가지 않고 계속 부탁하니, 책임자 격인 한 선생님이 나오시더니 접수해 주셨다. 너무도 고마워 인사를 몇 번이나 드리고 나왔다. 그 선생님이 내 운명을 바꾸어 주신 것이다. 그 후 가끔 그 일을 떠 올리며, 그 선생님께 마음만이지만 고마움을 표하고 살고 있다.

이제 남은 건, 원하는 정규고등학교에 입학하는 것이었다. 입학시험이 2달 남았다. 시간이 너무 촉박하였지만, 그래도 시험을 볼 수 있게 된 것에 너무도 감사했다. 당시의 집안 형편으로는, 재학 중 전액 국비 장학생으로 공부할 수 있고, 졸업 후에는 철도청 공무원으로 100% 임용되는 철도고등학교에 입학하고 싶었다. 그 학교는 가난하던 그 시절, 전국의 우수한 인재들이 모이는 학교이었기에 쉬운 일은 아니었다. 그래서 그 학교에 입학 할 실력이 안 되면, 차선으로 부천의 유한공업고등학교에 입학하고 싶었다. 이 학교는 1952년 유한양행 설립자 유일한 박사의 사재로 설립된 사립학교로, 설립자는 '기업의 소유는 사회이며, 단지 그 관리를 개인이 할 뿐이다'라는 신념으로 평생 모은 자산을 사회에 환원하려고 노력하셨고, 그에 따라 유한공업고등학교의 전 학년 수업료가 면제되는 학교였다. 어쨌든 적어도 두 학교 중에 한 학교에 입학하여야, 내가 자퇴하고 또래보다 1년을 더 공부한 보람이 생기는 것이었다.

약 2달 동안, 학원은 가지 않고 집에서 20여 분 떨어진 도서관과 집을 오가며 하루 5시간 정도만 자고 공부에 집중하였다. 이 기간은 밥을 먹으면서도, 길을 걸으면서도, 화장실에 가서까지 책을 놓지 않았다. 주간에 전수고등학교 다니면서 저녁에 잠깐 공부하여 검정고시에 합격한 것으로는 원하는 학교에 가는 건 불가능하다고 느꼈기에 촌각을 아껴 공부할 수밖에 없었다. 그리고 국립철도고등학교에 입학시험을 보았다. 입학원서에 원하는 과를 적게 되어 있는데 나는 1순위에 업무과 2순위에 운전과를 3순위는 기계과를 적었다. 시험 보는 날, 형님이 나를 격려해 주기 위해 동행해 주었다. 시험은 필기시험과

적성검사로 진행되었다. 시험이 끝나고, 학교운동장에서 기다리고 있던 형님을 만났다. 형님은 그동안 수고했다 하면서 윗주머니에서 만 원짜리 한 다발을 꺼내 보여주면서, "너무 걱정하지 마라! 여기 돈을 마련해 놓았으니 시험이 안 되면, 이 돈으로 2차 학교인 인천 동산고등학교에 가라!"라고 말하는데 나는 눈물이 글썽하였다. 그때 최고조로 형님에게 감사함과 존경심이 생겼다.

합격자 발표가 있는 날, 나는 용산에 있는 학교운동장에 가서 업무과에 명단을 찾아보니 없었다. 순간 정신 떵하고 다리가 휘청하였다. 정신을 차리고 운전과에서 찾으니 명단에 나와 있었다. 천우신조라 생각되었다. 나중에 입학하여서 알고 보니 1,2,3 순위에 운전과를 적었으면 적성검사에서 기관사 후보자를 우선하여 선발하였다고 한다. 결국 2순위로 밀린 것이 아니고 기관사 적성에 더 접근하였던 것이었다.

입학하고 나니, 돈이 거의 들지 않았다. 입학금, 수업료뿐 아니라 가방, 교복, 실습 용품까지 개별로 주었다. 인천 주안에서 서울 용산으로 통학하였는데, 우리는 교복을 입은 것만으로 표를 사지 않고 무사통과였다. 방학 때에는 교련복을 입고 무임승차로 전국을 일주하였다. 다니다가 철도역에 있는 선배들을 만나, 밥도 얻어먹고 때로 잠도 재워주는 선배들도 있었다. 단지, 매일 아침 집에서 6시에 나와 30분을 걸어서 주안역에서 30분 간격의 기차를 타고 통학하는 것이 힘들었다. 2학년 2학기 때부터는 전철이 개통되어 좀 더 편히 통학할 수 있었다.

학창시절, 학우들은 제주도를 제외한 전국 각지에서 가난하지만 공부 잘하는 아이들이 모였다. 한번은 전라도 친구와 경상도 친구가 반에서 크게 말다툼하는데 도대체 무슨 얘기하는지 알아듣기 힘들었다. 그러나 아이들 각자 특색이 있어서 재미있는 학창시절을 보냈다. 특히 시골 출신이 많아서 방학 때는 친구 따라 시골집에 놀러 가 천렵하기도 하였다. 우리는 배우는 과목이 철도에서 필요한 공업고등학교 과정이었기에 생물, 물리, 지리, 사회 등 인문계 과목은 거의 배우지 못하였고, 국어, 영어, 수학도 배정된 시간이 적었기에 매번 교과서의 반 정도 배우면 학기가 끝나곤 하였다. 그 대신 전기, 기계, 기관차, 철도법 등 철도 과목이 많았다.

졸업 후 취업이 100% 보장되었기에 학교공부에 대하여 크게 관심이 없었고, 공부를 잘하는데 가난하여 이 학교에 입학하였다는 열등의식을 갖고, 학창시절 내내 대학 간다고 허우적거리는 친구들이 많았다. 당시 졸업 후에 6년간 철도청 의무복무 기간이 있었고, 서울대에 입학하는 경우에 한하여 철도청장학금으로 대학에 진학할 수 있었다. 나도 편승하여 1학년 때 다른 공부를 하다가 50명 중에 33등쯤 한 거 같다. 2학년 때에는 도저히 내 실력으로 대학 갈 수 없으니, 학교공부라도 열심히 하여 졸업 후 방송통신대학교에라도 가야겠다고 마음먹고 학교공부에 열중하다 보니, 점점 성적이 향상되어 3학년에 와서는 반에서 1등을 하여 졸업식 때에는 우등상을 받았다.

우리는 학생이었지만, 준공무원이나 마찬가지였다. 졸업 직전에 공무원처럼 성적 등을 평가하여 고가를 매겼고, 발령받고 싶은 전국 5대 지방청 1,2,3 순위를 적어 제출하게 하였다. 그것을 바탕으로 인사발령을 내었다. 나는 발령을 받기 직전 이웃에 사는 철도본청에 근무하는 아저씨가 자기한테 얘기하면 원하는 곳으로 보내주겠다고 하였으나, 나는 자력으로 할 수 있다고 자만하여 거절하였다. 나중에 알게 된 것이지만 그것은 자기한테 돈을 달라는 뜻이었다는 것을 알았다. 그 당시만 해도 지금보다도 훨씬 사회가 부패되어 있었다. 나는 원하는 지역을 써내라고 할 때, 고가 1등급이니 경천동지 한다 한들, 내가 원하는 지방청에 발령을 받을 수 있다고 생각하였다. 그래서 1순위 서울지방청, 2순위 서울지방청, 3순위 서울지방청으로 적어냈다. 특히 집안을 돌보던 형님이 군에 입대하여서, 내가 꼭 집에서 출퇴근하면서 집을 돌볼 생각하였다. 그 당시 너무 순진했고 사회를 너무 몰랐다.

그리고 1976년 1월 6일 졸업식 날, 졸업식 말미에 철도청 임용 지를 발표하였다. 몇 명 호명 후 내 이름을 부르고, 다시 몇 명을 더 호명하였다. 다른 친구들은 순간 내 이름이 들어 있는 걸 보고 서울지방청인줄 알고 좋아했다 한다. 그러나 5대 지방청 중에 제일 아오지라고 손꼽던 영주지방청이었다. 눈앞이 캄캄하였고 울분과 분노가 치밀었다. 그러나 당장 달리 다른 방도가 없었다. 내가 만일 2순위나 3순위로 다른 곳을 적어냈더라면 그곳으로 인사발령 났을 터인데 서울만 고집하다가 제일 안 좋은 경우가 되었다. 이미 늦었다. 집에 와서도 분에 못 이겨 그날 잠을 자지 못하고, 다음날 신문사를 찾아가기로 하였으나, 막상 다음날이 되자 '이미 엎질러진 물, 누워서 침 뱉기'라는 생각과 함께 '나는 반드시 철도청을 떠난다'는 결심을 하게 된다. 학창시절에 정학 등을 당하여 고과가 안 좋은 친구도 서울에 발령을 받았는데, 서울 발령받은 친구들은 담임 선생님이나 철도본청에 조치를 취했다고 한다. 그러나 영주지방청소속 제천기관차사무소에 근무한 인연으로, 지금의 아내와 결혼하여 잘 살게 된 것은 드라마틱한 반전이라고 안 할 수 없다.

이틀 후, 함께 발령받은 친구들과 영주지방청으로 가니 제천기관차사무소로 재발령을 받았다. 밤늦게 제천역에 도착하니 선배들이 마중 나와 기다리고 있었다. 반갑다고 하더니 후배 1~2명에 선배 한 명씩 배정하여 각자 선배 집으로 데려가서 재워주었다. 굉장히 고마웠지만, 나중에 보니 직장 내에서 선배도 잘 못 알아보고 근무태도가 좋지 않다고 집합시키더니 빳다를 친다. 세상에 학교 졸업 후에도 선배가 후배를 빳다 치는 학교가 있었다. 그러나 선배들의 후배 사랑은 대단하였다. 후배들의 애로사항을 잘 해결해주곤 하였다.

제천에서 2년을 근무하였는데 처음 3개월간은 선배를 쫓아 하숙을 하였고, 그 후에는 방을 얻어 자취하였다. 그리고 집안 살림을 맡아하던 형님이 군 입대 후 집안 경제는 한층 더 어려워졌기에 남는 돈은 전부 집으로 송금하였다. 그리고 미래에 대한 희망의 끈을 놓지 않았다. 제일 먼저 서울대학교 소속 방송통신대학교 경영학과에 입학원서를 제출하여 합격되었다. 전국 각 지역 국립 대학교소속으로 방송통신대학교가 있었고, 당시에는 2년제 전문과정 외에는 없었다. 다행히 고등학교 내신이 좋아서 합격하였다. 서울대학교 소속은 내신이 상위그룹만 입학할 수 있는 학교였다.

부기관사로 근무하였기에 출퇴근이 일정치 않아 라디오방송을 제때 듣고 공부하기가 어려워, 늘 강의시간에 자동 녹음시켜 반복하여 들었다. 리포트를 내주면 제천에는 전문서적을 구하기가 어려워, 비번 날 서울 남산의 도서관으로 가서 리포트를 작성하여 제출하곤 하였다. 지금처럼 인터넷도 없던 시기이고 TV를 통한 강의도 없었다. 주로 새벽 시간에 라디오를 통한 강의가 있었고, 대학이 쉬는 여름방학과 겨울방학에 자기가 소속된 대학교로 가서 10일 정도 오프라인 강의를 들었다. 나는 서울대학교 소속이기에 그때가 되면 직장에 휴가를 내고 인천의 부모님 집으로 가서 서울 관악구의 서울대학교의 강의실에서, 서울대의 유명한 교수님들로부터 강의를 듣고 시험도 보아 학점을 받았다. 그 기간만은 서울대생이나 마찬가지였다. 배우려는 열의는 서울대생보다 더 높으면 높았지 낮을 수는 없었다. 한 학기를 남겨 놓고 군에 입대하였고, 그 후 아산재단으로부터 장학금을 수령하라는 통지를 받았기에 성적이 나쁘지는 않았던 거 같다.

그 당시 제천에는 대학교가 없었기에 정규대학생도 없었다. 방송통신대학생이 유일하였다. 방송통신대학생들끼리 모임을 만들고 주기적으로 학습활동을 하였다. 나는 그 모임의 부회장을 맡았다.

그러던 어느 날, 제천 시립도서관에 갔다가, 그 안에 새마을중학교가 있는 것을 발견하고, 나의 야학생 시절이 떠올라 교무실에 들어갔다. 얘기를 나누어보니 제천고등학교를 정년퇴임을 한 교장 선생님이 새마을학교 교장으로 계시고, 평교사로 은퇴한 다른 두 남자 선생님이 주간반, 야간반 두 학급의 모든 과목을 다 가르친다고 하였다. 순간 나는 '중학교 과정 정도는 과목별로 선생님이 있어 충실히 가르쳐야 하는데 그렇지 못할 거 같다'는 생각이 퍼뜩 들었고, 내 야학생 경험을 살려 아이들을 가르쳐보고 싶었다. 그래서 그 선생님들에게 내가 중학교 수학 정도는 잘 가르칠 자신이 있다며, 야간반 수학을 가르치게 해달라고 요청하였고 흔쾌히 받아들여 줬다. 나는 사무실에 얘기하여 근무 일정을 조정해가며 야간반 담임을 맡으면서 수학을 담당하였다. 수학을 쉽게 가르친다는 소문이 돌아 주간반 아이들도 야간에 와서 청강을 하곤 하였다.

야간반은 주간에 직장을 다니며 주경야독하는 학생들이기 때문에, 나이가 천차만별이고, 그때 내 나이가 21살이었는데 20살 먹은 학생도 2명이나 있고, 대부분이 정상보다도 나이가 많았다. 나는 내가 겪은 야학교의 경험으로 지도했기에 아이들이 잘 따라주었고, 간혹 견디지 못하고 장기 결석하는 학생에게는 반 아이들과 함께 집으로 찾아가서 학교에 나오도록 독려하기도 하였다.

내가 그 학교에 나간 후 한 달가량 지나서, 방송통신대학교 모임에 나가 학교의 현실을 설명하고 도움을 청하니, 6명이 선뜻 도와주겠다고 하여 한 과목씩 맡으니, 기존 선생님의 부담도 덜어드리고 학생들에게는 더 잘 배울 수 있는 일거양득의 기회가 되었다. 어떤 때는 십시일반 돈을 모아 학교에 필요한 물건을 대기도 하였다. 그러나 가을에 군 영장이 나와 그해 12월 중순에 군에 입대하게 되면서 학교를 떠나게 되었다. 군 입대 며칠 전 학생들이 송별회 한다고 하여 학교에 가니, 아이들이 떡을 했고 브루스타를 가져와 지짐을 부치고 요리도 하고 대단한 준비를 하여, 내가 감동하여 눈물을 흘렸다. 마지막에 이별의 노래를 부르면서 모두 울었다. 내 인생에 잊을 수 없는 장면이었다.

그리고 1년 후 첫 휴가를 나와 그 학교에 들렀다. 교무선생님이 나를 보더니 반가워하면서도 하소연을 늘어놓았다. 얘기인즉, 내가 가고 나서 야간반 학생 수가 기존의 40명 정도에서 10여 명으로 줄었고, 그나마도 말썽부리는 학생이 있어 민원이 생겼다는 것이다. 그래서 주간반과 통합하려고 하는데, 방송통신대 선생님들이 반대한다고 설득을 해달라고 하였다. 그 당시의 내 생각은 '직접 가르쳤던 선생님들은 상황을 이해하면서도 차마 자기 손으로 통합을 결정할 수 없었을 거다'라고 가볍게 생각하고, 내가 나서서 선생님들을 설득하고 통합을 추진하기로 마음먹었다. 이것이 지금까지 내 인생의 가장 큰 후회를 남겼다. 주간으로 통합하면, 단 몇 사람이라도 영원히 배울 기회를 놓칠 수 있다는 걸 깊게 생각하지 못하였다.

나는 모 중국집에 날짜와 시간을 잡아놓고, 방송통신대 선생님들 그리고 야간반 재학생들과 다니다 그만둔 학생들까지도 모두 모이게 하였다. 그리고 의제를 꺼내고 통합의 불가피성을 얘기하고 토론했다. 그러나 전체적으로 통합에 반대하는 사람이 없었다. 다행이다 싶어 모두 식사를 맛있게 하고 석별의 정을 나누었다. 그리고 정확히 5년 후 그 날 그 시간에 다시 그 자리에 모두 모이자고 약속했다.

그리고 학교에 가서 결과를 알리고 나는 군에 귀대하였다. 그 아픈 일을 너무 쉽게 처리한 것이, 내 인생 이력서에 빨간 줄을 친 것 같았다.

제대 후, 나는 나 자신과의 약속을 지키기 위해 철도청에 사표를 내고 금융기관에 입사하여 인천의 모 지점에 근무하고 있을 때, 약속한 5년이 되기 2주 전쯤에 당시의 한 학생으로부터 연락이 왔다. 그래서 함께 야학을 했던 친구 C와 함께 청량리에서 열차를 타고 제천의 그 식당에서 정확히 5년 만에 모였다. 5년 전에 30명 정도였는데 그날 모인 인원은 15명 정도였다. 반가움에 서로 포옹하고 그간의 안

부도 묻고 식사와 약간의 주류와 음료 등 화기애애한 시간을 보낸 후, 모두 의림지로 옮겨 산책한 후에 또다시 아쉬운 이별을 했다. 그러나 5년 후 다시 만나자는 약속을 하지 않고 헤어졌다. 그 후 지금까지 그런 모임을 다시는 갖지 못하였다.

그 학교에서 야간반 담임을 맡았었고, 반 학생 중에서 유독 나를 좋아하고 따르는 나보다 4살 아래인 M이라는 남학생이 있었는데, 내가 군에 있는 중에도 수시로 면회를 왔고, 인천에서 근무할 때도 자주 보다가 우리 집에서도 몇 달 함께 지낸 적도 있다. 군에 처음 면회 왔을 때 "선생님! 선생님!"하고 불러서 "나하고 나이 차이도 얼마 나지 않고 하니 형이라고 불러라!" 하고 의형제를 맺었다. 가끔 만나는 사이지만 지금까지 만나면 나한테 형님이라고 부르고 있다. 또 한 학생은 K라는 나보다 6살 아래인 여학생이었는데 군에도 한 번 면회를 왔고, 사회에 있을 때도 찾아와 고민도 털어놓고 상담도 하던 학생이 있었다. 이 학생은 내 결혼식에도 참석해서 축하해 주었고, 부모와 함께 살던 신혼집에도 결혼 선물을 들고 찾아와 주위 사람이 오해를 하기도 하였다. 다행히 집사람은 오해하지 않아 고맙게 생각하였다. 그 후로는 대전으로 내려간다고 하였으나, 지금까지 연락이 되지 않고 있다. 나 역시 남녀관계의 성인이고, 혹시 미묘한 감정이 생길지 모르기에 찾으려고 하지도 못했다.

제천기관차사무소와 새마을중학교를 떠나 인천의 본가로 와서 1977년 12월 중순에 논산훈련소로 군에 입대하였다. 호적이 한 살 줄어서 늦게 입대한 편이었다. 나는 아버지가 군에서 휴가 나오셨을 때 생겼고, 아버지가 안 계시고 제대도 못 하는 상황에 큰아버지께서 군대를 1년이라도 늦게 가야 한다고 하시면서 1년 늦게 출생신고를 해 주셨다고 한다. 그 때문에 살아오면서 유리한 적도 있었고 불리한 적도 있었다. 여러 경우가 있었지만 큰 사례 하나씩을 든다면, 유리했던 것은 정상 나이였더라면 나이 제한으로 철도청을 떠나 금융기관에 입사하지 못했을 것이고 내 인생은 다른 방향으로 진행됐을 것이다. 불리한 것은 국민연금을 정상 나이보다 1년을 더 납입하고 수령은 2년이나 늦게 받게 되었다는 것이다.

논산훈련소에 입소하니 계급을 받기 전이라 모두를 장병이라 불렀다. 장병들은 신체검사를 다시 받았는데 나는 입대 전과 마찬가지로 제일 등급이 높은 1급이었다. 수시로 특수 업무를 수행하는 부대에서 장병들을 집합시켜 놓고 선발해 갔다. 장병들은 좋은 보직을 받을 수 있는 곳으로 선발되려고 집합을 안 하는 등, 요리조리 피해 다녔다. 나 역시 일주일을 피해 다니며 장병 생활을 했다. 일주일 만에 어떤 부대 소령에게 100여 명 선발되었다. 그 중에는 자기 삼촌이 군 고위직에 있어 자기는 카투사로 갈 거라고 말하던 장병이 있어 나는 속으로 기뻐하였다. 어두울 때 우리는 논산역으로 가 열차에 올라탔다. 각 칸에는 헌병들이 감시하고 있었으며, 유리창은 국방색 커튼으로 내려져 있었고 만지지 못하게 하였다. 몇 시간을 숨죽이고 지내다가 내리라고 해서 내렸는데 용산역 TMO(여행장병안내소)였다. 그곳에서 군 간부 사모님들이 우리에게 간식거리를 주고 군에서 생활을 잘하라고 격려하였다. 그리고 바로 다시 승차하여 새벽에 어딘지 모르는 곳에 정차하였다. 모두 내려 역 밖으로 나오니 가평역이었다. 모두 기겁을 하였다. 누군가 "제3하사관 학교다."라고 떠들으니, 모두들 얼굴이 사색이 되었다. 카투사가 아니고 그 유명한 하사관 후보생으로 차출되었던 것이다. 하사관학교 조교들이 헌병들로부터 우리를 인수하였다.

12월 말경 새벽이었고 달은 밝게 빛나고 있었으나, 날씨는 쌀쌀하고 어둡고 썰렁하였다. 조교들은 장병들을 역에서부터 줄을 세우고 행진을 시키는데 포장도 안 된 도로에서 걷다가 포복시키고 걷다가 포복시키고를 반복하면서 약 한 시간 만에 부대 정문을 통과하여 한 중대의 내무반 앞까지 왔다. 조교들이 우리를 무섭게 다루었으며, 마치 우리는 죄를 짓고 끌려온 죄수와 같았다. 그 당시 하사관학교는 '인간 재생창'이라고 소문이 나 있었고, 우리나라에 제1, 제2, 제3 하사관학교가 있었는데 제1하사관 학교는 원주에 있고 훈련이 제일 세다고 소문이 나 있었고, 제2하사관학교는 기술 하사들이라 제일 훈련이 약하고 편하다고 하였고, 제3하사관학교는 내무반 생활이 제일 고달프다고 소문이 나 있었다.

그때부터 24주 동안 인간 재생창이란 곳에서의 훈련이 시작되었다. 그곳에서는 인격이라고는 조금도 없었고, 사회에서의 어떤 신분도 소용이 없었다. 모두가 일괄적으로 하사관 후보생이었고 단풍 하사였다. 훈련 기간 동안 손과 발, 몽둥이를 통한 구타는 일상적이고, 욕도 평생 먹을 욕을 먹었다. 초기에는 밥 먹는 시간을 1~2분만 주어 배가 고파야 했고 잔 밥통에 식판을 가져가서 그 앞에서 버리기 직전에 밥을 먹다가 죽도록 맞는 경우도 있었다. 한 달에 한 번 목욕탕에 데려가서 몸에 비누를 바르자마자 "동작 그만" 구령에 그대로 나와 옷을 입은 적도 있고, 겨울에 훈련을 받았기에 식판은 개울물로 씻어야 했고 개울물이 얼은 경우에는 눈으로 씻어야 했다. 훈련복은 일요일에 단체로 개울에 가서 찬물에 빨아야 했고, 후배 기수와의 배구시합에 졌다고 1월 한겨울에 팬티 바람으로 뒷산 옥녀탕에 가서 얼음을 깨고 들어갔다 나와야 했다. 중대본부 앞의 마당에서 통닭 튀김 벌칙으로 쌓인 눈을 녹여야 했다. 그야말로 지옥이나 다름없었다. 한동안 기합이 빠졌다는 이유로 며칠간 잠을 재우지 않아, 야외훈련에서 서서 조교의 강의를 듣다가 푹푹 쓰러져 그대로 불려 나가 실컷 얻어맞는 경우도 있었다. 이때 단체로 탈영을 모의하였으나 정보가 중대장에게로 알려지게 되어, 중대장이 전체를 모아놓고 회식을 시켜주고 노래도 부르게 하고 여러 수단으로 달래어 유야무야되었다. 아무튼 이런 가운데도 시간이 가고 24주가 지나가 훈련을 마치고 단풍 하사에서 영광스런 육군 하사로 태어나게 되었다. 아무리 순둥이였더라도 눈에서 광채가 나고 살인도 할 수 있는 용사로 변신하였다. 나 역시도 훈련 직후에는 다른 사람이 되어버렸던 것 같다.

훈련 마지막 날, 그동안 수고했다고 일주일간의 휴가명령서와 자대배치명령서를 받았다. 일반 훈련병은 4주 훈련을 받고 이등병 계급장을 달고 자대로 배치되는데, 나는 24주 훈련을 받고 더블 백(군용 백)을 메고 새까만 얼굴로 집으로 가니 가족들이 속절없이 '건강하고 튼튼해 보인다'고 얘기한다. 달콤한 일주일간의 휴가를 마치고 더블 백을 다시 메고 모 사단의 전투 지원 중대를 찾아갔다.

부대를 찾아가니 전 중대원이 일주일간의 훈련을 바로 전날 나갔다고 한다. 부대 내에 부사관급 이상 간부는 한 명도 없고 중대행정반에 상병과 일병 단 두 명이 부대를 지키고 있었다. 나를 맞이해 줄 간

부급도 중대장도 없고 더군다나 인사를 할 사람은 없었다. 할 수 없어 행정반에서 무위도식하며 이틀을 지내고 사흘째 되는 날 오후에 행정반 내무실에서 나 혼자 누워있을 때, 문이 열리더니 행정반 최고참 병장이 휴가 갔다가 귀대하였다. 나를 보자마자 "어디서 남의 내무반에서 잠을 자고 있느냐"고 반말로 소리를 치는 게 아닌가?

나는 하사관학교에서 떠나올 때, 선배들이 자대에 가서 절대 기죽지 말라는 소리와 이미 고된 훈련으로 악의에 차 있었기 때문에, 그 소리에 참지 못하고 몸을 날려 싸움을 걸었다. 내무반에 둘이 붙어서 엎치락뒤치락 한참을 싸우는데 행정반 상병이 와서 말렸다. 그 후 부대가 훈련을 마치고 돌아올 때까지 내무반에서는 팽팽한 긴장감이 돌았다. 나도 무슨 일을 대비하여 잘 때 관물대에 쉽게 손에 닿을 수 있는 위치에 대검을 두고 잠을 자곤 하였다. 부대가 훈련을 마치고 돌아온 후에 중대장으로부터 소대로 명령을 받고 배치된 후, 소대에서는 특수부대라서 그런지 한 소대에 하사가 6~7명씩 있어서 분대장 요원으로 대접을 받고 무난히 생활할 수 있었다. 나중에 행정반의 병장과도 친해졌는데, 안 그렇게 생긴 사람이 그렇게 강하게 나올 줄 몰랐다고 한다.

그러나 그 중대는 4개 소대에 하사만 30명이 넘었다. 병들과의 관계는 원만하였으나 선배 하사들의 군기는 대단하여 툭하면 한밤중에 수송부로 집합하여 줄 빳다를 쳤다. 줄 빳다란 제일선임이 전체 한 대씩 몽둥이로 엉덩이를 때리고 가버리면, 다음 선임이 또 때리고 가고, 마지막에 한 사람만 남는 체벌 방식이었다. 나는 일 년쯤 지나니 중고참이 되었다. 그래 내 순서가 오면 오 분간 명상을 시킨 후, 몽둥이를 버리고 가버리니, 내 후임들은 몽둥이를 들 수가 없었다. 그러다가 내가 고참이 되면서 몽둥이를 완전히 없애버렸다. 그러는 동안에 나보다 1개월 빠른 선임이 2명 있었는데 후배들 군기 잡지 않는다고 합세하여 나를 괴롭혔으나 나는 악으로 견디었다. 그들이 제대 2개월 남겨놓고 나를 불러내어 또 합세하여 구타를 하길래 내무반으로 도망 왔다. 그 이후로는 불러도 가지 않았으며, 그들이 제대할 때에는 송별회도 없이 쓸쓸히 제대하도록 하였다. 후배들은 모두 내 편이 되어 있었다. 그러나 수시로 매 맞은 내 가슴은 제대 후에 한약을 먹고 고쳐야했다.

위와 같이 내 손에서 군에서의 구타를 끝내어서 그런지 후배들이 평소에 나를 잘 따랐다. 어느 일요일 날, 아래 기수의 옆 소대의 허 하사가 외출 나갔다 술을 과하게 먹고 들어와서, 자기 내무반의 경계용 실탄을 장전하고 모두를 위협하여 내쫓았다. 당연히 김모 주번사령에게 보고되었고, 주번사령이 그 내무반에 들어가니 나가라며 총을 장전하여 쏘겠다고 한다. 다른 선후배 하사들도 들어갔다가 똑같이 쫓겨나왔다. 겁을 잔뜩 먹은 주번사령은 영외거주하고 있는 중대장에게 보고하려고 했다. 나는 내가 설득할 터이니 보고하지 말아 달라고 하였다. 그 대신 설득하면 아무것도 없었던 것처럼 해 달라고 하였다. 내가 그 내무반에 들어서니 허 하사는 나에게 "명 하사님! 안 나가시면 쏩니다!"라고 하여, 나는 "쏠 테면 쏴라"라고 응대하며 나가지 않았다. 그리고 설득을 계속하였다. 허 하사는 "내가 다른 사람은 몰라도 명 하사님을 어떻게 쏩니까!" 하면서 울음을 터트려서 총을 빼앗았다. 얘기를 들어보니 자기 소대원들에게 불만이 많았던 것 같았다. 주번사령은 약속대로 아무 일도 없는 것으로 처리하였다. 그 일이 군 생활에서 가장 보람 있었던 일로 기억하고 있다.

군에서 제대를 6개월 정도 남았을 무렵, 군 전체적으로 제대 장병이 사회에서 바로 적응할 수 있도록 기술교육을 시키고 자격증을 부여한다고 각 부대에 공문을 보냈다. 모집 분야는 자동차 정비사였다. 나는 평상시 늘 철도를 떠나겠다는 생각을 가지고 있었으므로 유사시 자동차정비라도 해서 밥 먹고 살려고 중대장을 찾아가 교육을 보내 달라고 사정하였다. 마침 다른 병사들의 신청이 없었고, 제대가 얼마 남지 않았기에 중대장이 흔쾌히 허락하였다. 연대 전체에 5~6명의 티오가 있었는데 내가 그 중의 한 명이 되었다. 군단 본부에 모이니 총 30명이었다. 하사는 나 혼자여서 내가 선임이 되어서 내무반장을 맡았다. 그런데 군 각 부대에서 모인 병사들이기에 내무반장 말을 듣지 않고 통제가 어려웠다. 우리 부대와 달리 다른 부대는 단기하사의 수도 적고 세력도 없어서 대우를 못 받는다는 소리를 들었지만 나에게까지 그렇게 대하는 것은 참을 수 없었다.

그곳에 모인 이튿날, 점검할 것이 있어 침상 양쪽에 줄을 세웠는데, 고참병장이 따르지 않고 대들었다. 나는 그대로 침상으로 뛰어올라 워커발로 가슴을 치니 넘어져서 숨이 넘어갈 듯하고 입에서 거품을 쏟았다. 다른 병사들이 나를 말리고, 그 친구를 간신히 수습하여 깨어나게 했지만, 그 후 교육이 끝나는 2개월 내내 모두들 내 말을 잘 따라주어 수월하게 교육을 받을 수 있었다. 그러나 내 인생에 가장 큰 실수를 범한 사건이기도 했다. 만약에 잘못되었더라면 나는 군 형무소에 갔을 터이고 내 인생은 뒤틀어졌을 것을 생각하면 가끔 끔찍하다는 생각이 들곤 한다. 2개월 교육 후 치른 1차 이론 시험에서 15명 정도 합격하였고, 2차 집합하여 1개월 실기교육을 받고 부평 군수 공장까지 가서 치른 2차 시험에는, 나를 포함하여 겨우 5명만 최종 합격하였다. 그래서 자동차정비 2급 자격증 장롱면허를 가지고 있지만, 실제로 지금껏 써먹지는 못했다. 한편, 그 시기가 제대를 앞두고 발생한 10.26, 12.12, 5.18 사태(그 당시에는 사태라 하였음) 기간이었기에, 다른 병사들은 비상이다 뭐다 하여 많이 힘들었는데, 나는 교육만 받았기에 미안한 생각이 많았다.

제대 말기에 위의 일련의 사건으로 인하여 제대 날짜를 받아 놓고도 일주일이나 연기되어 그만큼 군 생활을 더 했고, 후임하사와 소대원들로부터 송별회를 중복해서 5번이나 받았다. 하사관학교의 24주 훈련은 고되었지만, 군 생활 동안 초급지휘관으로 통솔력을 키웠고, 몸은 일반 병보다 편하였고, 봉급도 병장의 3배 정도 받았고, 자격증도 하나 얻었으니, 군 생활에 남는 장사를 한 것 같다. 거기다 내 부모 형제가 편히 발 뻗고 잠을 자게 하였으니 그 보람은 두 배라고 생각한다.

공무원이었기에 제대 후 1개월 이내에 철도청에 복직하게 되어 있었다. 나는 복직하고 싶지 않았다. 졸업 당시에 철도에서 배신을 당했다고 생각하였고, 반드시 철도를 떠난다는 각오를 한 터였다. 시간은 1개월이 남았다. 나는 이 기간에 철도에 복직하지 않을 무언가를 찾아보기로 하였다. 신문을 보다가 제일생명보험 공채시험이 있다는 걸 알고 접수하여 필기 및 실기시험을 보았다. 합격이었다. 정식 출근하여 며칠 교육을 받으니 처음에는 보험영업을 해야 한다고 한다. 그 다음에 차례차례 승진이 가능하다고 하여 잘 나가는 친인척이 없는 나로서는 어려울 것 같아 포기하였다. 그래서 포기하였다.

두 번째는 지금 모 그룹의 학습지 교사 모집에 응모하여 합격하였다. 입사하여 선임자를 따라다니니 서울, 인천 등 사방을 돌아다니게 되었다. 또 이것도 아니다 싶었다. 마지막으로 인천중공업(현 인천제철) 모집공고에 서류를 보냈으나 불합격이었다. 그러는 사이 한 달이 이틀 남기고 다 지나갔다. 초읽기에 들어갔다. 복직하지 않으면 파면 대상이고 철도청에 6년의 기한을 채우지 못한 수업료 등 상환금을 물어낼 형편이었다.

고민 끝에 철도청 복직시한 하루를 앞두고 부모님께 상의 드렸다. 한 달간 이직을 위하여 노력해 보았으나, 결과가 비참하였다고 말씀드렸다. 나는 원하지 않으나 가정 형편상 어쩔 수 없이 복직한다고 신중히 말씀드렸다. 어머니께서는 5.18민주화운동 후 국가적으로 마이너스 성장을 하고 실업자가 넘쳐나는 이때 일단 복직하는 것이 좋겠다고 하셨지만, 아버지께서는 내 뜻대로 하라고 하셨다. 나는 사표를 내고 공인회계사 준비를 하겠다고 말씀드렸고, 학비상환금 25만 원이 필요하다고 말씀드리니, 어머니께서 이웃집에 가서 꾸어다 주셨다. 나는 다음날 눈물을 머금고 철도청 영주지방청으로 내려가 상환금을 내고 사표 처리한 후 올라왔다. 일단은 학교 졸업 시에 나 스스로에게 한 약속은 지킨 셈이었다. 그러나 앞으로 개척해 나가야 할 일은 멀고도 멀게 느껴졌다.

그 당시 아버지는 인천의 모 아파트상가에서 작은 야채가게를 하였다. 나는 공부만 할 수 있는 입장이 아니기에 우선 아버지를 도와드리고 시간을 내어 공부에 전념하기로 했다. 아버지를 돕는 일은 야채가게에 좋은 야채를 싸게 구매하여 공급해드리는 것이라 생각하고, 기동력을 위해 90cc 오토바이 중고를 사서 연습을 거듭한 끝에 자신이 붙었다. 그래서 새벽에는 아버님을 뒷좌석에 태우고 농산물 시장에 가서 소매로 팔 물건을 사고, 오전에는 혼자서 인천 근교의 농원을 돌아다니며 싱싱하고 싼 야채를 사서 아버님 갖다 드렸다. 오후에는 개인 시간을 가지고 도서관에 가서 공부하였다. 그 일을 1979년 10월~1980년 3월까지 계속하였는데 오토바이를 타다가 비나 눈이 올 때 넘어져서, 옷이 찢어지는 등 여러 번 위험한 고비를 겪었다. 어떤 때에는 뒤에 짐을 너무 많이 실어 언덕을 오르다가 뒤로 넘어간 적도 있었다. 다행히 누군가의 돌보심으로 작은 상처는 여러 번 있었으나, 크게 다치지는 않았다.

내가 공부하고자 하는 목표는, 1차로 부기 2급을 따고, 2차로 부기 1급을 따고, 3차로 회계사에 도전하기로 하였다. 그 당시 회계사 시험은 매년 전국에서 100명 정도 소수만 선발하였기에, 지금처럼 한해 1,000여명 선발하는 수준과 달리 무척 어려운 시험이었지만 도전해서 꼭 이루고 싶었다. 대학에서 전공은 하지 않았지만, 철도고등학교 이전의 모 전수학교 1학기 동안 부기를 배웠고, 방송통신대 경영학과 3학기 공부한 것이 많은 도움을 주리라 믿었다.

굳게 마음먹었기에, 공부를 시작한 지 한 달 만에 2급 부기를 취득하였다. 다음 목표는 부기 1급으로, 독학으로는 힘들다고 판단하고 몇 개월 학원을 다녔다. 그렇게 공부하던 중, 우연히 모 일간신문에서 그 당시 국책은행인 주택은행에서 사원모집 광고를 보게 되었다. 시험 응시자격 조건에 '상업고등학교 졸업에 준하는 자'라고 요강이 실려 있었다. 다른 은행들은 '상업고등학교를 졸업한 자'로 명문화되어 있는데 국책은행이라 조금 융통성을 준 것으로 판단되었지만, 설마 비 상고 출신이 응시하리라고는 생각하지 않았을 듯하다.

그 당시 우리 집안은 가난하여, 매번 손을 벌려 학원에 다니기가 버거웠던지라 마음이 흔들렸다. 그래서 혹시, 하면서 시험을 보기로 하였다. 비 상고생으로 합격의 가능성은 거의 제로에 가까웠고, 만약에 합격한다면 더없이 좋고, 불합격하면 계속 가던 길을 가기로 하였다. 그리고 시험과목을 살펴보니, 영어와 상식 그리고 상업고등학교 과정의 교과목 3개 정도 더 있었다. 그 교과목 과정에는 다행히 얼마 전에 취득한 부기 과목도 들어 있었다. 시험 일자가 딱 2주 남았다. 나는 헌책방으로 달려가 상식 책과 상업고등학교 과목의 교과서 두 권을 사서, 며칠 동안 밤을 새우다시피 하여 공부했다. 영어는 평소 실력으로 보기로 하고, 부기는 제쳐두고, 상식과 경영관리 등 세 과목에 집중하였다. 그야말로 1초를 1분으로, 1분을 1시간으로 생각하고 온 힘을 다하였다. 시험 준비에 주어진 시간은 단, 10일 정도였다.

응시 요강에 주산시험은 따로 없었고, 그 대신 시험 당일 주산을 소지하라고 되어 있었는데, 아마도 부기시험을 주산으로 풀라고 하여 검사하여 실력을 테스트할 모양이었다. 나의 주산 실력은 모 전수학교에서 1학기 동안 배우고 취득한 4급 정도였는데 부기시험에 가감승제를 빠른 시간에 풀기에는 무리였다. 그래서 시험 당일 주산 대신에 전자계산기를 가지고 갔다.

마침내 부기 시간, 문제 풀이에 계산기를 두드리고 있으니 시험관 2

명이 교대로 다가와 상고졸업생이 계산기를 두드린다고 핀잔을 주었으나, 다행히 끌어내지는 않았다. 그 시험장에서 나만 주산을 사용하지 않았던 것이다. 시험요강에 주산을 지참하라고 했지 주산시험을 본다거나 계산기를 사용하지 말라는 요강은 없었다. 사실 시험은 혹시나 하는 요행수를 바라고 치렀으며, 합격할 확률은 거의 없다고 생각하고 본 시험이었다. 본래 내 목적은 회계사 시험을 합격하는 것이었으니, 혹시라도 합격한다면 좋겠다는 마음뿐이었다. 그러나 합격자 발표 당일, 그래도 혹시나 해서 명단을 살펴보니 합격자 명단에 내 이름이 있는 것이 아닌가? 그때까지의 내 생애 최대의 기쁨이었으나, 한편으로는 회계사 시험을 포기해야 한다는 아쉬움도 있었다.

그래서 나는 철도공무원에서 은행원으로 변신하게 된다. 은행에서 합격자를 연수원에 모아 2주 동안 연수 후에 발령장을 주었는데, 다행히 집 근처의 주안지점에 부임하게 되었다. 이곳에서의 근무는 상고 출신은 아니어서 초기에 부족함이 많았지만 각고의 노력으로 적응해 나갔다. 3개월쯤 지나니 상사나 동료들로부터 인정을 받기 시작하였고, 1년이 되었을 때는 선임 행원이 맡는다는 서무주임까지 맡게 되었다.

영업점에 근무한지 거의 2년이 가까워질 무렵, 본점 전산부로 발령을 받았다. 그 당시 은행 온라인업무를 CYBER HOST로 막 시작하였는데, 사용하고 있는 용량이 적어 IBM으로 전환하고자 방침을 정하였고, 많은 인원이 필요하게 되어 입행 당시의 적성검사를 기준으로 영업점 직원 50명을 선발하였는데, 그 중에 내가 포함되었다. 그래서 영업점직원에서 본점 직원으로 근무를 시작했고, 오랫동안 그 부서에서 근무하게 된다. 당시에는 우리나라에 전산이 도입된 지 얼마 되지 않아 국가적으로 전산 인력이 많이 부족하였고, 내가 발령 난 전산부에서도 전산을 전공한 사람은 50%가 채 되지 못하였다. 두 달 간 교육 후 실무에 투입하여 공부해가면서 시스템전환 작업을 하게 되었으며, 그곳에서 전산요원으로 11년을 더 근무하게 된다.

83년 1월에 전산부에 전입해 와서 2월에 방송통신대학교 경영학과 2년 전문대 과정을 졸업하였다. 그러나 4년제 대학에 대한 욕구가 몸 속 깊숙한 곳에서 강하게 솟아오르고 있었다. 선택은 3가지였다. 그 당시 2년제에서 5년제로 학제가 바뀐 방송통신대학교 3학년으로 편입하느냐, 아니면 일반대학교 야간 3학년으로 편입하느냐, 아니면 4년제 대학에 새로 입학하느냐가 관건이었다. 이 당시에는 일반대학교 3학년 편입이 가장 어려운 것으로 판단되었다. 약 2주간 고민을 거듭한 끝에 방송통신대학교로 방향을 정하였다. 편입서류를 제출하니 합격통지가 왔다. 그리고 3월 초부터 방송강의가 시작되었다. 강의 시작 전 서울 혜화동 방송통신대학 본부로 찾아가서 수강용 전문서적 등 필요한 책 10여 권 구입하였다. 내 딴에는 공부를 열심히 해볼 심사였다.

사는 집이 주안이었기에, 종로5가에서 경인선 전철을 타고 책 보따리를 선반에 올려놓았고, 주안역에서 내릴 때는 빈손으로 내렸다. 내리고 나서보니 낭패도 큰 낭패였다. 종착역인 인천역으로 가서 찾아볼까? 한참이나 플랫폼을 뜨지 못하고 다음 차를 탈까 말까 고심하고 고심하였다. 그러다가 포기하고 빈 손으로 집으로 돌아갔다. 집에 가서 전화로 인천역에 물어보니 그런 유실물은 없다고 한다.

그날부터 오랫동안 번민하게 된다. '혜화동에 가서 책을 다시 구입할까? 아니야, 이건 공부를 다시 해서 정규대학교에 입학하라는 운명의 신의 계시야!' 이런 생각이 매일매일 나를 괴롭혔다. 그래서 방송강의도 듣지 않았다. 이러한 고민을 4월 말까지 두 달이나 계속하면서 스스로를 괴롭혔다. 마침내 4월 말에 결심을 한다. '그래 다시 시작해보자! 대학입학시험에 도전해 보자!'라고 그리고 형님께 상의 드렸다. 형님께서는 "네 나이가 28살이고 내년 29살에 대학에 입학한다고 해도 33살에 졸업을 하는데, 차라리 그 돈 모아서 장가도 가고 집 사는 데 보태라!"라고 말씀하신다. 나는 공부해서 꼭 정규대학에 입학하고 싶다고 형님을 설득하니, 그렇게 하라고 하셨다.

직장이 역촌동이었기에, 공부에 전념하기 위하여 주안보다는 좀 더 가깝고, 통근버스도 있는 성수동에 있는 사원기숙사에 들어가겠다고 회사에 신청하니, 바로 입주할 수 있었다. 그다음은 전년도에 서울역의 대성학원을 1년 동안 다니면서 사실상 서울대학교에 갈 실력이었지만, 이 친구도 가정을 생각해서 고려대학교 법학과 4년 장학생에 장학금을 별도로 받는 조건으로 입학을 한 고등학교 절친 C군의 집으로 찾아갔다. 그리고 그 친구가 입시 공부한 대성학원교재 30여 권을 몽땅 들고 왔다.

그리고 5월 초부터 입시공부를 본격적으로 시작하게 되었다. 주어진 시간은 약 6개월, 그러나 그것도 아침 9시 30분~오후 6시까지는 역촌동 직장에서 일하고, 내가 공부할 수 있는 시간은 퇴근 후 기숙사로 돌아와서 식사 후 오후 8시~12시, 그리고 새벽 6시~아침 8시까지, 상태가 좋을 때 하루 공부 가능한 시간은 6시간이었다. 그러나 자정에는 규칙적으로 꼭 잠자리에 들었다. 하루에 적어도 6시간을 자지 않고서는 공부효율이 떨어진다는 것을 알기에 6시간의 잠은 꼭 자도록 지켰다. 다행히 회사에서는 시스템 전환 작업을 위한 교육 등 사전준비로 그해 말까지 야근이 없었고 바쁘지 않았다. 그것도 하늘이 나에게 주신 기회였고, 나는 그 기회를 충분히 활용하였다.

그러나 입시공부는 만만치 않았다. 우선 시간도 짧았지만, 공업고등학교를 나온 나로서는 국, 영, 수 과목은 재학시절 맛만 보다 말았고, 생물, 과학, 지학, 세계사 등은 아예 공업고등학교과정에서 만져보지도 못한 과목들이라, 독학으로 공부하는 게 너무 힘들었다. 그래도 하는 데까지는 최선을 다했다.

서울 충정로의 모 고등학교에서 수능을 봤다. 저녁에 해가 질 무렵 녹초가 되어 학교를 나와 전철을 타고 성수역을 나오는데, 역 앞에서 수능 문제 풀이 집을 팔고 있었다. 기가 막히게 빠르다는 것을 느꼈다. 불과 시험이 끝난 지 1~2시간밖에 지나지 않았는데 그 답을 내어 팔고 있다니 한편 믿기 어려웠지만, 그래도 한 부를 사지 않을 수 없었다.

기숙사에 들어와 후딱 밥을 먹어치우고 문제를 확인하였다. 답을 맞추어보니 도저히 서울에 있는 대학에 입학할 수 있는 성적이 아니었다. 내가 생각한 것보다 점수가 형편없었다. 나는 문제지를 찢으면서 펑펑 울었다. 지나간 시간이 너무도 억울하였다. 그날은 잠도 잘 자지 못하고 악몽에 시달렸다. 낭떠러지에서 끝없이 떨어지는 꿈을 꾸었다. 아침에 일어나서도 우울하였다. 그러나 주사위는 던져졌으니 어쩔 수 없다는 생각이 들었다.

그래도 점수가 발표되는 날, 모른 척 지나갈 수 없었다. 그래도 궁금하여 점수를 확인하였다. 오! 쾌재라! 내가 생각했던 것보다도 무려 30점이나 높은 점수가 나온 것이었다. 아마도 점수를 맞추어 볼 때 기억이 나지 않는 건 모조리 틀렸다고 채점을 하여 그것들이 의외로 맞았거나, 아니면 업자가 급히 문제 풀이 한 답이 오답이 많았기 때문이리라. 어쨌든 대박이었다. 나도 모르게 가진 종교도 없으면서도 '오! 하느님! 감사합니다!'가 터져 나왔다. 그것은 기적이나 다름이 없었다.

점수는 스카이대학은 어려워도 서울권에 있는 대학은 도전해 볼 만 하였다. 준비된 자에게 기회가 오듯이, 마침 신군부가 교육제도 개편으로 대학입학에 내신등급 제도를 도입하였는데, 우리같이 늦깎이 수험생의 학창시절에는 내신제도가 없었다. 그런 경우에는 3학년 성적만 가지고 내신등급을 매겼는데, 나는 당연히 1등급이었기에 큰 도움이 될 것 같았다. 또한 졸업정원제라고 하여 학교에서 더 많은 인원을 선발할 수 있는 제도도 생겼다. 취지는 조금 더 선발해서 학년이 올라가면서 탈락시키자는 거였는데, 제도 시행 후 자연감소로 인하여 학교에서 정원에 신경 쓸 필요가 없었다. 어찌 되었든 나에게는 모두 호재였다. 공부하라고 하늘의 도우심이 있었다고 생각되었다. '하늘은 스스로 돕는 자를 돕는다'는 격언이 떠올랐다.

이제 학교와 학과 선택의 문제가 남았다. 일단 염창동 직장하고는 가까울수록 좋고, 주간에는 일을 해야 했기에 저녁에 공부할 수 있는 학교래야 했다. 그 해에는 야간이라는 용어를 사용하지 않았고, 전일제 수업이라고 해서 주간, 야간 어느 쪽으로 입학을 해도, 관계없이 주간, 야간 강의를 선택하여 들을 수 있는 제도가 생겼다.

나는 경영학과, 전산학과, 영문학과를 놓고 고심하다가 영문학과를 선택했고, 전일제 수업이 있는 학교 중 가까운 학교를 고르니 흑석동의 중앙대학교가 눈에 들어왔다. 원서를 접수하고 면접을 통과하여 최종 합격통지를 받았다. 여기서 영문학과를 선택한 배경을 말하자면, 경영학과는 방송통신대학교 전문대학과정을 졸업했고, 전산은 당시 업으로 하고 있었으므로, 가장 나에게 부족한, 그러나 하고 싶은 과목을 선택하다 보니 영문학을 전공으로 삼게 되었다.

3월 입학식 날 학교에 가니, 전일제를 선택한 영문학과 신입생 학우들이 40명쯤 되었다. 나는 29살이었지만, 학우들은 갓 졸업한 20살부터 내 위로는 딱 한사람 32살의 누님 같은 사람이 한 분 계셨다. 학우들이 과대표를 뽑는데 누군가 나를 추천하여 과대표가 되었다. 나는 한 학기 동안 과대표 임무를 충실히 수행하였고, 2학기 때에는 과대표를 사임하였다. 그 당시 사임의 변은 '전두환 대통령이 7년 단임으로 끝날 것인가? 장기 독재할 것인가? 가 사회의 이슈'이었기에 나는 과감히 물러난다고 하였다. 통상 과대표는 1년간이 임기였는데 우리 과의 경우 내가 선례를 만들어 놔서 그다음부터는 학기마다 새로운 과대표를 선출하였고, 4년 졸업 때까지 8명의 과대표가 탄생하였다.

직장은 입학한 해부터 바빠지기 시작하였다. 본격적인 시스템 전환 작업이 시작된 것이다. 시스템 작업이란 CYBER 기종의 COBOL 언어로 된 Application 프로그램들을 IBM 기종의 PL/I 언어로 변환시키는 것이었다. 등교는 마침 나와 같이 중앙대학교에 과를 달리하여 입학한 다른 3명의 동료가 있어 바쁜 날은 학교에 결강하는 경우도 있었지만, 그렇지 않은 날은 염창동에서 택시를 타고 함께 학교에 갔다.

나의 경우는 아침 일찍 인천 주안의 집에서 7시쯤 나와 버스를 타고, 주안역에 가서 전철을 타고 시청역에 내려서, 통근버스를 타고 염창동 사무실에 출근하여 온종일 일하고, 저녁에 택시를 타고 흑석동 중앙대에 가서 야간에 강의를 듣고, 밤 10시에 수업이 끝나면 버스를 타고 노량진역으로 가서 전철을 타고 인천 주안역에 내려서, 다시 버스를 타고 집에 오면 자정이 되었다. 나의 동선이, 인천 주안 집과 서울 염창동 직장과 흑석동 중앙대학교였다. 이러한 다람쥐 쳇바퀴 같은 생활을 대학 1년 동안 계속하였다. 거리로 따지면 하루 100㎞ 가까이를 대중교통으로 움직였던 셈이다. 그해 11월에 결혼하여 분가하지 못하고, 다음 해 3월 분가할 때까지 결혼생활까지 포함하여 그런 생활을 계속하였다. 하루하루가 초주검상태였다.

2학년에 올라 3월 중에, 직장에서 결혼한 직원에게 복지 차원에서 무이자로 전세자금을 빌려주는 제도가 처음으로 생겼다. 이 또한 나를 위한 제도였던 거 같다. 너무 힘든 나날이었는데 사무실 옆에 집을 구해 분가할 수 있다면, 그보다 좋을 수는 없었다. 나는 부모님께 말씀드려 허락을 받고, 사무실에서 불과 5분 거리에 있는 집을 회사에서 대주는 전세자금으로 얻어 분가하였다. 염창동과 흑석동만 오가는 것만으로도 나의 동선이 반으로 줄어들었고 많이 편해졌다. 그 당시까지만 하여도 은행은 화이트칼라의 대명사였고, 급여 수준도 복지도 다른 직장에 비하여 좋은 편이었다. 분가할 때 어머니가 가지고 있던 빚을 떠안고 나왔으며, 다달이 일정 금액의 생활비를 도와드려야 했다. 그래도 분가하여 너무나도 좋았다.

2학년이 되고부터는 사무실이 더 바빠졌다. 학교에 다닌다고 일을 적게 주는 것도 아니고 내가 맡은 일은 더 철저히 해야 했다. 따라서 다른 직원들은 담배나 차 마시는 핑계로 자리를 자주 비웠지만, 저녁에 학교에 가기 위해 한 시간 일찍 사무실을 나오는 나는 낮에 남보다 더 열심히 해야 했고, 밤에 학교에서 돌아와서 밥을 먹고 사무실에 다시 출근하여 내 할 일을 하고 새벽에 퇴근하는 일이 종종 있었다. 그렇게 한 덕에 일을 못 한다는 소리는 듣지 않았다. 오히려 일을 잘한다고 점점 비중이 높은 일을 맡아 처리했다.

학교공부는 겨우 따라갔다. 영문학과이기에 원서가 많았고 늘 단어를 찾아야 했으나, 내가 책에다 줄을 쳐 놓으면 집사람이 단어를 찾아놓곤 하였다. 따라서 대학은 나 혼자 공부한 것이 아니고, 집사람이 많이 도와주었기에 학점을 받을 수 있었다. 그리고 4년 공부하는 동안에 꼭 한 번은 장학금을 받고 싶었다. 마침 3학년 1학기가 되었을 때 회사가 덜 바빠졌기에, 이를 악물고 공부하였더니 장학금을 받을 수 있었고, 그 돈으로 집사람에게 맛있는 것을 사줄 수 있었기에 남편으로서 체면을 살릴 수 있었다.

1981년 3월 초급행원으로 입사하였고, 1987년 3월에 책임자 자격고시를 볼 수 있는 자격이 주어지게 되어 있었다. 같이 입행하였다 하더라도 대학을 졸업한 중견 행원은 입행 후 2년 만에 시험을 치를 자격이 주어졌고, 고등학교를 졸업한 초급행원은 6년이 지나야 자격이 주어졌다. 그 당시에는 지금처럼 자동으로 승진하는 시스템이 아니고 반드시 책임자 자격고시를 합격하여야 대리 발령을 받을 수 있었다. 자격고시에 합격하지 못하면 정년 때까지 행원으로 있어야 했다. 말하자면 책임자자격고시는 군대로 말하면 병사에서 소위가 될 수 있는 자격시험이었다. 즉 간부반열에 오를 수 있는 아주 중요한 시험이었다. 개중에는 한 번에 합격한 사람도 많지만, 2~3회 걸쳐서 합격하는 사람도 있고, 다섯 번 모두 합격하지 못하는 사람도 있었다. 보통 시험 보기 1~2년 전에 그룹을 지어 여관이나 호텔 방을 잡아서 공부하는 경우가 많았다.

나의 경우는 1987년 3월에 시험 볼 자격이 생기기 때문에 공부를 해야 하는데, 학교공부도 간신히 따라가는 정도여서 미리 공부할 엄두가 나지 않았다. 1986년 3학년 2학기 방학이 12월 초에 시작되었으나, 연말이라 사무실이 바빠 마음만 있지 어떻게 할 수가 없었다. 12월 말이 지나자 사무실에서 일괄적으로 시험 대상자에게 일을 줄여주고 공부할 수 있는 배려를 해주었다. 시험일까지 날수를 재어보니 딱 70일이 남았다. 시험과목은 다른 부서는 4과목이었는데, 전산부는 실무를 담당하지 않고 야근도 많이 하여 4과목을 다 보게 하면 타 부서와 사람들에 비하여 경쟁력이 떨어져 합격률이 현저히 낮기 때문에, 배려를 받아서 필수과목 2과목만 합격하면 합격이 인정되었고, 그 대신 임의로 전산부를 떠날 수 없도록 족쇄를 채워 놨다.

나는 전산부에서 영원히 있을 수 없고, 언젠가는 영업점에도 근무하고 타 부서에도 근무해야 하는데, 은행원이 꼭 필요한 지식을 갖추지 못하면 은행원이 아닐 수 있다는 생각과 또 족쇄에 얽매이고 싶지 않아, 비록 시간이 턱없이 부족하긴 하여도 전 과목에 도전하기로 하였다. 그리고 집사람에게 "만약에 초시에 불합격하면, 대학 졸업 후에 이 직장을 떠나겠다"라고 내 결심을 알렸다.

그리고 공부방에 B4 용지에 '70일 작전'이라고 써서 벽에 붙이고, 갓 돌 지난 아들을 인천의 부모님 댁에 맡겼다. 내가 집에서 공부한다고 하니 사무실의 다른 세 친구가 함께 공부하기를 청하였다. 집사람은 오로지 우리 수험생만을 서포트 하도록 하였다.

한 과목당 공부해야 할 책이 3~4권이고 전체 20여 권이 넘었다. 나는 과목별 해당하는 책에서 중복된 내용이 많기에, 100점을 목표로 하지 않고 오로지 합격점인 평균 60점을 목표로 하였기에 과목당 2권씩 딱 8권만 공부하기로 하고, 나머지는 무시하였다. 2권 중에서도 한 권은 대충 보고 한 권만을 집중적으로 공부했다. 나는 한 권만이라도 100% 공부하면 시험 범위에 80점 정도는 맞을 수 있다고 생각하였고, 그 80점 만점에 60점을 목표로 했으니, 승산이 있다고 가정하였다. 같이 공부하는 세 친구는 모두 두 과목만 보기로 하였다. 우리 집에서 공부했기에 다른 친구들보다 조금 더 공부할 시간이 많았고, 단 1초의 허비가 되지 않도록 노력하였다. 공부하는 동안에, 돌 지나자마자 떨어진 아들 녀석이 보고 싶어 눈앞에 아른거려, 결국 한 달 만에 다시 데려와 집사람이 책임을 졌다.

사무실에서 시험과목에 대한 조사가 이루어졌고, 나는 전 과목 신청을 하였으며, 인사부 앞으로 '시험과목 혜택 포기각서'를 제출하였다. 그 각서는 만약에 4과목 도전하여 2~3과목만 합격하면 전산부원임을 내세워 합격처리 해달라고 요청하지 말라는 뜻이었다. 시험을 보고 나서 합격이 될지 발표 날까지 불안하였다. 합격 여부에 따라 약속대로 이 직장을 떠나야 할지 결정되기 때문이었다.

'하늘은 스스로 돕는 자를 돕는다'고, 또다시 합격자명단에 올라 나에게 은행원으로서 계속 근무할 기회를 주었다. 그리고 사내에서는 나를 특별한 눈으로 바라보고 특별히 대우해 주었다. 합격한 해에 4학년을 마치고, 1988년 2월 33살의 나이에 드디어 대학을 졸업하였다. 너무도 좋아 날아갈 것 같았다. 우선 올빼미 생활을 안 해도 되고, 학비도 안 내도 되고, 시간이 많이 생겨 가족과 많이 지낼 수 있어 좋았다. 이제부터 내 시간이 많아지니 테니스를 배우기 시작하였다.

이때까지 내 건강은, 결혼하고서도 늘 밥을 한 공기도 못 먹을 정도로 허약하였고, 감기도 자주 걸리고 병원에도 수시로 들락거렸다. 그러나 테니스를 시작하고는 밥 한 공기도 뚝딱 해치우고, 병치레를 갈수록 덜 하게 되어, 테니스를 시작하고 몇 년이 지나서부터 운동의 중요성을 깨달았고, 그 후 50대 중반까지 주기적으로 테니스로 몸을 다졌고, 지금은 산에 다니는데 젊어서 보다도 더 건강해졌다.

1988년 대학을 졸업하고, 이직하는 동료들을 따라 IBM과 동화은행에 이직하려고도 생각하였으나, '획기적으로 대우를 받는다면 몰라도 약간의 좋은 대우조건으로 직장을 옮기는 것은 좋지 않다'는 생각으로 그 자리에 머물렀다. 물론 책임자시험에 합격했더라도 당시의 상황으로 1년에 50명 정도 발령을 받는 것으로 보아, 적어도 5~6년을 기다려야 대리 발령을 받을 수 있어서 고심을 한 것도 사실이다. 그 당시는 IT에 종사하는 사람들을 '철새'라고 하였다. 그만큼 전산 인력이 폭발적인 수요가 있었던 것은 사실이다. 사무실에서 수시로 직원들이 타 직장으로 옮겨갔다.

내가 맡았던 업무는, 온라인 각 팀에서 공통적으로 필요한 CIF(고객정보관리), 계리, 세금계산, 일수계산, 업무개시 및 종료 등 공통적인 업무를 모아서 처리하는 프로그램을 개발하고 운영하는 일이었다. 따라서 한 편으로 전 업무를 통제하는 위치에 있기도 하였다. 그 덕에 남보다 더 많은 것을 배울 수 있었고, 책임자 발령(대리) 직전에는 전 업무의 상위레벨이면서 훨씬 고차원업무인 시스템 업무까지 담당하게 되었다. 그런 이유로 신입직원이 전입이 오면 교육을 담당하였고, 그 부서에서 최초로 온라인 실무 교본을 책으로 출간하고 담당 부서로부터 원고료를 받았다.

그 당시 내가 몸담았던 J은행은 주로 서민 주택금융을 담당하였고, 외국환 업무를 취급하지 않았다. 그러나 1988년 국회에서 법을 개정하여 취급이 가능하여졌으나, 온라인개발이 안 되어 수기로 모든 업무를 처리하고 있었다. 위에서 언급하였듯이 책임자 발령을 받으려면 멀고 먼 얘기였으나, 1988년부터 갑자기 지점이 팽창하기 시작하여 50명 발령이 100명씩으로 늘어나고, 내 순서도 당겨져서 1990년 봄에 발령을 받게 된다. 예상보다 몇 년 당겨진 것이다. 그래서 세상은 변수가 있는 것이라는 생각이 들었다. 어찌 되었든 직장에서 간부대열에 맨 끝이지만, 줄을 서게 되었다.

우리 부서에 책임자발령을 11명이 동시에 났고, 사무분담을 통해서 나 혼자만 개발과 소속 외국환 업무 담당으로 명을 받았다. 원래 대리직책의 책임자는 팀원으로 행원이 몇 명 있어야 정상인데, 외롭게 단독으로 발령을 받았다. 첫 번째 한 일이 타행의 전산개발 사례를 조사하여 개발기획안을 만들어 내는 일이었다. 조사하여 만들어진 기획안이 통과된 뒤에는, 인원이 추가되어 외국환 업무 중 중요과목을 1차 업무로 하여 온라인화하였으며, 그다음은 외환과로 승격하였고, 2차 업무, 3차 업무 등으로 순차적으로 약 4년에 걸쳐 외국환 업무 전체를 온라인개발 완료하였다. 3차 업무 때에는 과 인원이 40명까지 늘어났다. 나 혼자 한 것은 아니지만 주도적으로 본점과 지점에서 사용할 업무를 최초로 개발하였다는 보람이 느껴졌다. 그리고 이제는 전산 업무를 할 만큼 하였으므로 전산부를 떠나 다른 업무를 하고 싶었다. 나는 전 과목합격자로 올가미로부터 자유롭기에 마음먹으면 나갈 수 있게 되어있었다. 부서에 수차례 떠나고 싶다고 의견을 피력하였으나, 담당과장이 아직 할 일이 남았다고 하면서 붙들고 놔두지 않았다.

어쩔 수 없이 외환과에 남아 근무하던 1994년 초, 본점 업무계획에서 최초의 해외점포를 동경에 개설한다고 확정하였다. 동경사무소를 해외최초의 지점으로 승격시켜 재일교포를 상대로 영업을 한다는 것이었다. 그 당시 동경사무소에는 사무소장 1명에 차장급 직원 2명 해서 3명이 근무하고 있었는데, 실무자급 행원 2명을 충원하여야 하고, 그 중 1명은 전산시스템을 구축할 인원이 필요하다고 하였다. 본점 인사부에서 우리 부서에 책임자급으로 1명 추천의뢰가 들어왔다. 조건은 일본어, 전산개발능력, 외국환 업무를 잘 아는 직원이었다. 당연히 외국환 업무는 외환과로 한정되었으나, 3가지를 다 잘하는 직원은 없었다. 나는 일본어는 기초만 아는 정도였고 나머지 2가지는 상급에 해당하였다. 과에서 나를 포함하여 2명이 추천되었다. 인사부에서 최종적으로 내가 가는 것으로 결정을 하고 8월에 본점 외환업무부로 발령을 냈다. 외환업무부에서 동경에 부임하기 전까지 실무 OJT를 받고 가라는 의도였다. 그래서 1983년 1월에 전산부로 와서 1994년 8월까지 무려 11년 7개월이나 전산 개발자로 근무하고 떠나게 되었다. 어렵게 대학을 졸업한 것도 해외주재원 발령에 큰 역할을 한 것으로 생각되었다.

나중에 안 내용이지만, 그 당시 동경지점으로 발령받기 위하여 다른 과에서 많은 직원이 여기저기 줄을 대고 뛰었다는 얘기를 들었다. 그러나 첫 해외점포이고 외국환을 반드시 알아야 한다는 조건 때문에 외환과에 밀렸다고 한다. 그 당시 해외주재원으로 나가는 것은 거대한 힘이 아니고서는 힘든 시절이었다. 거의 대부분이 비서실이나 인사부에서 나갔으나 사무소가 아니고, 실무를 해야 하는 지점이기에 아무 힘도 없었던 나에게까지 기회가 온 것으로 생각되었다. 전산부에서 내가 처음이자 마지막으로 사례를 만들었고, 그 이후에는 해외점포 구축이 잘 되어있는 K 은행과 합병으로 인하여 전산부에서 나갈 기회가 없었다.

외환업무부에서 외국환 업무 전반에 걸쳐서 2개월 동안 연수받은 다음에 동경으로 재발령을 받았다. 이때 다른 한 명으로 나보다 나이와 서열이 조금 늦은 조사부 J 대리가 함께 발령이 났다. 그때가 1994년 11월 18일이었다. 동경에 부임하니 선임자가 준비해 놓은 하숙집에서 4개월을 보내고 회사에서 얻어주는 집에서 1997년 11월 21일 떠나는 날까지 살았다.

부임 후 처음 2개월 동안은, 제일권업은행에 파견되어 선진금융에 대하여 배웠다. 물론 나의 일본어 실력은 많이 부족하지만, 일본어과 전공자인 J 대리는 일본어 실력이 월등하였기에 J 대리의 도움을 받아 교육을 잘 마칠 수 있었다. 개설준비와 영업을 하는 동안에 영업점과 외환업무부 경험이 있는 나는 업무적으로 커버했고, J 대리는 조사부 베테랑이었기에 일본어와 기타 일본사람과의 업무적인 것은 모두 커버했다. 나는 일본어 선생님을 주말에 집으로 오게 하여, 처음부터 귀국하는 날까지 열심히 배웠지만, 실력이 늘지 않아 내내 나를 괴롭혔다. 언어에 대한 재주가 없어서인지 말을 배우기에 늦어서인지, 내 일본어 실력은 돌아올 때까지 텔레비전을 보고 이해 못 하는 부분이 많았다.

일본사무소로 부임 후, 약 1년간의 준비 기간을 거쳐 1995년 10월 26일 동경지점을 개소하게 되었다. 당시 J 은행의 해외사무소는 3개나 있었으나 해외지점은 하나도 없었다. 동경에서의 지점개설은 단순히 지점 하나 개설하는 게 아니고, 은행 하나를 설립하는 것과 같았다. 본사에서는 지점 하나 개설할 때에는 본부부서의 수십 명이 분야별로 지원해주어 수월하지만, 동경은 해외 첫 점포이기에 본사에서는 가지고 있는 노하우가 없기에 어떠한 지원도 없었다. 단지 필요하다는 자금만은 제때에 잘 보내주었다. 일본 금융 감독청으로부터 면허를 받는 것부터, 지점건물임차, 직원채용, 전산시스템구축, 업무영역확정, 각종 장부 및 전표 장표 디자인 및 제조, 업무 프로세스 설정 등 모든 것을 지점장을 포함한 5명이 다 해내야 했다. 모두 힘들었지만, 특히 실무자인 나와 J 대리는 1년 동안 거의 새벽까지 야근하다시피 하였다. 나는 군 생활을 포함하여 그때까지의 내생에 최대의 힘든 시간이었다. 그러나 고생은 했지만 보람이 있었고, 덕분에 나의 역량은 그때 많이 향상되었던 것 같다. 특히 L 차장의 완벽한 업무처리 방식을 많이 배웠다. 그때의 경험이 후일 나의 직장생활에 두고두고 많은 도움이 되었다. 개소식은 날짜를 맞추다 보니 박정희 전 대통령의 서거일인 10월 26일이었기에 지금까지도 잊어버리지 않고 있다. 동경의 뉴오타니호텔에서 내외 귀빈들 수백 명을 모시고 오픈 행사를 성황리에 마쳤고, 재일교포들을 상대로 본격적인 영업을 하게 되었다. 내가 전산부에 있을 때는 250명이 넘는 직원들이 세분하여 각 분야별로 담당하여 전산개발을 하였지만, 동경에서는 비록 업체에 용역을 맡겼지만, 전산에 관한 것은 시스템 도입부터 업무개발 등 모든 분야를 혼자서 만능 인간처럼 일해야 했고, 전산 이외의 외환업무 처리 프로세스도 혼자 정해야 해서 그 1년 동안은 거의 지옥훈련을 받은 거나 다름이 없었다.

지점을 개설하고 약 2년 동안은 직장생활 중 가장 좋은 시절이었다. 우선 선진국인 일본에서 중소기업 사장급이 사는 맨션에서 온 가족이 함께 살았고, 집사람이나 아이들에게도 더 없는 좋은 시절이었다. 급여도 본국에 있을 때 보다 2배가량 되었고, 본국에서는 주 6일 근무제였는데 일본에서는 주5일제 근무로, 이 기간은 나나 가족에게 파라다이스였다. 고생만 하던 나에게 하늘이 Bonus를 주셨다는 생각이 들었다.

당시 관례상 해외주재원의 체류는 통상 3년이었다. 따라서 나도 3년이 되자 귀국 명령을 받았고, 1997년 11월 21일 일본에 발을 디딘지 3년 3일 만에 가족들과 함께 일본 나리타공항을 떠나 김포공항에 도착하였다. 나중에 본점 관계자에게 들은 바로는, 해외지점 노하우가 있어서 본국에서 잠깐 있다가, 두 번째 해외지점인 런던지점 개설 준비 요원으로 발령을 내려고 했다는 소리를 들었다.

김포공항에 밤늦게 도착하여 부모님이 계시는 인천 집에 도착하였다. 안방에 TV가 켜져 있었는데, 보니까 임창렬 부총리가 IMF 조건을 수용한다고 발표하고 있었다. 그러니까 우리 가족은 IMF가 터진 날 용케 귀국하였던 것이다. 그 후 영국으로 가려던 것은 고사하고, 해외 사무소에 나가 있던 직원도 다수 본국으로 불러들였기에 없던 것이 되어버렸다.

해외에 근무하다 보니 세상을 보는 시야가 넓어졌다. 따라서 우물 안 개구리 같은 전산부의 재발령을 피하고 싶어, 인사부에 전산부 발령을 피해달라고 요청하였다. 그래서인지 몰라도 발령지를 남대문지점으로 냈다. 전산부 동기 등 비슷한 또래들은 인사 적체가 심한 상태였는데, 경쟁자인 내가 그곳으로 발령 나지 않은 걸 천만다행으로 여겼다는 소리를 나중에 들었다. 남대문지점에서 외환계 책임자로 보직을 받았다. 81년에 입사하여 영업점 행원으로 2년 근무한 후에, 전산부로 발령받고 동경지점에서 약 2년간 해외업무를 했다손 치더라도, 국내 영업점은 14년 만이라 많이 낯설었다. 그래서 동료들에게 물어보면서 나름 현장업무를 열심히 익혔다. 그 당시 외환계 책임자로서 대우자동차 등 굵직한 업체들을 상대하면서 또한 많이 배웠다. 그런데 영업점 근무 9개월 만에 다시 본점검사부로 발령을 받게 된다. 예전에 전산부에 있다가 검사부로 간 모 차장이 외환 전문 검사역으로 적극 추천하였다고 한다.

본시 남에게 싫은 소리 또는 해를 끼치는 일을 못 하는 나의 성격
상 검사부 근무는 애로가 있었다. 그러나 일단 발령을 받은 이상 '나
를 위하여 무리하게 지적하지 않고 공정하게 처리한다'는 마음가짐으
로 영업점 검사업무를 수행하게 된다. 1년 6개월쯤 근무했을 때, 마
산지역의 모 지점에서 대우사태에 관련된 부실채권이 생겨, 특별 감
사 반장의 직책으로 수행하게 되었다. 이 검사에서 영업점 직원의 고
의 여부 문제를 가지고 다른 검사역과 갈등을 겪게 된다. 나는 수사
관이 아닌 이상 대우 관련 거래는 일종의 관행이었고 고의성이 없었
다고 주장한 반면, 다른 직원은 고의성이 있다고 주장하였다. 이때
나는 마산지역도 감사 때문에 처음 가게 되었고 수감직원들과 사전
에 조금도 아는 사이가 아니었는데도, 담당부장이나 감사로부터 그
지점 또는 직원들과 동문이나 친인척 관계가 있는 것으로 오해를 사
게 되고, 나는 그로 인한 심한 스트레스를 받고 검사부 조직을 떠나
겠다고 맘을 먹게 된다. 그래서 부장과의 면담할 기회만 찾고 있었는
데, 마침 그때 부서에서 검사 정보 프로세스개선을 위하여 전산 업무
경력자를 전산부에 요청하려고 하였다. 그때 모 차장이 적극 추천하
여, 내가 적격이라고 내부적으로 의견이 모아져 결국 영업점 검사역
에서 검사 정보 프로세스개선 TFT팀으로 내근직원으로 남게 되어
검사부를 떠날 수 없게 된다.

이때부터 약 2년간에 걸쳐 금융기관 최초로 웹 기반의 검사정보시
스템을 구축하여 검사 업무 프로세스를 개선하는 중추적인 역할을
수행하게 되었다. 종전 사무실에서 보고서를 출력하여 들고 가던 시

스템에서, 노트북만을 들고 가서 현장에서 필요한 데이터를 출력도 하고, 원하는 방향으로 데이터를 필터링하여 감사업무에 활용하게 되어서, 당시로서는 획기적인 시스템이 개선되었다고 평가받았다.

이때 마침 두 은행이 통합되었고, 직원들의 사기와 통합을 위하여 각 분야별로 최고인 직원을 뽑아서, 매월 은행장 상보다도 레벨이 높은 국은인상을 주는 제도가 생겼는데, 나는 두 번째 달에 수상하는 영광을 안았다. 국가로 보면 훈장을 받은 거나 마찬가지였다.

이어 직장 내에서 원하는 직원을 선발하여 1년간 유급으로 시간을 주고, 자기 자신을 Refresh 할 수 있는 제도를 처음으로 시행한다고 발표하였다. 나는 하던 프로젝트가 성공리에 완수하였고 하여, 부서장께 "내가 그동안 마음 놓고 공부하고 싶었는데 못했습니다. 이번 기회에 꼭 그런 기회를 주시면 감사하겠습니다"라고 요청하였다. 처음에는 화를 내고 안 된다고 하다가, 거듭된 요청에 마침내 허락을 받아냈고, 기뻐서 즉시 인사 부서식에 맞추어 신청서를 제출하였다.

신청서를 제출하고 이틀이 지나서, 인사부에서 연락이 왔다. Refresh 가지 말고 점포장으로 나가는 것이 어떠하겠냐고. 나는 공부가 한이기 때문에 Refresh를 꼭 가서 1년 동안 부담 없이 하고 싶은 공부를 하고 싶다고 하였으나, 인사부의 계속된 설득에, 부서를 떠나기로 한 이상 더이상 머물기 어렵다는 생각에, 점포장 발령이든 Refresh든 둘 중의 하나는 꼭 명령을 내 달라고 하였다. 그러고 다음날 동대문지점장으로 발령이 났다. 나는 태어나면서부터 일복을 가지고 태어났는지 몰라도 항상 일이 따라다녔다. 1년 동안 급여를 받아 가면서 내가 하고 싶은 것을 할 수 있게 그냥 내버려 두지 않을 팔자라는 생각이 들었다.

이어 동대문 지점으로 부임하니 거창한 지점 명과는 다르게, 동대문 도매시장 내의 한 건물의 7층에 자리 잡고 있어, 낮에는 주변이 텅 비어있고 밤에만 활성화되어 있는 지역이었다. 일부 직원이 교대로 새벽에 출근하여 새벽 6~9시 사이에는 1층의 두 평 남짓한 작은 공간에서, 밤새 영업한 도매상인들을 대상으로 현금을 수납하고, 낮에는 직원 2명이 교대로 조금 떨어진 소매시장을 찾아다니며 수금을 해오는, 그야말로 전국에서 제일 열악한 점포로 발령을 받은 것이다. 그런 점포에 개척정신이 강한 내가 적격이라고 인사부에서는 판단한 듯하였으나, 점포장이란 직책이 첫 점포를 잘 나가야 승승장구하는데, 그곳에서 끝날지 모른다는 생각이 들었다. 그렇지만 운명이려니 생각하고 최선을 다해보기로 굳게 마음을 먹었다. 누구나 오기 싫어하는 점포에서, 잘한다면 다른 기회가 올 것으로도 생각이 들었다. 그 점포에서 2년간 최선의 노력을 기울였는데 결과는 만만하지 않았다. 실적이 좋지는 못했지만 지역본부 등에서는 어려운 여건에 열심히 한다는 얘기는 틈틈이 들었다.

2년 정도 근무하던 중, 두 개의 은행이 합병하였기 때문에 전국에 중복된 점포가 120개나 되었다. 본부에서는 중복된 120개 점포를 인근 점포로 통합한다고 발표하였다. 그러면 120명의 점포장 인력이 남게 되어 조사역 발령을 낸다고 하였다. 중복점포 중에서 임차건물의 점포는 우선적으로 자가 점포로 통합시켰는데, 우리 점포는 임차점포였고 인근 점포는 자가 점포였기 때문에 내가 조사역으로 발령을 받았다. 전국에 발령 난 조사역도 120명이나 되었다. 이전 같으면 '조사역' 명령을 받으면 편히 쉬다가 재발령을 받으면 되었는데, 너무 많은 인원이 한꺼번에 '조사역'으로 명령을 받는 바람에, 재발령 때까지 약 4개월 동안 영업목표를 주고 목표달성 순으로 재발령을 내 준다고 엄포를 놓으니, 모두들 영업하느라 열심이었다. 나 또한 지인을 찾아다니며 영업을 열심히 하여 실적을 쌓았다.

조사역 발령 후 1개월이 지나서 120명 조사역 중에서 단 4명만, 문제가 있는 점포장이 대기발령을 받아 공석이었던 점포에 발령이 났다. 나는 어떤 힘에 의해서인지 이때 4명 중의 한 명이 되었다. 재발령지가 서대문구에 있었는데, 이곳 또한 전임자가 문제가 있어 대기들어가고, 집단 주택자금대출 여신업체가 부도가 난 상태로 골치 아픈 점포였다. 주변은 오래된 단독주택지로, 재개발 예정으로 점점 쇠퇴해 가는 그런 지역이었다. 나는 탐탁지 않았지만, 3개월 후에 발령을 못 받을 수 있다는 초조감을 가진 다른 조사역들이 나를 부러워하였다. 문제 점포였기에 직원들의 사기도 땅에 떨어져 있었다. 나는 그 점포에서 또 최선을 다하기로 마음먹었다.

직원들 한 명씩 모두 면담을 거친 후에, 정성을 다해서인지 직원들이 잘 따라주었다. 워낙 열악한 점포지만, 본부나 지역본부에서 시행하는 캠페인에는 전 직원이 합심하여 성과를 이루어내서 몇 번이나 포상금도 받고 칭찬도 받았다. 그러나 중요한 여수신은 내가 외부에서 유치해 오는 것으로는 턱없이 부족하였다. 지점 주변의 고객들은 30여 년 전에 지어진 단독주택 지역에 사는 은퇴한 고령자가 많아서 점점 낙후되어가는 재건축이 필요한 동네였고, 실제로 근처에 6~7개의 재건축추진위원회가 설립되어 있었다. 따라서 나는 장기 목표를 가지고 재건축추진

위원회를 접촉하여 물적, 정신적 지원을 아끼지 않았으나, 그런 곳들이 당장 지점의 실적에 도움이 되는 것은 아니었다. 나중에야 깨달았지만 단기실적만 따지는 경영진을 위해서는 나도 단기로 대응했어야 했는데, 내가 투자만 하고 아무 성과 없이 떠나게 된 후에야 후회한들 소용이 없었고, 그 성과는 후임자에게 돌아갔다.

부임 후 1년쯤 되었을 때, 주요 고객을 담당하던 VIP팀장이 다른 점포로 전출되었고, 모 부지점장의 강력한 추천을 받아 S 과장을 VIP룸의 팀장으로 보직 명령을 냈다. 그러나 얼마 지나지 않아 S 과장의 업무처리나 행동에 보이지 않는 의심이 갔다. 내가 검사부에서 근무하면서 생긴 사고에 대한 감이 생겨서인지, S 과장이 꼭 사고를 칠 거 같은 예감이 들었다. 그래서 온라인계로 보직을 이동시켰고 다시 대부계로 이동시켰다. 그리고 지역본부로 찾아가서, 몇 가지의 사례를 들어가면서 '사고 개연성이 높다는 보고'를 하고 다른 곳으로의 전출을 요청하였으나 본부장으로부터 '다른 지점으로 폭탄을 돌리지 말라'는 핀잔만 들었다.

그러던 어느 날, S 과장이 고객과의 사적 금전 거래를 한다는 정보를 입수하여 추궁한 끝에 큰 사고를 쳤다는 것을 알았다. VIP룸에 있을 때 알아두었던 돈은 많으나 어리숙한 주부들을 상대로 아는 선배를 통해 돈을 불려준다는 구실로 돈을 갈취하고 있었던 것이다. 나는 '드디어 올 것이 왔구나!'라고 불길한 생각을 하면서 감찰반에 감찰을 요청하였고, 감찰 결과 고객 5~6명으로부터 큰 금액을 차용증을 써주고 빌려 주식투자로 다 날린 상태였다. 불행 중 다행이지만, 조사결과 지점 밖에서 고객을 만나 돈을 빌려 근처의 타 은행을 통하여 증권회사로 송금하고 개인 자격으로 차용증을 써 주었고, 우리 지점에서는 거기에 관련된 어떤 거래도 하지 않았으며, 단 1원의 손실도 끼치지 않았다. 그러나 지점장으로서 고객에게 도덕적 의무는 면할 수 없는 것이었다. 나는 해당 고객들에게 수없이 고개를 조아려 사과를 거듭하였다. 해당 고객들은 변호사를 통하여, 은행에 책임을 물을 수 있는가를 알아봤으나, 은행에 어떠한 손해배상도 청구할 수 없다는 결론이 나왔다. 다만, 매일 나를 찾아와 금감원, 청와대에 민원을 넣겠다고 협박을 하였으나, 평소에 나와의 유대관계로 거기까지는 진행되지 않았다.

이때 S 과장에게 물었다. "차용증에 XX은행이라든지, XX과장이라든지 은행과 연루된 말을 한 글자도 안 쓴 이유가 뭐냐?" 돌아온 답변이 "만약에 무슨 일이 생기면 지점장님께 해가 될까 봐 그랬습니다. 이런 사태에 대하여 언젠가는 지점장님께 은혜를 갚겠습니다." 말했다. 그 소리를 듣고 마음속으로는 용서했다. 그리고 앞으로 나에게 닥칠 운명 같은 거를 생각했다.

그 결과, S 과장은 면직당하고, 형사고소를 당해 큰집으로 갔다. 나는 다행히 사전조치를 규정대로 잘 이행했다 하여 징계는 면하였으나, 지점의 특별감찰 및 대규모 직원 이동 조치 등으로 영업이 어려워 결국 후선인 업무 추진역으로 물러나게 되었다. 그 후 나에게 실적유치 목표가 주어졌고, 실적을 채우면 지점장에 복귀하도록 되어 있었으나, 여러 지인들을 찾아다니며 사정하는 것이 쉽지 않다는 것을 느끼고, 사표 내기로 결심하게 되었다. 우리 나이로 52살, 새로운 일을 하기에는 더 늦으면 안 된다는 생각을 하였다. 그래서 실적유치를 포기하고, 그 당시 떠오르고 있는 베트남에 진출하기로 마음먹고 베트남어 학원을 다니게 되었다.

학원을 6개월 다니던 중, 조직에서 명퇴는 아니지만, 퇴직하고 싶은 사람에게 자의적인 길을 터주기 위한 준정년제가 처음으로 시행하게 된다. 나이 등 일정 조건 이상의 직원들에게 조직의 강요 없이 자발적인 의사로 평상시 명퇴 제도의 절반 정도를 돈을 받고 조직을 떠날 수 있는 길이 생겼다. 나는 돈이 문제가 아니라고 생각되었다. 한 살이라도 젊었을 때 무언가를 시도해야 한다고 생각되었다. 그래서 26년간 근무한 조직을 떠나게 되었고, 신청서를 제출하였다. 신청서 제출 후 3개월 동안 급여를 더 주고 3월 31일 퇴직처리를 하게 되어 있었으나, 나는 2007년 1월 초에 베트남으로 떠났다.

그 당시 베트남은 우리나라의 70년대와 현대를 섞어놓은 모습이었다. 우선 베트남에서 아파트를 얻어 혼자 생활하면서, 현지 베트남어 선생을 구하여 개인 교습을 받았다. 나는 전쟁에 나가는 군인이 총이 없으면 전쟁을 할 수가 없고, 베트남에서 사업하는 사람이 베트남어를 모르면 전쟁 나간 군인이 총이 없는 것이나 마찬가지로 생각하고, 처음부터 귀국할 때까지 매일 하루 5시간 이상을 언어에 투자하였다. 그러나 50이 넘어서 타 언어를 공부하는 것에는 한계를 느꼈다. 그리고 짬짬이 시간을 내어 여기저기 둘러보면서, 내가 과연 그곳에서 무엇을 할 것인가를 심각하게 고민하였다.

그러던 중, 내가 자신 있는 일을 하자고 생각하니 'IT'와 '부동산'이었다. IT는 오랫동안 전산부서에서 일한 관계로, 부동산은 은행에서 금융을 익혔고 부동산중개사자격증을 갖고 있기에 그렇게 생각이 되었다. 따라서 그 두 분야에서 할 일을 찾기로 하고, 더 고심하던 중 두 분야가 합쳐진 '부동산포털'을 생각하게 된다. 그래서 한국의 인터넷사이트 부동산114, 부동산뱅크 등을 연구하기 시작한다. 연구 끝에 설계도를 작성하였다. 베트남에 발을 디딘 지 6개월 만이었다. 이어 베트남 정부에 개인투자자 허가를 받아 법인을 설립하고, 직원을 채용해서 IT 개발자에게는 설계도를 주고, 1년 안에 개발을 완료하라고 독려하였다. 정확히 1년 후 부동산 포털사이트가 개발 완료되었고, 직원들을 통하여 현지 부동산사무소를 대상으로 영업을 개시하게 되었다.

그 당시 베트남에서는 부동산114, 부동산뱅크 같은 포털사이트가 거의 없다시피 하여 부동산 중개업자들 사이에 호응이 좋았다. 처음에는 영어로만 개발하여 외국인을 전문적으로 거래하는 부동산을 상대로 영업을 하다가, 베트남어도 가능하게 보완한 다음 현지인을 상대로 하는 부동산 사무소도 영업의 대상으로 하였다. 그러나 본격적으로 영업을 확장하려는 2008년 봄, 서브프라임 모기지의 전조가 전 세계에서 베트남이 가장 먼저 나타났다. 물가가 뛰면서 환율은 치솟고, 심각한 불경기가 닥친 것이다. 기업이 어려울 때 가장 먼저 비용을 줄이는 것이 광고인데, 부동산 중개사무소가 이때 부터 냉담해지기 시작하였고, 회원가입 된 부동산마저 탈퇴하려고 하였다.

이때 베트남 정부에서 처음으로 부동산중개사 자격시험을 이듬해부터 시행한다고 예고하였고, 외국인들이 자국 정부가 인정한 유사한 자격증을 대사관의 확인을 받아오면 인정하여, 영업이 가능하다고 발표하였다. 아마도 공인중개사 자격증제도가 없는 나라이기에 선진국의 자격증을 가지고 우선 시험하려는 의도였던 거 같다.

나는 '이것이 기회다' 생각하고, 한국에서 취득한 공인중개사 자격증을 활용하기로 하였다. 곧바로 귀국하여, 공인중개사 자격증 베트남어 번역공증을 거친 후, 베트남대사관의 확인서를 첨부하였다.

그리고 베트남으로 들어가기 이틀 전, 집사람으로부터 일본에서 알게 된 지인이, 부산 해운대에 조그만 호텔을 가지고 리모델링을 하는데, 나보고 좋은 조건을 제시하면서 일을 해 달라고 부탁받았다면서, 베트남으로 돌아가지 말고, 곧바로 부산으로 내려갔으면 좋겠다고 말하였다. 그러나 눈빛으로 보면 애절한 호소로 보였다. 그동안 2년이나 떨어져 지냈으니 이제는 함께 있으면 좋겠다는 것으로 받아들여졌다.

나는 한동안 고심하였다. 이미 돈은 투자되어 회수는 안 되었고, 부동산포털 운영과 함께 직영으로 부동산사무소를 운영하면 더 큰 기회가 생길 터인데, 그만 정리한다는 것은 쉬운 일이 아니라고 생각되었다. 그러나 한편으로는, 자본을 더 투자하여야 하고, 시간이 한참 지나야 BEP(손익분기점)를 초과한다는 생각과, 부산 리모델링은 바로 급여가 들어오는 조건이라 기회비용으로 따지면 2배의 이익이었다.

그다음 날이 되어서야 집사람에게 말하였다. "베트남에 2년 가까이 있으면서 여러 가지 정리할 것도 있고, 또 직원들이 기다리고 있는데 안 들어갈 수는 없는 일이니, 가서 1개월 이내로 모든 걸 정리하고 돌아오겠다"고 말하였다.

우선 하던 사업을 그냥 접을 수 없기 때문에, 평소에 우리 회사에 관심을 가지고 있던, 한국에서 진출한 모 건설 시행사를 찾아가 내

사정을 설명하고, 급매물로 회사를 인수하도록 얘기한 결과, 인수하기로 구두 약속을 받아냈다. 단, 본국에서 자금을 송금 받아야 한다고 하였다. 그러나 내가 시급히 귀국해야 한다는 것을 알고 계약을 차일피일 미루면서, 서브프라임 모기지 건으로 달러환율이 올라 본국에서도 환율 안정을 바라고 송금을 안 해준다면서 조금만 기다려 달라고 핑계를 대었다. 귀국 예정 일자 일주일을 남기고 마지막 고지를 하였는데도, 본국에서 조금 기다리라고만 한다고 대답하여, 하는수 없이 급히 다른 곳을 찾아보았으나 시간이 너무 촉박하였다.

돈을 받고 넘기기에 시간이 너무 촉박하여 다른 방법을 생각해냈다. 그동안 부동산 포털사이트를 개설하고 상호 간에 광고를 주고받은, 하노이 한국인 기업인연합회 사무총장이 운영하는 회사에, 종업원 구조조정 없이 넘기기로 하였다. 조건은, 2009년부터 발생하는 매출액의 15%를 베트남에 개설된 내 개인 계좌에 입금하기로 하고, 사무실 겸 집을 포함하여 꼭 가지고 갈 사적인 물건 몇 개를 남기고 모두 넘겼다.

이때 회사가 잘못되었을 때를 대비하지 않고 넘긴 것이 큰 불찰이었다. 인수한 사람은 하노이에서 한국마트와 한국방송 및 컴퓨터 판매점을 운영하면서 교민용 잡지를 출판하는 사람이었지만, IT에 대하여서는 문외한이었다. 그러나 나는 평소의 친분으로 그가 잘해낼 거라고 믿었고, 그가 "만약에 잘못되어 문을 닫게 되면 어떻게 하냐?"고 물었을 때 나는 "도 아니면 모다. 당신을 믿는다"라고 답을 하였다.

그리고 나는 2008년 10월 말에 귀국하여 곧바로 부산으로 내려가서, 관리 이사의 직책을 가지고, 지인 호텔을 근린생활시설로 바꾸는 것을 관리하기 시작하였다. 2009년 2월경, 베트남에서 회사를 계속 유지하지 못하고 사업을 접는다는 연락을 받았다. 나는 베트남으로 달려가서 사태를 해결하고 싶었지만, 하던 일 때문에 자리를 비울 수 없었고, 또한 막상 가서 변호사를 사서 해결하려고 하면 경비가 어마어마하게 발생하고 실익이 없을 것 같아, 그냥 과감히 포기하기로 하였다. 그래서 나의 베트남진출은 일장춘몽으로 끝나는 아쉬움을 겪었다. 그럼에도 불구하고 베트남에서 대표로서 회사를 설립하여 운영도 해 봤고, 베트남문화 등 들어간 돈 이상의 더 많은 것을 배웠기에 후회하지 않았다. 한번 사는 세상 이보다 더 좋은 경험이 어디에 있을까? 주재원으로 선진국에서 3년 살아보고, 사업하면서 후진국에서 2년 살아본 것은 값으로 환산이 안 되는 나의 소중한 가치, 보물이었다.

리모델링을 관리하던 중, Y 사장하고 여러 가지로 의견충돌이 있었다. 한국에서 살다간 제일 거주 한국임에도, 여러 부문에서 불합리한 사고를 가지고 있다는 생각이 들었다. 평소에 나는 '사람을 만날 때보다, 헤어질 때가 더 중요하다'고 생각해 왔기에, 좋은 상태로 헤어지기로 결정을 하고, 과감히 사표를 내고 2009년 3월 초에 서울로 올라왔다. 비록 실업자가 되기는 하였지만, 2년 이상 떨어져 생활하던 가족들과 다시 지내게 되어, 오히려 잘됐다는 생각도 들었다.

처음으로 온전한 실업자가 되어서 약 10개월을 집에서 지내봤다. 이 기간 많은 책을 읽을 수 있었고, 인생에 대하여 깊이 사색할 수 있는 기회를 얻었다. 집에 있는 책은 장, 단편을 가리지 않고 읽었다. 그동안 바쁘다는 핑계로 책을 거의 읽지 못하다가 태백산맥, 로마인 이야기, 상도 등 전집 등을 읽은 것은 큰 소득이었다. 특히 태백산맥을 읽고 역사의 아픔과 서민들의 애환, 전쟁과 분단의 쓰라림 그리고 억울한 죽음에 대하여도 많이 느끼게 되었고, 내 생각도 많이 바뀌게 되었다.

이 기간 집에 있으면서, 반드시 내 인생에서 절대 쓰러지지 않는 오뚝이가 되리라 마음먹고, 언제인가의 도약을 꿈꾸며 내면의 세계에 충실하였다. 나에게 기회가 다시 오리라는 신념을 가지게 되었다. 그리고 집에서의 삼식이 생활이 집사람과의 문제가 되리라는 것도 인식하고 있었다. 따라서 집사람과 가급적 부딪치지 않으려고 노력하였다. 아침 식사 후에 딸아이가 사용하는 작은 방에 들어갔고, 점심시간에 잠깐 나와서 식사 후 곧바로 다시 방으로 들어갔으며, 저녁 6시가 되어서야 거실로 나와서 집사람과 부딪쳤다. 집안에서도 회사에 출근하듯이 딸아이 방으로 들락거렸다. 그 결과, 비록 삼식이 생활이었지만 집사람과 다툴 일이 없어 줄곧 집사람과의 관계가 좋았다.

온종일 집에 있으면서, 집사람이 주식을 해보라고 건네준 6천만 원으로 간간이 주식거래도 했지만, 대부분의 시간을 책을 읽는데 보냈다. 이때 얻은 경험은, 개인은 절대적으로 주식을 업으로 삼아서는 안 되며, 일시적으로 주식으로 돈을 번 사람은 있어도 평생 한 사람은 돈을 번 사람이 거의 없다는 것을 알았다. 나 역시 조금씩 하다가 이런 사실을 깨닫고, 원금의 50%가 손해 보았을 때, 눈 딱 감고 전부 정리해서 집사람에게 돌려주었다. 이때 나는 '원금회복을 위하여 계속하다가 다 날리게 되면, 집사람과의 관계는 회복이 어렵다'고 생각을 했고, 그럴 때 결단력이 필요하다고 느꼈다. 다행히 집사람은 손해에 대하여 특별히 핀잔을 주지 않았다. 그 점을 지금까지도 고맙게 생각하고 있다.

그 해 말경인 2009년 10월에, 나는 우연히 한국경제신문을 보다가 우리나라에 막 도입하기 시작한 IFRS(국제회계기준)관리사 자격시험을 한국경제신문과 한국 재무관리협회가 주관하여, 처음으로 시행한다는 공고를 읽게 되었다. 그래서 순간 '이것이다!'라고 외쳤다. 예전에 회계사가 되려고 공부한 적이 있고, 은행 전산부에서 회계를 담당하였고, 일본에서 해외지점 최초의 B/S(대차대조표), P/L(손익계산서)을 만들었지만, 자격증이라고는 부기 2급뿐이 없어서, 어디다 나의 회계 실력을 내놓을 수가 없었다. 따라서 반드시 이 자격증을 취득하고 싶은 욕망이 간절하였다. 시험일이 2010년 1월 6일이었고, 약 2개월의 시간이 주어졌다. 주최 측에서 추천하는 책 4권을 구입하니, 공부해야 할 페이지가 합해서 약 2,000페이지나 되었다. 방대한 분량이었고, 시간이 부족하였다. 2권은 교재이고, 2권은 문제 풀이였다. 나는 다시 학창시절로 돌아가 밥 먹는 시간을 제외하고 촌각을 다투어 공부했다. 제1회 시험이라 조금 쉽게 출제되지 않을까? 하는 약간의 기대도 있었다. 시험 당일, 생각보다 어렵다고 느꼈다. 그래서 내용에 비해 공부할 시간이 부족했다고 느끼고 2차에 다시 도전해야겠다고 생각하였는데, 막상 합격자 발표일에 명단을 보니 내 이름이 들어 있었다. 역시 '하늘은 스스로 돕는 자를 돕는다'는 생각을 하였다. 그때 내 나이 55살이었다. 쉬운 도전은 아니었다고 생각된다. 그래서 이제 검증이 되었으니, 누구에게나 회계에 대하여 마음 놓고 얘기할 수 있는 자신감이 생겼다.

2010년 2월에 합격자 발표가 있었고, 3월 초에, 내가 IFRS관리사에 합격한 사실을 안 지인이, 모 대형은행의 IFRS도입 관련 용역개발을 하는, G라는 IT개발회사에 나를 소개하여 컨설턴트로 참여하게 하였다. 그러나 계약직이었다. 하지만 나에게 활동을 개시하는 시초가 되었다. 몇 개월 후, 또 다른 지인이 IT 용역 관련 파견업무를 주로 하는 I 회사에 소개해주었다. 1년 남짓 관리 담당 이사로 있다가 영업을 담당하게 되었는데, 막상 영업을 하려고 후배들을 찾아다녀보니, 그 또한 선배로서 후배들에게 못할 짓이었다. 그래서 2011년 6월 30일 사표를 내고 두 번째 실업자 신세가 되었다.

그러나 하늘은 나를 버리지 않았다. 약 3개월 정도 휴식기를 가진 후에, 지인을 통해 부천의 법정관리회사에 감사로 나가게 된다. 법원 촉탁 등기임원이 된 것이다. 은행에서 퇴직하기 직전인 2006년 말, 잘 아는 기업 경영 개선부에 근무하는 L 부장의 권유로 법정관리교육을 이수한 것이 자격조건이 되었다. 법정관리기업의 감사가 되려면, 생산성본부 등에서 시행하는 약 3개월의 교육과 시험을 거쳐 수료증을 받은 다음에야 법원에 명단이 넘어가고, 주심 판사의 면접과 선임에 의해 그 기업에 부임하도록 되어있고, 주요 임무는 법정관리 업무를 순조롭게 진행되도록 역할을 하게 되어있다. 교육받을 당시에는 업무 추진 역이어서 시간이 있었고, 200만 원의 수업료가 있었지만, 혹시나 인생 2막에 도움이 될까 하여 권유를 받아들여 교육을 받았는데, 교육 후 5년이 지나서 활용할 수 있게 된 것은 기적적이었다. 물론 다시 활동하도록 도와준 지인이 있었기에 가능하였고, 한편 평상시의 나의 인간관계가 잘 되었다는 방증이었다. 그 일에 발을 들여 놓은 후, 오랫동안 여러 기업을 거치면서 전문가로 일을 하게 되었다.

그 과정을 보면, 2011년 10월 초순에 서울중앙지방법원에서 판사 세 분으로부터 면접을 보게 되었는데, 두 분께서 마음에 들어해 3일 간격으로 선임이 되어, 두 군데 동시에 근무하게 된다. 부천의 모 중소기업은 월, 수, 금으로 출근하고, 독산동의 모 중소기업은 화, 목으로 출근하게 되었다. 법정관리기업의 감사로서 시작부터 두 회사를 맡는 건 당시엔 이례적이었다.

매일 출근하지만 일은 그리 많지 않았다. 시간을 헛되이 보내지 않기 위하여 공부하기로 하고, 방송통신대학교 대학원 이-러닝 학과에 입학하게 된다. 그때 내 나이가 57세였는데, 원우들이 20대에서 50대까지 다양하게 있었고, 내가 50명 중에 서열 2위였다. 늦깎이지만 내 위에 한 분이 계셔서 다행이었다. 5학기 동안 열심히 한 탓에 50명 중에, 단 13명만이 2014년 8월 27일에 이-러닝 석사학위를 취득하고 졸업할 수 있었고, 내 나이 59세였다. 이 또한 앞으로 나의 밑거름이 되리라 생각하였다.

그동안에 최초의 두 군데는 법정관리가 끝나고, 새로 선임된 논현동의 J도기회사도 법정관리를 졸업하고, 나는 주총을 통하여 그 기업의 감사가 됐다. 그 후 다시 법원의 부름을 받고 천안의 H 기업의 CRO(구조조정담당임원)로 재직하다가, 회생절차가 폐지되어 2015년 10월에 그만두었고, J도기회사의 감사도 2016년 3월 31일부로 그만두게 된다. 보통은 법정관리업무를 1~2회 하면 그만두게 되는데, 나의 경우는 늘 최선을 다했고 주심 판사가 계속 불러주었기에 오랫동안 일할 수 있었다.

그러나 일복이 많은 나는 하루도 쉬지 않고, 2016년 4월 1일부터 K은행의 공익재단에 소속된 금융 전문 강사가 되어 초, 중, 고 금융교육 강사로 활동을 개시하였다. 약 4개월간 일주일에 2~3회씩 강의를 다녔고, 강사료는 적은 수준이지만, 나름 보람을 느꼈다. 그 4개월 동안에 강의에 대한 노하우를 익혔고, 금융감독원에서 시행하는 일주일간의 금융 전문강사 교육을 수료하고, 자체 시험을 거쳐 금융감독원으로부터 금융 전문교육 인증 강사 자격을 취득하였다. 전국의 금융계, 교육계 10년 이상 경력자가 신청하였고, 그중 단 50명만 교육받을 수 있는 기회를 가졌고, 교육수료 후 약 20%만이 자격증을 취득할 수 있었으니, 자격증의 권위가 있다고 볼 수 있다. 3년마다 보수교육을 받으면 영구히 활용할 수 있는 자격을 취득한 셈이었다.

강사 생활 4개월째인 2016년. 7월 말경, 서울중앙지방법원의 C 판사께서 다시 연락을 주셨다. 나하고 한 번도 만난 적이 없는데 법원의 기록을 보고 이력서 가지고 면접 오라고 연락이 왔고, 면접결과 서울 신사동의 J 회사에 관리인으로 선임을 해주었다. 나는 법정관리 업무가 영원히 끝난 줄 알았는데 다시 연락을 받으니 무척 좋았다. 특히 수입이 이전 법정관리업무 시절의 최고는 아니지만 근접하였고, 강사보다는 월등히 많았다. 통상 법정관리업무는 제3자 관리인, CRO(구조조정임원), 감사가 있는데, 제3자 관리인의 경우 전체인원의 5% 미만만 가능하고 대부분이 CRO나 감사 직책인 관계로, 그동안 오랜 기간 법정관리업무를 했어도 CRO나 감사이었지, 제3자 관리인은 처음이었다. 오랜 경력 때문에 관리인으로 선임을 해준 것으로 판단되었다. 관리인은 그 회사의 업무수행권과 재산처분권을 가지고 있어, 실질적인 대표이사나 같은 권한을 가진 막중한 책무가 주어진다.

제3자 관리인이란, 통상 회사가 법정관리를 신청하여 회생절차가 진행되면, 대표이사가 관리인이 되어 회생절차를 진행하는데, 회사의 대표가 경영능력이 부족하거나 횡령, 배임 등 문제가 있다고 법원에서 판단되면, 그런 경우에 한하여 제3자가 관리인으로 가게 되고, 그 경우 기존 경영진과의 마찰은 불가피하게 발생 되는 것이 일반적이다. 그러나 내가 부임한 회사의 경영진은 약간의 문제는 있으나 나를 전적으로 신뢰하여 마찰이 없었고, 회생계획안에 기존 임원은 전원 해임되어 부득이하게 내가 대표이사를 겸하게 되었다.

그러나 법원에서 회생계획안을 채권자집회를 통하여 인가받고 법정관리 조기 종결하는 길은 험난하였다. 회생담보권은 전혀 없고 회생채권만 있는데다가 변제율도 낮아 인가가능성이 없었다. 조사위원이 조사한 조사보고서를 내가 자금원을 찾아내어 직접 자금계획을 수정하고 조사위원과 법원을 설득해서 채권 변제율을 1차 높였으나 채권자가 부동의 하여, 추가로 자금원을 찾아내어 2차로 채권 변제율을 올려 간신히 인가를 받을 수 있었다.

인가 후 조기 종결도 쉬운 일이 아니었다. 기존 임원이 부동산을 처분하여 약 5천만 원을 환입하여여 하는데, 여러 건의 가압류가 있어 매매가 어려워 환입도 어렵고 종결도 요원하였다. 나는 내 지인을 통하여 내가 지급보증을 하고, 기존 임원에게 빌려주도록 하여, 회사에서 환입 받아, 그 돈으로 1차 연도 변제할 금액을 조기에 변제하니, 법원에서 조기 종결시켜 주었다. 관리인은 공정한 관리자로 모두의 이익에 부합한 일 처리를 하여야 하며, 회사가 회생하도록 하는 것이 가장 중요한 일이었다. 그리고 회사대표를 물려주고 회사를 떠나는 것이 정상적이나, 전 대표가 개인회생절차도 진행 중이었고 모든 것을 나에게 의존하여, 회사를 떠날 수 있는 입장이 아니었다. 그래서 전 대표의 개인회생 종결 때까지 대표이사를 유지하기로 하였다.

2017년 5월 법정관리 종결 후, 채 한 달도 되지 않아 서울중앙지방법원에서 내가 모르는 다른 판사에게서 연락이 왔다. 회사가 종결되었으니 다른 곳으로 관리인 선임하려는 의도였다. 나는 당장 갈 수 있는 입장이 아니라고 설명을 드렸다. 이 일은 한번 중단되면 다시 연결되지 못할 가능성이 많다. 그럼에도 불구하고 갈 수 없다고 대답을 하였다. 이것은 내가 종결시킨 회사에 대한 책임감 때문이었으나, 후에 전 대표로부터의 배신으로 회사를 떠난 것을 생각하면 잘못된 판단이었다.

회사의 회생절차와 동시에 전 대표의 개인회생도 동시에 진행되었으나, 개인회생은 기업의 법정관리 종결 후에 몇 개월 더 시간을 걸려서 어렵게 인가를 받았다. 개인회생 인가는 받았으나 법정관리 종결은, 전 대표가 사는 집을 처분하여 회생담보권을 변제하여야 하는 조건이었다. 그러나 그 집에 여러 건의 근저당권, 근질권 등 권리 제한 때문에 해결이 쉽지 않아, 전 대표의 개인 회생이 종결되면 회사 대표를 넘겨주려 하던 것이 의도와 다르게 2018년 10월까지 대표직을 유지하게 되었다. 회사의 대표라는 직책은 법상으로 막중한 책임을 지게 되어 있다. 회사의 영업이 어려워 직원들의 급여가 3개월 밀리기 시작하였을 때 책임감에, 내 노후자금 약 5천만 원을 회사가 수금으로 입금하여, 직원의 급여를 해결하였다. 굉장히 잘못된 처신이었다.

그 후 내게서 더 이상 돈이 나오는 것이 어렵다고 느낀 전 임원(대표 및 이사)들이 대표이사를 물러나라 요구하여 2018년 10월 그 회사를 떠나게 되었다. 원래는 대표이사를 물려주게 되면 나는 적정한 보수를 받고 회사의 감사를 하기로 했으나, 약속한 급여의 삼분의 일만 제시하여 배신감에 감사를 거부하였다. 가수금은 회사의 차입금으로 전환하였고, 미지급 급여 및 퇴직금은 빠른 시일 내에 지급하겠다는 각서를 받았으나, 그 후 몇 년간 지급받은 금액은 미미하고 2021년 9월부터는 매월 30만 원씩 최소한의 금액만 연금처럼 받고 있으나, 그 회사가 잘되면 일시금으로 받을 예정이다.

다시 두 번째 실업자 신세가 되었다. 약 8개월인 2019년 6월까지의 삼식이 생활을 하며, 예전과 마찬가지로 내 서재로 출퇴근하며 책을 읽고 글을 쓰며 집사람과의 접촉을 최대한 줄였다. 그러던 중 지인의 소개로 한국 자영업 협회 회장 S 씨를 소개받았고, 자영업자 교육용 교재 편찬과 강의를 제의받았다. 자료를 찾아 자영업자용 금융교육 책을 저술하고 2019년 8월부터 자영업자를 모아놓고 강의하기 시작하였다. 그러나 2020년 1월 Covid-19 전염병이 발생하여 정부의 집합금지 명령으로 강의가 중단하였다. 세 번째로 실업자 신세가 되어 쉬던 중, 2020년 8월 다른 지인으로부터 지인의 회사에 입사하여 전 세계 및 한국에서 큰 이슈가 되고 있는 ESG(환경(Environment), 사회(Social), 지배구조(Governance))에 대하여 함께 연구하고 지표를 개발하여 기업 및 지방정부를 평가하자는 제안을 받아, 그 회사에 입사하게 되어 연구소 부소장의 직책으로 근무하게 되었다. 당시 인천 송도에서 서울 종각의 회사까지 거리가 멀어, 나 스스로 제시한 연봉 중

일정 금액 줄여 재택 근무하겠다고 제의하여, 그 회사의 대표로부터 승인을 받았다. 거리도 거리지만 내 나이에 출근하면서 회사에서 스트레스를 받고 싶지 않았다. 그러나 결과물은 충실히 제출할 요량이었다. 그 후 내가 제출한 결과물을 보고 회사 대표께서 흡족해하시고, 일을 시작한 지 6개월 만에 정규직원으로 발령을 내어, 현재까지 재택근무하면서 주 1회 정도 출근하며 만족한 일상생활을 하고 있다. 이상이 2022년 10월까지 내가 살아온 인생이다.

2. 살아갈 시간

원래 내 인생계획은 만 65세까지만 돈을 벌고, 그 이후부터는 돈 버는 일보다는 내가 하고 싶은 일을 하고자 하였다. 그러나 만 65세 이전에 다니던 직장을 그만두게 되어 계획에 차질이 생겼고, 만 65세가 넘은 지금도 돈을 벌고 있다. 그래서 가능하다면 빠른 시일 내, 돈 버는 일을 그만두고 내 하고 싶은 일에 전념하고 싶다. 유한한 인생! 그리해야 맞는 거 같다. 단지, 나이가 점점 더 들어가면서도 집사람이나 자식에게 손을 벌리지 않고 용돈을 스스로 해결하고, 주위에 조금이라도 베풀 수 있으면 좋겠다. 물론 얼마 안 되는 연금은 지금과 마찬가지로 집사람에게 전부 생활비로 줄 생각이다.

나는 걸어 다닐 수 있을 때는 산을 오르고 여행을 다니며, 어느 순간 걷기가 불편해지면 당구장을 다니고, 아예 밖에 나가기 힘들게 되면 책을 읽고 글을 쓰고 아코디언을 애인처럼 품으며 노후를 보내고

자 한다. 그래서 요즈음 노후 워밍업으로 매일 책을 읽고 있으며 가끔 글을 쓰고 있다. 아코디언은 2017년 8월부터 학원을 다니며 있으며 지금은 재미를 느끼고 있다. 저녁 식사 후에는 주 2회 정도 당구장을 찾아 당구를 익히고 있다.

　나의 소망은 죽는 순간까지 가족을 비롯해 남에게 누를 끼치지 않고, 즐겁게 내가 하고 싶은 것을 하고 살다가, 원초적인 고향으로 환향할 때에는 '인생을 아름답게 열심히 잘 살았다'는 말을 남기고 가고 싶다. 그리고 수필이든 소설이든 명작을 한편 남기고 싶다.

2022.10.